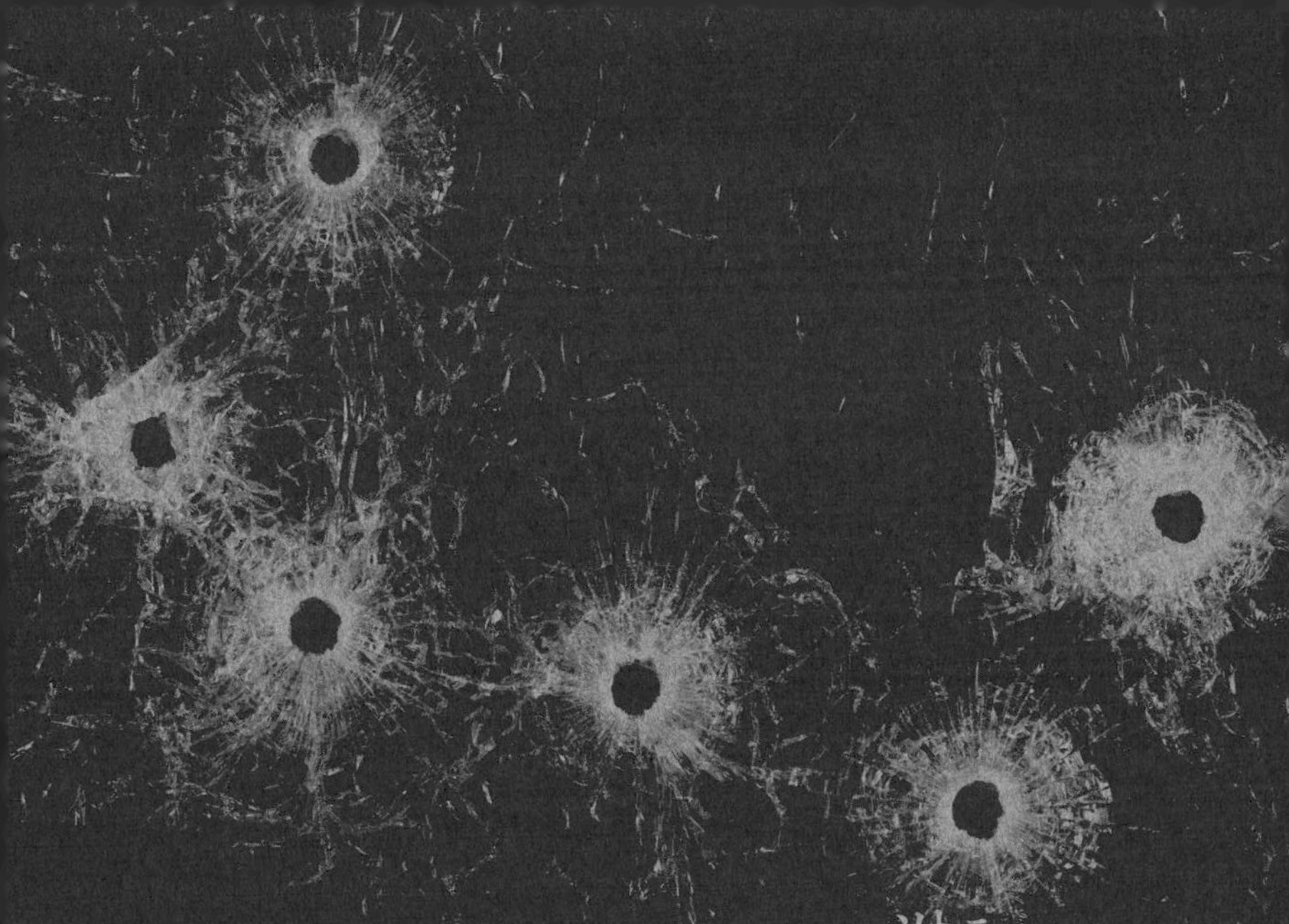

警視庁公安部外事二課《ソトニ》

スリーパー

浸透工作員

Takeuchi Mei

竹内 明

講談社

スリーパー

浸透工作員

警視庁公安部外事二課《ソトニ》

装幀
岡 孝治

写真
©Sascha Burkard/Shutterstock
©Everett Historical/Shutterstock
©Ilkin Zeferli/Shutterstock

序章

あの日は妙に蒸し暑い日でした。五月三十日午後五時すぎでのことで間違いありません。先輩たちは巡回で出払っていて、交番は私ひとりだけでした。報告書を書いていると、机に影が差したのです。

「お嬢さん、すみません」

交番の入り口に大柄な男性が立っていました。夕日を背負う恰好《かっこう》だったので、逆光で顔がよく見えませんでした。

特徴ですか？　年齢は五十過ぎで、身長は高くて……百八十センチくらいでしょうか。あまり特徴を覚えていなくて、申し訳ございません。これじゃ、警官失格ですよね。

で、その男性はこう言いました。

「こちらのお婆ちゃんが道に迷われたようなので、お連れしました」

男性の後ろに隠れるように小柄なお婆ちゃんがいました。お婆ちゃんは、しばらく口をもぐもぐさせていましたが、私の前に来てこう言いました。

「婦警さん、助けてよ。あたし、家に帰れなくなったの」

お婆ちゃんは腰が曲がっていて、杖《つえ》を突いていました。八十歳を越えているように見えました。

色あせた水色のリュックを背負っていたので、「遠くから徘徊してきたな」と思いました。

「お婆ちゃん、住所を書いてあるものはありますか？」

私の声が聞き取れなかったようで、お婆ちゃんは耳に手を当てました。

「じゅうしょですよ」

私が耳元で大きな声を出すと、お婆ちゃんはこう言いました。

「あたしには娘がいるんだけどね。ずっと前にどっかに行っちゃったんだよ」

「おばあちゃんのお名前は？」

「娘はトシコっていうんだよ。ずっと前にどっか行っちゃってね」

まるで嚙みあわないやり取りでした。娘の名前はトシコだとはっきり言いました。

娘さんの名前は憶《おぼ》えているのに、お婆ちゃんは自分の生年月日も、年齢も言えませんでした。暑い日なのに厚手のセーターを着ていました。私も警察官になって二年目なので、高齢者の迷い人の取り扱い経験がありました。ですから、すぐに認知症だと分かりました。

連れて来た男性に保護した場所を聞こうとしましたが、いつの間にかいなくなっていました。ええ、何も言わずに。確かにあの男性、どこかで見た記憶があったのです。思い出そうとしたのですが、結局思い出せないままで……。

お婆ちゃんのリュックの中には、食べかけのパン、千円札が一枚と百円玉が二枚、手垢《てあか》で汚れた小さなノートが一冊入っていました。ノートには小さな文字がびっしりと並んでいて、確か、最初の頁《ページ》に、鹿児島県の住所が書かれていました。吹上町《ふきあげちょう》ですか？　よく覚えていません。

お婆ちゃんは「ここがあたしの家だよ」といって、最後の頁に書かれた台東区の住所を指しました。もちろん、すぐに管内だと分かりました。

巡回連絡簿冊で確認すると、その住所は倉本《くらもと》さんのお宅だったのです。私の担当区域なので倉本さんとは何度かお会いしたことがありました。一人暮らしで、茶道教室を開いている方です。いえ、言葉に訛《なま》りなんてありません。綺麗な日本語を話す方です。茶道教室のお弟子さんが大勢いたので、若い男性の出入りはあったと思います。

私が「この住所は倉本さんの家ですよ」と言うと、迷い人のお婆ちゃんはこう言ったのです。

「何を言っているんだい、婦警さん。あたしがクラモトマサエだよ」

急に声に張りが出て、虚ろだった目に輝きが増していました。

真珠のネックレスですか？　はい、お婆ちゃんをPC《パトカー》に乗せるときに気付きました。とても上品な桜色で、印象に残っています。あの真珠、本物だったのですか？

私はあのときどう対応すればよかったのでしょうか。まさか、こんな大事件に関係しているとは思わなくて……。

登場人物紹介

筒見慶太郎《つつみけいたろう》　在バングラデシュ日本国大使館警備対策官（元警視庁公安部外事二課）
倉本龍哉《くらもとたつや》　米国育ち、京大大学院卒で就活中。だが裏の顔は……
坂東篤志《ばんどうあつし》　ヤクザとつながる若手金融コンサルタント。だが裏の顔は……
倉本雅恵《くらもとまさえ》　茶道師範。戸籍上は龍哉の祖母
坂本楓《さかもとかえで》　写真週刊誌『トゥモロー』カメラマン
神林貞夫《かんばやしさだお》　数々の受賞歴を持つ名映画俳優
瀬戸口大河《せとぐちたいが》　警察庁外事課理事官。筒見とは深い因縁がある
瀬戸口顕一《せとぐちけんいち》　大河の兄。外務官僚だったが筒見らの追及を受け自殺
綾子《あやこ》　龍哉がアルバイトをしている会員制ワインバーの常連客
飯島久雄《いいじまひさお》　外務省外務事務次官
丸岡哲也《まるおかてつや》　元警視庁公安部外事二課、筒見のかつての部下
鴨居千尋《かもいちひろ》　元警視庁公安部外事二課、筒見のかつての部下
岩城剛明《いわきたけあき》　警視庁公安部外事二課、筒見のかつての部下で唯一、外事二課に復帰
筒見七海《つつみななみ》　筒見の長女、拓海とは双子
筒見拓海《つつみたくみ》　筒見の長男、小学生のとき不審死
管理人《かんりにん》　北朝鮮工作員の拠点〈金剛山《クムガムサン》〉の管理者

南アジア特有の粘ついた空気が体にまとわりついていた。連日のスコールは線路に泥濘《ぬかるみ》を作り、蒸気となった糞尿の臭気が体の芯に染み込んでいく。

筒見慶太郎《つつみけいたろう》は鉄道のレールに腰かけたまま、何事かを思考する銅像のように動かなかった。強い日差しに肌がじりじりと焼かれ、周囲にいるベンガル人と同じほど、濃い褐色になっている。まばらな無精髭《ぶしょうひげ》に覆われた頰は煤《すす》けており、生気がまるでなかった。古びたガラス玉のようなその瞳は左腕にとまった大きな蚊に据えられている。

蚊の腹がみるみる赤く膨れていく。筒見は左腕に力を籠《こ》めた。

「潰してみろよ、サイード。いま、こいつは動けなくなった」

覚えたてのベンガル語で囁《ささや》く。

うしろから細い人差し指が伸びてきて、そっと蚊を押し潰した。

「すごい」

褐色の肌をした男の子が目を輝かせながら、ひょこひょこと跳《は》ねた。少年の右膝から下はなく、切断面には大きな縫合痕があった。足を奪ったのは、住処《すみか》の前を走る列車だ。

「いいか、サイード。他人の血を吸って生きようとする者に情けは無用だ。闘え」

筒見は腕についた蚊の死骸を掌《てのひら》で擦《こす》りながら呟《つぶや》いた。

「闘う?」サイードは首を傾《かし》げた。

「そうだ」

筒見は両拳を握って見せ、右の口角を僅《わず》かにもち上げただけだった。この引《ひ》き攣《つ》ったような表情が、この男の笑顔であることは、七歳の子供には分かるまい。

急速に発展しようとするバングラデシュの首都ダッカの一角に、ベンガル語で「ボスティ」と呼ばれるスラム街が点在している。ここはカウランバザール・ボスティ。カウラン地区の市場に隣接しているためこう呼ばれる。ダッカ市最大の貧民窟で、発展から置き去りにされた五万人の人々が住み着いている。

鉄道の線路の両側に、廃材を積み重ねたバラック小屋が密集し、複雑怪奇、巨大な街を形成する。住民たちの庭は線路だ。廃線ではない。列車が頻繁に往来する四本のレールの上に住んでいるのだ。下水道はない。すべてが線路脇の側溝に流れるため、汚物臭とともに伝染病が蔓延する。格差社会の最底辺にいる子供たちはこの絶望の集落で生まれ、社会に認知されぬまま、教育も受けずに育つ。それゆえ、彼らは生涯ここから抜け出すことはない。サイードもそんな子供の一人だった。

遠くから鋭い警笛が聞こえた。

「線路から出ろ。南から列車だ」近くにいた老人が叫び、杖を頭上で振り回した。

カーブの向こうから列車が猛然と向かってくる。それを見たサイードが身を強張《こわば》らせた。

「大丈夫、こっちに来い」

筒見は少年を抱き寄せ、バラックの軒下《のきした》に身を寄せた。サイードの体は軽く、柔らかかった。子供の体はこんなに弱々しいものだったのか。遠い昔、味わった感触に、えも言われぬ懐かしさが込み上げた。

ボスティの人々を蹴散らすように、黒い巨大な塊が迫ってくる。屋根には大勢の人が乗っている。車体にしがみついた者もいる。レールを叩く轟音、車輪の悲鳴が鼻先を掠《かす》めた。

サイードが筒見の胸元に頭をうずめ、シャツを強くつかむ。

「……あいつ、嫌いだ」

サイードは筒見の腕の中から、目の前を走り抜ける列車に、憎しみの籠もった目を向けていた。七歳の子供には、自分の足を奪った怪物に見えるのだろう。この子は一日に幾度となく、この恐怖を味わいながら生きているのだ。

薄汚れた深緑の車体が通り抜けるまでに優に二分はかかった。筒見の目は走り去った列車を追っていた。そのときである。離れてゆく最後尾の列車の屋根から、何かが落下するのが見えた。立ち上がって目を凝らす。距離にして八十メートル。銀色の箱のようなものが、レールの枕木の上で光っている。少年たちが物珍しそうに取り囲んだ。

筒見の眦《まなじり》に僅かな皺《しわ》ができた。だが、その長い足は動かない。ただじっと、銀の箱に視線を縫い付けているだけだった。

一時間近く経った頃、雨粒がバラックを叩き始めた。いつの間にか、空に分厚い雨雲が流れ込んでいた。人々がバラックの屋根の下に入り、取り残された銀色の箱は、線路の上で濡れている。

再び背中から警笛が聞こえた。

「南から列車がくるぞ」老人の叫び声が聞こえた。

だが、筒見の褐色の瞳は、迫りくる列車のほうではなく、ひたすら銀の箱を捉《とら》え続けている。

バラックが激しく揺れる。先頭車両が筒見の脇を通過しようとした、その時、銀の箱の前に、若い男が立った。くすんだ景色の中に、白い肌が浮き上がって見えた。東洋系の男であることは判別できた。

筒見は、その画像を目に焼き付けた。

「危ない、逃げろ」誰かが叫んだ。

列車が男に迫っている。衝突する寸前、男は銀色の箱の把手《とって》を摑《つか》み、線路の向こうにひらりと飛んだ。豹《ひょう》のようなしなやかな動作だった。

列車が男の姿をかき消した。筒見が身をかがめると、走り抜ける車輪の向こうに、男の姿が見えた。銀の箱を右手に持ち、バラックの隙間《すきま》に消えていく。

幸い列車の連結は短かった。筒見は男が消えた路地に向けて駆けた。やがて速足で歩く男の背中を捕捉した。細身だが、Tシャツの下の首から肩の周りの筋肉はしっかりついている。見せかけではなく、敏捷《びんしょう》さと強さを追求した肉体だ。

男は迷路のように入り組んだ巨大ボスティの路地を迷う様子もなく進んでいく。ボスティの奥地は「マドク・バボサイ」と呼ばれるマフィアの縄張りだ。この地区のリーダーのカラ・マリクは、ヤバという麻薬の密売から売春、人身売買までを取り仕切る男で、三千人ほどの構成員を抱えている。

次第に雨粒が大きくなった。天が怒り狂っているかのような、凄まじい雨の中、男は一キロ以上進んだ。やがてバラックの一つに吸い込まれた。

近くのモスクから、日没の礼拝《サラート》を呼びかけるアザーンが聞こえてきた。雨音にオペラのような美しいビブラートが混じり、悲哀に満ちた反響を作り出した。

筒見はシャツの胸ポケットから一枚の名刺を取り出した。

〈神林貞夫《かんばやしさだお》〉

毛筆で大きく名前が書いてあった。

アザーンが終わった。筒見は名刺に書かれた携帯電話番号に電話をかけ、周囲に耳を澄ました。

男が入ったバラックのほうから、着信を告げる電子音が微《かす》かに聞こえた。

筒見は自分の右手首を見た。時計と重ねて付けた真珠のブレスレットが雨に濡れていた。

あれは二週間前のことだった。

バンコク発ダッカ行の深夜便の機内は灯《あか》りが落ちていた。わずか二時間半のフライトだが、ビジネスクラスの乗客たちは短い眠りにつき始めていた。

「ダッカへは仕事かい？」

隣の、窓側席に座っていた男に話しかけられた。低く響く声だった。

筒見慶太郎は読んでいた英字紙から目をあげた。

「ええ。ダッカに住んでいます」

ひと回り年上だろう。読書灯に浮かぶ面構《つらがま》えは、生命力がみなぎっており、その眼《まなこ》は触れれば切れそうなほど、強い光を放っている。

「大変な国で仕事をしているんだな。ＯＤＡ絡《がら》みかい」

「大使館勤務です」

「ほう……」

男は何か考えるように、顎《あご》に手をやった。太い眉に強い意志が宿っている。

「失礼ながら、あなたは俳優の……」

「ああ、神林です」白い歯が浮かんだ。

俳優の神林貞夫だった。

時代劇から残忍な殺し屋、どろどろの不倫劇やコミカルな役まで演じ、名だたる映画賞を総なめにしてきた名優だ。身長は百八十を優に超える。長い脚を組み、肘掛《ひじかけ》に両手を置いた姿は、常人とはかけ離れた熱量、圧迫感を放っていた。

「飲めるかい？」艶《つや》っぽい声で神林は言った。

筒見が頷《うなず》くと、神林はキャビンアテンダントを呼び止め、スコッチのロックを二つ頼んだ。

「バンコクへは出張だったのかい？」

「大使館の食料や私物の買出しのための出張です。酒や肉が満載です」

筒見は頭上の収納スペースを指差した。

日本外務省はバングラデシュを環境劣悪な「瘴癘地《しょうれいち》」に位置づけている。瘴癘地に赴任した大使館員には高額の手当てが支払われるのだが、物資の調達が思うようにいかないため、館員が交替で近隣国へ買出しに出かけるのが慣習だ。接宴のための肉や刺身、酒などを運搬するのである。地位の低い者が買出し当番になると、館員は大量の私物の購入を依頼する。案の定、筒見が当番と知るや、館員たちは子供のおむつや生理用品、アダルトＤＶＤ、自家用車のタイヤまで、膨大なリストを寄越してきた。

「外交官は多少の贅沢をしてもいい。日本人の命を守ってくれるのであれば、な」

神林の眉の辺りに、懊悩《おうのう》の色が漂ったような気がした。

「ダッカへは撮影ですか？」筒見はグラスを受け取りながら話題を変えた。

「いや。仕事じゃない。三十年ぶりに再会する人がいてね」

神林は眼を細めた。

「こんな僻地《へきち》にお知り合いが？」

「野暮なこと聞くなよ。ややこしい事情があるんだよ」神林は豪快に笑った。「……ところで、あんた、大使館勤務と言ったが、外交官じゃないだろう」

「警察からの出向です」

「やはりそうか。目の奥に猜疑《さいぎ》心を宿している。俺は仕事柄、相手が発する空気には敏感なんだ。

刑事さんだったのかい？」

「そんなところです」筒見は曖昧《あいまい》な返事をしておいた。

過去を抹消した筒見にとって、いつもと変わらぬ返答だった。

「まあ、頑張ってくれよ。ダッカのどこかで会うかもしれねえ。そのときは、酒を飲める店に行こうじゃないか」

筒見が誤魔化したのを察したのか、神林は名刺を寄越して会話を収束させ、入国書類を書き始めた。名刺には手書きで携帯電話の番号が書いてあった。

やがて飛行機はダッカ国際空港へ向かって降下を始めた。窓から見える南アジアの最貧国に灯りはなく、深い暗闇に包まれていた。

着陸した飛行機がゲートへ向かっている時、神林が再び口を開いた。

「筒見さんと言ったね」

「はい」

「出会った記念にこれをやるよ」

神林はこう言って、小さなきんちゃく袋を筒見の掌に載《の》せた。中から淡い桜色の玉をつなぎ合わせたブレスレットが出てきた。

「真珠ですか。なぜ私に？」

「良かったら腕にはめてくれ。龍の涙っていう幸運を呼ぶ真珠だ」

「龍の涙……。どういう意味があるのですか」

「龍は死を迎えたとき、血の涙を流す。その涙に触れれば、人は幸福になるそうだ。これを腕にはめておけば、きっとあんたを助けてくれるよ」

神林は白い歯を見せると、重そうな革のボストンバッグを両手にぶら下げ、颯爽《さっそう》と飛行機を降りて行った。その笑顔は少年のような輝きに満ちていた。

雨音しか聞こえなかった。筒見はずぶ濡れのまま、男が消えたバラックを見つめていた。

パーン。

乾いた火薬音とともに、バラックから閃光が漏れた。

反射的に路地に身を隠した。

パン、パン。

連続音の直後、あの東洋人の男が出てきた。その容貌を目に焼き付けた。吊り上がった目、四角い顎に、薄い唇。黒髪をうしろに束ねている。手には大きなボストンバッグ。その周囲を三人のベンガル人の男たちが護衛するかのように囲んだ。

筒見は掌に隠した携帯電話で連写した。護衛の一人がＡＫ47を肩にかけ、あとの二人は拳銃を腰に差しているのが見えた。男たちは狭い路地を歩いて線路の方角へ向かった。

筒見はバラックに近づき、何度か前を往復した。中に人の気配はなかった。

入り口の布を捲《まく》って、足を踏み入れた。中は暗闇だった。生暖かい、噎《む》せ返《かえ》るような鉄錆《てつさび》の臭《にお》いが立ち込めている。ポケットからペンライトを取り出し、スイッチを押した。弱い光の向こうに何かが浮かんだ。奥の壁に人がいる。両手を挙げ、万歳の恰好をしているように見えた。

近づいてライトを当てた。

大柄な男だ。両手は横柱に磔《はりつけ》の状態で括《くく》り付けられ、首が前に折れている。血に染まった髪を摑んで、顔を持ち上げた。

「神林さん……」

あの名優の顔は見る影もなかった。鼻が捥《も》げ、肉塊の中に鼻腔《びこう》がのぞいている。右の眼球は眼窩《がんか》から飛び出し、頬のあたりに垂れ下がっていた。

「が……」喉が鳴った。指先が動く様《さま》が、筒見を手招きしているように見えた。

神林の両手のロープを解いて、土の上に仰向けに寝かせた。

「教えてください。あなたは誰に会おうとしていたのですか？」

「……りゅう……龍の涙を探してくれ」

神林はこう呻《うめ》いて、真っ赤に染まった両手で、筒見の右の手首を摑んだ。

「龍の涙？」筒見は鮮血に染まった右手首のブレスレットを見つめた。

「……殺せ……」

確かにそう聞こえた。神林の口の中に血が溜まり、その中で白い舌がくるくると泳いでいた。

筒見の眦《まなじり》に力が籠もり、深い皺が寄った。

「もう苦しまなくていい……すまない」

大きく息を吸い込むと、神林の喉元を両手で押さえ、体重を乗せた。神林は全身を痙攣させ、両足を突っ張らせた。ごきっと鈍い音がして、筒見の顔に鮮血が跳ねた。

神林の体は脱力して、絶命を知らせていた。

野獣のような激しい息遣《いきづか》いだけが室内に響いた。筒見は壁に手を突きながら立ち上がり、シャツの袖《そで》で顔の血を拭《ぬぐ》った。呼吸のリズムを取り戻すうちに、視界が失っていた色彩を取り戻した。

部屋の片隅に、線路に投げ落とされた、あの銀の箱が開いたまま落ちていた。鍵の部分が破壊され、中は空だった。血まみれの手に手術用のゴム手袋を装着し、口にペンライトを咥《くわ》えた。箱の蓋《ふた》を閉じて、慎重に起こすと、ハンドル部分に光を当てた。両手の爪先で、把手を包んである透明のセロハンを捲《めく》った。ゆっくり引くと、セロハンは綺麗にはがれ、筒状に丸まった。指先で広げ、口に咥えたライトの光を当てて目を細めた。

バラックを出て、天を仰いだ。雨粒が顔を殴りつける。ゴム手袋を外し、両手を激しい雨に晒《さら》した。鮮血が雨水に希釈され、地面の泥に吸い込まれていく。雨が死の感触を洗い流すことはなかった。筒見は声にならない叫び声をあげ、その場に尻をついて座り込んだ。

「大丈夫?」背中に聞き慣れた声がした。

サイードだった。雨に打たれながら、一本足で立っていた。

「ついてきたのか……」

サイードはこくりと頷いて、腋に挟んでいたペットボトルの水を差し出した。

「ありがとう。ここは危ない。家に帰りなさい」

筒見が言うと、サイードはこちらを何度か振り返りながら、ボスティの闇に消えて行った。

喉が異様に渇いていた。筒見はキャップを開け、ペットボトルの水を一口飲んだ。立ち上がって、線路に向かって歩こうとした時、足元がふらついた。膝から下が痺《しび》れ始め、感覚がない。壁を伝《つた》いながら、歩いた。

線路上に出たとき、視界が大きく回り、汚泥に転倒した。喉が激しく痛んだ。仰向けになって口を開け、雨水を飲みながら、酸欠の金魚のように口を動かす。

突き刺さるような視線が視界に入った。あの東洋人の若い男がこちらを見下ろしている。

男がにやっと笑うと同時に、目に映るものが溶けていった。遠くに汽笛が聞こえ、頬にレールの振動が伝わってきた。

暗闇の雑木林。池のほとりに立っていた。

木々の間から漏れる月明かりが水面に揺れている。

小さな少年の手を握っている。

掌がぬるりとすべり、少年が池の中に進んで行った。

首まで水に浸かった少年がくるりと振り向いた。

拓海《たくみ》——。

浅黒い肌。大きな目。拓海じゃないのか?

波紋を残して姿が消えた。

そのとき、誰かに両足をつかまれ、黒い水の中に引きずり込まれた。

頭上の水面、その遥《はる》か向こうに月明かりが揺れている。

目の前に少年がいる。そっと抱き寄せた。

すまない、拓海。俺が悪かった。許してくれ——。

嗚咽《おえつ》が漏れる。

少年が微笑《ほほえ》んだ。

許してくれ——。


鼻腔への刺激で目覚めた。顔にシャワーの湯があたっている。重い頭をもたげた。目の前にあるのは便器、洗面。いずれも見慣れた光景だった。

筒見は自宅のバスタブに、全裸で寝そべっていた。体から流れる水が黒く濁《にご》っている。床のタイルに散乱したワイシャツやズボンも、黒い粘着質な物質で汚れていた。

両掌を見た。赤黒い液体をシャワーの湯が流している。

血だ。

背中に固いものがあたった。起き上がって、後ろを振り返った。

バレーボールほどの物体。水流に毛が揺れている。それはごろりと転がった。

筒見は息を呑《の》んで、立ち上がった。

人の頭だった。鼻が捥《も》げ、目玉が落ちている。口からピンク色の水が流れていた。

そのときインターホンの音が響いた。

タオルを腰に巻き、玄関に向かった。赤黒い血が床のタイルに広がっている。

「オープン・ザ・ドア！」

怒鳴り声とともに爆発音が響いた。

アサルトライフルを構えた特殊部隊が飛び込んできたとき、筒見は両手を挙げて、床に膝をついていた。

〈バングラデシュで切断頭部を発見、俳優・神林貞夫さんか
バングラデシュの首都ダッカで、俳優・神林貞夫さんが行方不明になっていた事件で、バングラデシュ捜査当局が神林さんとみられる切断された頭部を発見していたことがわかった。発見場所など詳細について、バングラデシュ当局は明らかにしていない。
神林さんは、自らがプロデューサーを務める映画の取材に行くといって、今月五日からダッカをひとりで旅行していた。外務省邦人保護課によると、神林さんはダッカ入りした三日後、ホテルに戻ってこなくなり、日本大使館が地元警察に捜索を依頼していた。
その後、インターネットの動画サイトに、神林さんとみられる縛り付けられた男性の画像が投稿された。この画像には、ナシードと呼ばれるイスラム教の歌が入っていたことから、バングラデシュ当局はイスラム過激派の犯行と見て捜査をしている。

西島《にしじま》官房長官は同日の会見で「ご遺体の身元を確認中であり、詳細は差し控える」とコメントした。神林さんは一九九七年に映画『苦労人』でデビュー、去年『黒幕』で政財界のフィクサーを演じて日本アカデミー賞主演男優賞を受賞していた〉

ニュースサイトの記事を読み終えた倉本龍哉《たつや》はノートパソコンを静かに閉じた。胸の奥を冷たい風が吹きぬけ、息苦しさを覚えた。震える手で机の引き出しから茶封筒を取り出す。泥で汚れた封筒の中には、マッチ箱ほどの小箱が入っているのが、指の感触で分かるだけだ。

〈神林貞夫様〉

女らしい、流麗な筆体でこう書いてある。宛先の住所はない。封は糊付《のりづ》けされ、「〆《しめ》」と書かれている。何かを固く守り通したいという差出人の意思が籠もっているように感じ、龍哉は開封しようという衝動を抑え込んだ。

そのとき、封筒から腐臭が漂った気がした。苦い液体が喉に込み上げる。龍哉は口を押さえてトイレに駆け込んだ。便器に頭を突っ込むと、絞め殺される鶏のような声をあげながら、胃の中の物を吐き出した。嘔吐感が波のように押し寄せ、終《つい》には白い泡が糸を引くだけになった。

昼食に食べたラーメンの断片が便器の中を泳いでいる。滲《にじ》んだ涙を手の甲で拭った。玄関のベルが鳴っている。そのままにしておくと、苛立《いらだ》たし気《げ》に二回鳴った。

洗面所で口をゆすぎ、龍哉は玄関に急いだ。

「はい……どなたでしょう」

「隣の楓《かえで》。ご飯行こ」

ドアを開けると坂本《さかもと》楓が立っていた。白いTシャツにスエットパンツ。シャワーでも浴びたのか肩までの髪は生乾きのままだ。

「今？」龍哉は腕時計を見た。午後六時すぎだった。

「珍しく仕事が早く終わったの。ビール一杯くらい付き合ってよ。どうせ暇なんでしょ」

相変わらず歯に衣着せぬ尖《とが》った言いぶりだが、逆に龍哉はほっと救われた気分になった。

楓がマンションの隣の部屋に引っ越してきて四ヵ月になる。龍哉より二つ上の三十二歳。講文出版に勤務し、写真週刊誌『トゥモロー』編集部でカメラマンをしている。

酔っぱらって帰って来た楓が鍵をなくして困っている時に、龍哉がベランダ伝いに彼女の部屋に入り、内側から鍵を開けてやった。後日そのお礼にと、近所のレストランで食事をご馳走になったわけだが、その後、関係が進展するわけでもなく、暇なときに食事に誘い合う程度の関係だ。


馴染《なじ》みの居酒屋でホッピーを受け取るなり、楓は喉を鳴らして半分ほど一気に飲んだ。龍哉は口をつけただけでジョッキを置いた。まだ、胃がきりきりと痛んでいる。

楓はメニューを見ながら、一気に十品ほどの料理を注文した。

「良く食うなあ。また豚キムチか」

「そっか。龍哉君はキムチ嫌いなんだよね」

「なんか酸っぱくてね。臭いし」龍哉は鼻をつまんで見せた。

「アメリカ育ちは、舌が肥えてないね。塩と胡椒しか味を知らないから、工夫が凝らされた旨味《うまみ》が分からないんだね。……あ、お兄さん、ホッピーのセットで」

楓は憎まれ口を言いながら、店員にホッピーのお替りを注文した。

「もう？　ペース早すぎじゃね？」

ついでに言えば、龍哉は下戸《げこ》だ。こんな焼酎とビールを混ぜたようなものなど、一杯飲めばひっくり返ってしまう。

「どう？　就職活動うまくいってる？」

「まあね。でも、年も三十だから、そんなに簡単じゃないよ」

龍哉は烏龍茶《ウーロン》のグラスを持ったまま笑った。

「工学部だったよね。わたし、根っからの文系人間だからよくわからないけど」

「うん、原子核工学。核エネルギーと量子ビームの有効活用を学ぶ、ミクロ物理学だよ」

「どこに就職したいの？　原子力の研究をしていたのなら、電力会社？」

「まあね。原発は反対だけどね」

龍哉は適当に誤魔化した。

昨年、京都大学大学院工学研究科の博士課程を修了し、就職への焦《あせ》りがないわけがない。希望は電力会社か、日本原子力発電だ。教授からはプラントメーカーへの就職を勧められたが、断ってしまった。龍哉にとって就職とは、個人の夢ではなく、国家の命運を背負った義務なのだ。

「ところで、きょうは週刊誌の締め切りだったの？　今週の特ダネは？」

龍哉が興味本位で尋《たず》ねると、楓は不敵な笑いを浮かべた。

「神林貞夫よ」

「神林……」龍哉は動揺を映さぬよう無表情を保《たも》った。

「ダッカで殺された、平成の名優、神林貞夫。知っているでしょ」

「ああ、切られた生首が見つかったって。ネットの記事読んだよ。やっぱ、イスラム過激派の仕業《しわざ》だったんだな」

するとは楓はふふんと鼻を鳴らした。

「極秘情報を教えてあげる。秘密は守れる？」

「うん」

「犯人は日本大使館員よ」

「大使館員？　外交官がやったの？」龍哉は目を丸くした。

「警察から派遣された大使館員よ。神林の生首は、その男の部屋で見つかったという確度の高い情報があるの。私はその大使館員の写真を手に入れたのよ」

「もしかしてそれ、スクープってやつ？」

「そうよ。偉そうにしている新聞やテレビの記者を出し抜いてやるわ。きっと大騒ぎになる」

「大使館員が俳優を殺すかなあ？　動機は？」

「そんなこと知らないよ。バングラの捜査機関が拘束したらしいけど、日本政府はどこに連れていかれたのか摑めなくて右往左往しているそうよ。警察にいる私のネタモトが教えてくれたから、間違いないわ」

「ふーん。ちなみに、その大使館員、どんな人？」

「筒見慶太郎っていうんだけど、大使館の警備担当で、歳は五十前後。しかもバツイチ。昔、不祥事起こしたことがあって、風采の上がらない人だったみたい。きっと単身で海外を転々とさせられるうちに、自暴自棄になっていたのよ」

「なんか、聞けば聞くほど疑わしい話だなぁ」龍哉は首を傾げた。

「壊れた人間はフィクションのようなことを現実に引き起こすものよ。龍哉君も社会で経験を積めば分かるわよ。……でも、こんな話、興味ある？」

楓は豚キムチをつまみながら龍哉の顔を覗《のぞ》き込んだ。

「うん、面白いね。でも、個人的にはアイドルの不倫ネタのほうが興味ある。そのほうが仲間との飲み会で盛り上がるからさ」

「ダメよ、友達に話しちゃ。龍哉君にだけ極秘で教えてあげているんだからね。それに私も胸を痛めながら、他人の人生を踏みにじっているのよ」

　楓は頬を膨らませた。

　どの業界でもプロというのは自分の生業《なりわい》の矛盾に目を瞑《つむ》り、存在意義を正当化する。自己陶酔こそが継続の秘訣でもある。だが、彼女は自分の姿を客観的に見ている。自分の汚れた部分を認識している。龍哉はそんな楓が好きだった。この国にやって来て唯一、心を許せる女だとさえ思った。

　その後は他愛もない話をしながら食事を終え、二人は居酒屋を出た。

　マンションに戻る一本道に差し掛かったところで、龍哉は右側の電柱に目をやった。腰ほどの高さに黒いビニルテープが「井」の形に貼ってあった。

　接線《ジョブソン》の暗号だった。

　龍哉は小さく舌打ちした。もう少し楓と話がしたかったのに。

「ごめん、俺、コンビニで買い物するのを忘れてた」龍哉は立ち止まった。

「あ、そう？　じゃ、お休み」

　楓はそっけなく言うと、早足でマンションへ向かっていった。


　初夏の夜風は湿気を含んでいて生温かった。龍哉は小田急線下北沢《しもきたざわ》駅から上りの電車に乗った。終点の新宿で降り、人波に乗って歌舞伎町に足を踏み入れた。

　歌舞伎町ゴジラロードはアジア最大の繁華街の目抜き通りだ。左手の「和光ビル」のエレベーターに乗り、最上階の八階まで昇った。そこからさらに屋上へ続く階段を昇ると、香の匂いが漂っている。安全を知らせる匂いだった。

　龍哉は屋上に出る扉の前に立つと、黒いパネルの前に顔を近づけて、目を大きく見開いた。瞳の虹彩を認証すると、重い金属音とともに解錠された。

広い屋上の縁にはエアコンの室外機が並び、突き当たりにプレハブ小屋があった。

龍哉たちはこう呼ぶ。ここはビルの所有者すら立ち入りを禁じられた隠れ家《シェルター》だ。〈金剛山《クムガムサン》〉

金剛山の扉の脇には、小さな箱が据えつけられている。小さなレンズがこちらを見ており、その下の窪《くぼ》みに中指を挿入すると鍵が開く音が聞こえた。静脈認証式の鍵だ。

扉をゆっくり開くと、男がアルミケースの上に座っていた。

「よう、龍哉」

切れ長の細い眼に、尖った鼻。〈ＢＲＯＯＫＬＹＮ〉とロゴの入った米国製のＴシャツの下に、鉄板のような大胸筋があるのが分かる。

「どうした、アッシ。何か連絡事項か？」龍哉は言った。

「悪いな、楽しんでいるところを呼び出して。あれは彼女か？」

アッシは粘っこい口調で言った。

「マンションの隣室の娘と食事していただけだ。アッシこそ、連絡もなしにどこ行っていたんだ」

「海外での工作任務だよ。面白いもの見せてやるよ」

「任務って何だよ？」

「まあいいじゃねえか。それより、これみろよ」

アッシは立ち上がると、尻の下に敷いていたケースの蓋を開けた。薄暗かった部屋が黄金色の光でぼんやりと明るくなった。

金の延べ板がぎっしりと詰まっている。

「二十五億円分だ。すげえだろ。香港から持ち込んだんだ。真っ先におまえに拝ませてやりたかったんだよ」

「ああ、すごいな。どうやって税関通ったんだ？」

「ハンドキャリーだ。三十人で手分けした。これで俺たちだけの活動資金を作る」

「いったい何の任務だったんだ？」

「秘密資金の受け取りの極秘任務だ」

「秘密資金？」

「そうだ。二十五億円分を米ドルで受け取って、香港で金地金《きんじがね》に換えて持ち込んだ。これからこの金塊がさらに大きな金を生みだすんだ」

アッシは鼻の穴を膨らませた。

そのとき、壁にある小窓ががらりと開いた。窓の向こうに狭い部屋があり、薄汚れたシャツを着た人物の腹のあたりが見える。

この人は二年前から金剛山に住み込んでいる「管理人」だ。顔を見てはならぬと厳命されているので、龍哉は声しか聞いたことがない。なんでも八十過ぎの老人で、普段は壁の向こう側の部屋で、八階エレベーターホールの監視カメラを見続けているらしい。

「おい、管理人、勝手に覗くんじゃねえ」

アッシが慌てて立ち上がって、小窓をぴしゃりと閉めた。

「この爺《ジジイ》、ふざけやがって」

アッシは悪態をつきながら、戻ってくると、金塊の前に胡坐《あぐら》をかいた。

龍哉は見たこともない黄金の塊を目《ま》の当たりにして、胸元がざわつくばかりだった。

「アッシ、本国の金なら、手をつけるなよ」

「大丈夫だよ。俺は命がけで工作任務を達成した。小遣いくらい稼いでも罰《ばち》はあたらねえ。元本さえ守っておけばいいんだ。本国の指導員たちには時計でも買ってやれば文句は言わねえよ」

こういってアッシは狡猾《こうかつ》な笑顔を浮かべた。

アッシと組んで十年になるが、悪知恵は際限を知らない。革命戦士は資本主義の原理を利用し、最大限これを謳歌するのだ。

別れ際にアッシが言った。

「龍哉。頼みがある。おまえ、英語得意だったよな？」

「ああ、国連英検の特Aだ。日本語と同じくらいはできるよ」

アッシは頷いて、紙片を差し出した。

「この仕事をしばらくやってくれないか？　細かいことはそのうち話す。とにかく応募してくれ」

光栄《こうえい》学園高等部、英会話非常勤講師募集
国連英検A級、英検一級、ＴＯＥＩＣ９００点以上の有資格者、米国、英国の大学卒以上
週３〜４日（12コマ）
本年７月〜12月

こう書いてあった。


頭に被《かぶ》せられた黒布が外《はず》されると、简見は周囲を見廻した。コンクリートむき出しの壁には鉄の扉が一枚、裸電球が一つぶら下がっているだけの薄暗い部屋だった。

黒いシャツを着た、口髭の男が立っている。

「君の部屋のバスルームから見つかった人間の頭部は、サダオ・カンバヤシのものであることが確認された」

訛りの強い英語だった。

扉の前には、アサルトライフルで武装した男二人が立っている。彼らの顔は目出し帽で覆われていて、食いつきそうな目で筒見を睨《にら》んでいる。

後ろに回された手首がきりきりと痛んだ。ロープで椅子に括り付けられているようだった。

「名前を言え」男は言った。

「ケイタロウ・ツツミ、日本人だ」

尋問官は、筒見の背後に回った。

「職業はなんだ？」

「在バングラデシュ日本大使館二等書記官兼警備対策官だ」

尋問官はしばらく沈黙した。

「身分証はあるのか？」

外交関係に関するウィーン条約には「外交官はいかなる方法によっても、抑留、または拘禁することはできない」との規定がある。これが外交特権というやつだ。たとえ、殺人事件を起こしても、接遇国の官憲は外交官を逮捕することはできないのが世界共通のルールなのだ。

「日本大使館のデスクの引き出しにある」

「ほう。外交特権があるといいたいのか？」

「外交特権を主張するか、放棄するかは、日本政府の判断だ」

筒見は尋問官の眼を見据えながら言った。

「今はまだ午前三時だ。大使館員が出勤してから、君の身分と日本政府の考えを確認する。それまで、ゆっくり話をしようじゃないか」

「あんたは何者だ？」

「君の質問に答えるつもりはない。ただ、君がここで真実を話せば、危害を加えることはない」

尋問官はにやりと笑った。

「名前も所属機関も明かさない人間に話すことはない」

「それでも構わない」尋問官はこういうと、椅子に向かい合わせに座った。「……君にひとつ忠告しておこう。バングラデシュ人は日本に好感を持っている。誠実な日本人を信頼し、日本文化は浸透している」

「長年の開発援助の賜物《たまもの》だろう」

「神林貞夫は我が国でも人気がある俳優だ。だからこそ我々は神林の行方を捜すために、イスラム過激派思想に染まった若者たちを四十八人も拘束した。犯人が動画投稿サイトに投稿した神林の画像に宗教歌《ナシード》が入っていたからだ」

「誰もがイスラム過激派の犯行だと思ったはずだ」筒見は頷いた。

「ところが犯人はおまえだった。あの宗教歌はイスラム教徒に罪をかぶせるための偽装だったわけだ。おまえは我が国の国民だけでなく、世界の十六億人のイスラム教徒を敵に回すことになる」

「馬鹿な」筒見は首を振りながら笑った。

尋問官は一枚の紙を筒見の前にかざした。飛行機の座席の図面だった。

「今月五日のタイ国際航空三三九便。おまえと神林貞夫は隣り合わせの席でバンコクからダッカに向かった。これは偶然ではないだろう」

「残念ながら偶然だよ」筒見は首を振った。

「この二週間の君のアリバイを証明できる者はいるか？」

「日本大使館警備班にアリ・ホサインという男がいる。俺が外出するときは、すべてアリに運転してもらっている。アリバイを確認したければ、彼に聞いてくれ。隠すことは何もない」

張り込み初日、筒見は現地雇用の警備員アリの運転でカウランバザールに向かった。アリは警備班では最年長の五十五歳、二男一女の父で、自慢の長男は来年大学を受験すると聞いている。

尋問官は反応を確かめるように筒見の顔を覗き込んだ。

「残念ながら、死人は何も証明することはできない」

「死人……?」筒見は自分の頬が引き攣るのを感じた。

「アリ・ホサインはインダストリアル地区で殺されているのが見つかった。車ごと二十発近く銃弾を浴びて、即死状態だ」

筒見は呆然として、身じろぎもできなかった。思考を回復するために、大きく深呼吸をした。

アリの運転する車を降りたのは、カウランバザールの裏路地だった。殺害現場のインダストリアル地区は、カウランから大使館に戻る途中にある工場街だ。

これは流しの犯行ではない。筒見は記憶の奥にある画像を喚起した。カウランで車を降りたとき、古いトラックがゆっくりと追い越して行き、五十メートルほど前にとまった。

濃緑色の幌《ほろ》付きトラックだ。

垂れ下がった幌が風に揺れたとき、荷台に人影が見えた。ダッカではトラックの荷台に人が乗るのは珍しくはない。さして気にもせず、筒見はアリに大使館に戻るよう指示してしまった。あのときから、逆監視されていたのだ。筒見は天井を仰ぎながら、下唇を嚙《か》んだ。

神林の失踪が明らかになったのは、筒見が買い出し出張からダッカに戻って四日後のことだった。「客が戻ってこない」と市内のホテルから大使館に連絡があったのだ。

そのホテルは一流の俳優が泊まるとは思えない、一泊百ドル程度の安宿だった。筒見がマネージャーから聴取したところ、「友人と会食する」と言って、グルシャン地区にある日本食料理店「ヤマト」の場所を聞き、リキシャに乗って出かけて行ったという。調べたところ、「ヤマト」はこの日、定休日だった。

神林失踪から一週間後、筒見宛に公電システムを使った電報が届いた。

〈事務連絡（邦人保護案件）限定配付
明日より三日間、ダッカ市カウランバザール・ボスティの大踏切から南へ三百メートル、タイヤが二つ置いてある赤い屋根のバラック周辺で待機せよ。十六時半の北行きの列車から投下される荷物を取りにくる人物を特定されたし。御如才《ごじょさい》なきことながら、本件に関しては、館内でも秘匿にて行うよう留意願いたい〉

発信は本省首脳、「邦人保護案件」ということは、神林失踪に絡む電報だ。大使や筆頭公使を飛ばして、末端の筒見に直接指令を出すなど、外務省の常識ではあり得ないことだった。

神林が失踪した以後も、筒見は大使館内に設けられた現地対策本部に立ち入ることすら許されず、完全に蚊帳《かや》の外に置かれていた。その筒見に秘匿任務を与えるということは、その「投下される荷物」とやらは、よほど秘密にせねばならないものなのだろう。

筒見はこう返信した。

〈投下される荷物に指紋転写用フィルムを装着願いたい〉

筒見は本省からの指令に従って、あのボスティに潜んでいた。その結果がこの有り様だ。もはや、口をつぐみ、日本政府の救援を待つしか残された手はなかった。

「君が外交特権を有することが証明されれば、身体拘束も、刑事裁判も免除される。だが証明というものは時間がかかる。それまでは君をテロリストとして扱うことになる」

尋問官がこういって顎を動かした。

ライフルを肩に下げた覆面の男二人が、筒見を椅子に縛りつけていたロープを解いた。

「これが我々の流儀だ」

覆面男が筒見の耳元で言い、両手首に手錠をかけた。二人がかりで筒見を持ち上げ、天井のフックに手錠の鎖をかけた。筒見は両手を拘束された状態で、吊り下げられる格好となった。

「何の真似だ」筒見は顔を歪《ゆが》ませた。

尋問官は大きなバッグから、黒光りする銃を取り出した。AK47、通称カラシニコフ銃。旧ソ連で開発された7・62ミリ口径のライフルだ。

「これをどこで手に入れた?」尋問官は銃口を筒見の首筋に突きつけた。

「そんなものは見たこともない」

「このAKは、おまえの家のクローゼットから見つかった。神林貞夫の頭部から発見された銃弾、そしてアリ・ホサインを襲撃した銃弾はこのAKから発射されたものだ」

遺体と凶器が自宅から発見されれば、世界中どの国でも殺人犯になってしまう。想定していたより遥かに厳しい状況であることを認識せざるを得なかった。

「ずいぶん都合がいい証拠がそろったものだな」筒見は挑発的に言った。「あんたたちは神林の頭とその銃が俺の家にあることをどうやって知ったんだ?」

「匿名の情報提供だ」

何者かが筒見を嵌《は》めようとしている。

土砂降りの雨の中で、炯々《けいけい》と光る眼、歪んだ笑みが頭を掠《かす》めた。

あの東洋人か――。

そのとき、尋問官に顔を強く摑まれた。

「さあ、答えろ。誰の指示でやったんだ！」生臭い息がかかった。

筒見は頭を振って振りほどき、尋問官の顔めがけて唾を吐いた。

尋問官は鼻のあたりをハンカチで拭った。そして筒見に背を向けて二、三歩離れた。

振り向きざまに、拳が飛んできた。体が「く」の字に曲がり、息が止まった。尋問官の右拳が鳩尾《みぞおち》にめりこんでいた。

不意打ちを喰《く》らって、息を吸うことができない。体が振り子のように揺れている。尋問官の声が遠くに聞こえた。


鉄扉が開く音で目が覚めた。筒見は天井から吊り下げられたまま、目を薄く開けることしかできなかった。

「おい……」

頰を強く張られて、重い頭をもたげた。ぼんやりと霞《かす》んだ視界に、どことなく見覚えのある男が立っている。夢と現実の判別に時間がかかった。

「公安部の狂犬と呼ばれた男がこの姿か……。無様《ぶざま》なものだ」

男はポケットに手を突っ込んだまま日本語で言った。

うしろにはスーツ姿の四人の日本人が控えていた。

「……ここはどこだ」筒見は呻くように言った。

「バングラデシュ軍参謀情報局《DGIF》の分室だ。私は神林貞夫誘拐殺人事件の現地捜査本部の本部長として今日到着した。この身柄拘束を解かせたうえで、我々があなたを聴取する」

「おい」男が連れてきた部下に眼で合図を送った。「この状態で写真を撮れ」

日本の警察官らしき男が、天井から吊り下げられた筒見に携帯電話を向けて、写真におさめた。

「待て！　お前らは何者だ」尋問官の怒鳴り声が響いた。

「日本警察外事課理事官の瀬戸口大河《せとぐちたいが》です」流暢《りゅうちょう》な英語だった。

「日本の警察？　ここはＤＧＩＦの尋問室だ。退去しろ」

尋問官はドアを指さした。

「あなた方が拘束したのは日本の外交官です。外交関係に関するウィーン条約に基づいて身柄は我々が引きとります。すでに貴国の内務大臣と話はついています」

「我々のところには何の指示も降りてきていない。退去しなければ、拘束する」

尋問官が怒鳴ると、武装した覆面男たちが銃を構えた。

向けられた銃口をものともせず、瀬戸口と名乗る男は薄笑いを浮かべたままだ。尋問官の興奮を無視するかのように、携帯電話の画面をかざした。

「直《ただ》ちに拘束を解きなさい。これは国際法違反であるばかりでなく、国連で禁止された拷問にあたる。さもないと、国連事務総長室にこの写真を送信する」

携帯画面には、天井から吊り下げられた筒見の写真が映っている。

尋問官は、甲高《かんだか》い声をあげて笑った。

「ウィーン条約だ？　冗談を言うな。これはテロだ。外交特権を放棄して、現地当局に解明を任せるのが、法治国家としてあるべき姿だろう」

「論理が逆だ」瀬戸口は鼻で笑った。「法治国家だからこそ、我が国刑法の国外犯規定に基づいて捜査する。この事件は日本警察も管轄権を有するのです。今すぐ、この男の手錠を外しなさい」

「断る」尋問官が眼を剝《む》いた。

「日本との間で重大な外交問題を抱え込むことになりますよ」

「経済支援で脅《おど》しか？」

「私には経済支援を止める権限はありません。ですが、日本に駐在する貴国の情報部員五人を国外追放にするネタは握っています」

瀬戸口は上着のポケットから取り出した写真を床に放り投げた。日本警察が秘撮した情報機関員の写真だった。


筒見が拘束されていたのは、ダッカ郊外の山中にあるＤＧＩＦの秘密庁舎だった。建物の玄関前には日本大使館の車が待っていた。筒見は日本の警察官らに両脇を支えられた状態で、転がり込むように後部座席に乗り込んだ。車の時計は午前十一時と表示されていた。つまり八時間ほど拘束されていたことになる。

日本大使館に戻った筒見を待ち受けていたのは、大使館員たちの冷たい視線だった。刑事たちに連れられて玄関を入ったところで、顔に何かがぶつかった。どろりとした液体が、とてつもない臭気を放った。腐った生卵だった。

「人殺し！　恥を知れ」

部下のバングラデシュ人警備員が憎悪をむき出しにして罵《ののし》った。

ＤＧＩＦの意趣返しだろう。警備班長のアリの殺害に、筒見が関わっているとの噂はあっという間に広まっているようだ。筒見は同僚たちの侮蔑や憎悪を全身で受け止めながら、大使館の廊下を歩いた。

連れて行かれたのは地下の会議室だった。盗聴防止機能が施された部屋の真ん中には、取調室のようなテーブルがあり、お茶のセットだけが置かれていた。

筒見は奥の椅子に座らせられた。

「医務官を呼んで来い」年配の捜査官が部下に指示した。

手錠をはめられていた筒見の両手首は皮膚が破れ、全身のいたるところが青黒く内出血を起こしていた。呼吸のたびに胸に激痛が走る。肋骨《ろっこつ》が何本か折れているようだった。

「治療は必要ない」瀬戸口は首を振った。

「お言葉ですが、理事官、怪我を放置したまま聴取して、調書を作成すれば、任意性が問われることになります」

ベテラン捜査員の進言に、瀬戸口は手を振って遮《さえぎ》った。

「任意性？　それは一般被疑者にしか適用されない。この男の頭にはそんな単語は存在しないはずだ。聴取は私が行う」

瀬戸口はテーブルを挟んで筒見と向かい合わせに座った。長い睫《まつげ》、涼しげな眼が、急激に陰湿な敵意を帯びた。室内がしんと静まり返った。

「神林貞夫の遺体はどこだ。胴体をどこに隠した？」

瀬戸口はこう言ったきり押し黙り、筒見を見つめた。

「俺がやったと思っているのか？　日本警察は相変わらず無能だな。それとも、瀬戸口さん、あんたが無能なのかな」

筒見は吐き捨てるように言った。

「マル害の頭部と凶器が君の自宅から発見された。子供でもあなたが犯人だと疑うでしょう。この犯罪に関わっていないのなら、この客観的事実を覆《くつがえ》す材料を出してほしい」

「そうだよな……」筒見は自虐的に呟いた。「自宅に戻れば、あんたに証拠を見せてやるよ」

「ほう。どんな証拠だ？」

「玄関に赤外線感知型のカメラを仕掛けてある。昨日、俺はある場所で意識を失い、何者かによって部屋に運び込まれた。そのときに神林貞夫の頭部とＡＫ47も持ち込まれた。カメラにはその犯人の姿が映っているはずだ」

「すぐに回収させよう。自宅のどこにあるんだ？」

「玄関ドアに向かって左側の壁に直径一センチのレンズが覗いている。室内側から壁を壊せば本体を取り出せるはずだ」

瀬戸口が顎をしゃくると、若い刑事は部屋を出て行った。

「次に……」瀬戸口は手元の紙を捲った。「ここにあなたの携帯電話の架電先一覧がある。あなたからある人物への架電についてお聞きしたい。昨日の午後七時以降、カラ・マリクと三回電話で話しているね？」

午後七時といえば、ボスティで神林を発見した後、つまり、サイードに渡された水を飲んで、意識を失った直後のことだ。

「カラ・マリク……？」

「そうだ。これも何者かが君の携帯で電話をかけたとでも言うのか？」

「カラ・マリクってのは、ダッカの裏社会を仕切るマフィアだ。名前は知っているが、俺は会ったことも、電話で話したこともない」

「マリクは三年前にベルギー・ブラッセルズで銀行強盗を起こして国際刑事警察機構《ICPO》に国際手配されている。その時の手口を知っているか？」

「ああ。現金輸送車を複数の車で挟んで、停止させ、ＡＫを連射して車ごと蜂の巣だ」

筒見が答えると、瀬戸口は不敵な笑いとともに頷いた。

「そう。今回、君の部下のアリ・ホサインが襲撃されたのと同じ手口だ。そしてマリクは最近、ＪＭに兵器を売却していることもわかっている。あなたはマリクとどのような関係なのだ？」

ＪＭとは「ジャマートゥル・ムジャヒディン」というイスラム過激派組織だ。シャーリア国家建設を目指して、バングラデシュ国内での爆弾闘争を繰り広げている。意識を失った筒見の電話を使って、マリクに複数回電話をかけたのなら、やはりこれは仕組まれた罠だ。

「まるで面識がないから、答えようがないな」

「では、質問を変えよう。あなたは昨日の午後、どこにいた？」

「カウランバザールだ。三日前、アリの運転でカウランに行って、市場の裏で車を降りた」

瀬戸口はダッカの地図を広げ、カウランバザールのあたりに鉛筆で丸をした。

「カウランといえばカラ・マリクの拠点じゃないか。なぜそんなところにいた？」

「情報収集だ。詳細については明らかにできない」

「何のための情報収集だ？」

「外交に関わる職務上の秘密だ」

「誰の指示で動いていた？　あなたは神林の誘拐事件の情報収集には関わっていないはずだろう」

核心を突こうとばかりに、瀬戸口は身を乗り出した。

筒見は気勢を削《そ》ぐかのように、大きく息を吐いた。

「黙秘する。個人的な怨念に突き動かされている男に、俺は話をするつもりはない」

「怨念だと？」瀬戸口は露骨に顔を歪めた。

筒見は部屋の入り口に立つ刑事たちに向かって言った。

「おい、そこにいる捜査一課の皆さん。あんたたちもプロなら、この素人キャリアと取調べを交替しろ。さもないと真実を見失うことになるぜ」

室内の温度がぐっと下がり、森閑とした。聞こえるのは瀬戸口の息遣いだけだった。

「みんな、席を外してくれ。二人で話がしたい」

瀬戸口は顎を動かした。

四人の刑事が訝《いぶか》しげな表情を浮かべながら会議室を出て行くと、瀬戸口は迸《ほとばし》る感情を押し殺すように腕を組んで目を瞑り、大きく息を吐いた。

「まだ俺が憎いか」

筒見が呟くと、瀬戸口は眼を見開いた。

「あんたがやったことは、一生忘れない」

瀬戸口は鋭利な眼差しを筒見に向けた。

「報復のために、財務省から警察庁に移籍したのか?」

「兄の事件の真相を知り、あんたのような腐った警官を組織から消し去るためだ」

「俺がやったことが真相だ」筒見は鼻で笑った。

「十年前におまえがやったことは、公安警察の歴史から抹消されている。おまえは手柄のためにスパイ事件をでっち上げただけだ」

「俺の捜査には一点の曇りもない。何度でも言ってやる。おまえの兄貴はスパイだった」

瀬戸口の奥歯が軋《きし》んだ。

筒見は構わず続けた。

「国を裏切った罪悪感と逮捕への恐怖で自ら命を絶った。おまえの兄貴、瀬戸口顕一《けんいち》は罪を償《つぐな》うことから逃げた卑怯者だ」

「黙れ。すべて捏造《ねつぞう》だ!」

瀬戸口の叫び声とともに、額《ひたい》に固いものがぶつかった。
二つに割れた湯呑が床に転がっていた。右眉の上から血が流れ、視界が赤く染まったとき、筒見の脳裏に十年前の画像が鮮明に蘇《よみがえ》った。

天井が潰れた車。赤黒く染まった車体。ひしゃげた手足。頭蓋から飛び出した脳、立ち尽くすランドセルの女の子――。

これが瀬戸口大河の兄・顕一の最期だった。当時、顕一は「将来の次官」と評されるエース外交官で、中国の専門家だった。警視庁公安部外事二課四係を率いていた筒見は、中国大使館に在籍する諜報員が顕一と接触していることを突き止めた。一年間監視を続け、捜査が大詰めを迎えたとき、顕一は公務員宿舎の屋上から飛び降りて命を絶った。しかも通学途中の一人娘の目の前での出来事だった。

この日、筒見は上司の捜査中止命令に反して、顕一の取り調べに踏み切ろうとしていた。この動きを察知されたのだ。猛《たけ》り狂った筒見は部下を引き連れて、緊急帰国しようとする中国の諜報員を空港のトイレに監禁して尋問した。外交特権を無視したうえ、暴行まで働いたことについて、中国政府から激しい抗議を受け、筒見は公安警察を追放された。

その後、九年間、在ニューヨーク総領事館、在バングラデシュ大使館と、海外を転々とさせられて、日本で暮らすことすら許されていない。政治判断を無視して、日中外交を傷つけ、将来を嘱望された外交官を死に追い込んだことへの懲罰である。瘴癘《しょうれい》地バングラデシュへの異動は、退職を迫る国家の意思表示と言っていいだろう。

思い起こせば、大河に初めて会ったのは、顕一の通夜の場だった。焼香をしようとしていた筒見のもとに、財務省の若手官僚だった大河が駆け寄って来てバケツの水をぶちまけたのだった。大河はわなわなと震え、全身から憎悪と嫌悪が噴き出していた。大河は小学六年のとき、両親を交通事故で失い、十五歳上の顕一が父親代わりだったことを知った。

あれから十年、机を挟んで向かい合っている大河は四十にはなっているはずだ。だが、あの時と同じ、憎悪の漲《みなぎ》った目をしている。

筒見は顔を血で染めたまま、ゆっくり椅子から立ち上がると、大河の襟首《えりくび》に摑みかかった。

「いい機会だ。俺に報復すればいい。俺は受けて立つぜ」

こう言って、大河を床に放り投げた。

「報復だって？　俺はそんなつまらんことはしない。証拠を積み重ねて、あんたの化けの皮を剝がしてやるよ」

大河は床に尻を着いたまま、押し殺すような声で言った。

帰国準備のために自宅に戻されたのは、午後九時のことだった。アパートの前で大使館の車を降りると、三人の物乞《ものご》いたちが群がってきた。この町には老若男女、数十万の物乞いがいる。手足が欠損した者たちが道行く人や車に追いすがる様は、この国の未来への深い絶望を誘う。

「お願いだ。お金を……」

片目が白く濁った男が、筒見のワイシャツを摑んで手を差し出した。筒見はズボンのポケットをまさぐったが、小銭すら入っていなかった。あらゆる私物を日本警察に提出してしまっていたのだ。

男の手を振りほどいてアパートの階段を三階まで駆けのぼった。

我が家は惨憺《さんたん》たる有り様だった。壁には血糊が塗りたくられたままで、強い鉄錆の臭気が残っていた。家宅捜索によって絨毯《じゅうたん》は引き剝がされ、ベッドのマットレスまで破られている。

玄関脇の壁は大きく破壊され、赤外線感知カメラは取り外されていた。今頃、瀬戸口が連れて来た刑事たちが、画像分析を行っているのだろう。カメラの記憶媒体の中に、何者かが、この部屋に意識不明の筒見を連れ込む姿が写っているはずだ。そのとき、神林の頭部とＡＫ47も持ち込んでいるに違いない。その画像さえあれば、筒見にかけられた嫌疑は払拭《ふっしょく》されるはずだ。あのカメラこそ、まさに命綱だ。

バスルームで顔を洗った。洗面で前かがみになったとき、シャツの胸ポケットにわずかな重みを感じた。黒いＵＳＢメモリが入っている。まるで見覚えのないものだった。

あのときに――。

筒見は窓際に走ってカーテンを開けた。アパートの前には、大使館の車が止まっているだけで、物乞いたちの姿はなかった。

焦燥を堪《こら》えながらノートパソコンを開き、メモリを差し込んだ。表示されたのは動画ファイルひとつだけ。マウスを操作して再生をクリックした。

カメラが黒ワゴン車にゆっくりと近づいていく。車体には無数の穴が開いている。固い靴がガラス片を踏みしめる音だけが聞こえる。

運転席に顔面を真っ赤に染めた男がいた。やや上を向き、ハンドルを固く握り締めたままだ。警備員のアリだった。その指先がわずかに動いた時だった。

パ、パン。

鋭い銃声とともに、アリの頭から白っぽいものが飛んだ。アリの体は助手席側に倒れ、動かなくなると、画面が黒くなった。

何者かがアリに止《とど》めを刺した時の映像だ――。

筒見は椅子のうえで虚脱したまま身じろぎもできなかった。しばらくすると、画面は再び明るくなった。凄惨な画像は一転し、記憶の片隅に仕舞い込んでいた閑静な住宅街が映し出された。

懐かしい雀のさえずりが聞こえる。おもちゃのような華奢《きゃしゃ》な家が並んでいる。日本の家並みだ。やがて画面はある一軒家にズームインしていった。車の中からフロントガラス越しに撮影したもののようだ。撮影者は何も語らない。

およそ一分後、玄関の扉が開いて、制服姿の少女が姿を現した。カメラは、歩いてゆく少女のうしろ姿を執拗《しつよう》に追った。

筒見の心臓は引き絞られ、マウスに置いた指が震えた。

七海《ななみ》――。

パソコン画面を閉じ、激しい呼吸を繰り返しながら、ゆっくりと立ち上がった。パソコンを両手で頭上に持ち上げると、テーブルに叩きつけた。

プラスチックの破片が床に飛散した。

壊れた機械のように、何度も同じ動作を繰り返した。膝でパソコンを真二つにへし折ると、筒見は天井に向かって獣のように雄叫《おたけ》びを上げた。


午後八時、銀座・並木通りには上質な靴音が響いていた。飲食店が入居する五階建てビルの入り口で、龍哉は雑踏に目を凝らしていた。四階にある『ダイヤモンドラウンジ』で働くようになって三ヵ月が経つ。

その客は胸元が大きく開いたミニの白いワンピースを着てやってきた。

「ようこそ、綾子《あやこ》さま」龍哉は深くお辞儀した。

手を取ってエレベーターに案内し、店にエスコートした。

「他のテーブルにつかないで、綾子さんをずっとお待ちしていました。今日の服、セクシーでとてもお似合いです」

こういうセリフも自然に出るようになった。

「龍哉君、上手なこと言うようになったわね。私には普段通りでいいのよ」

カウンター席についた綾子はしなやかな足を組み替えた。週に一度、木曜夜八時に必ず店にやってくる。年齢を聞いたことはないが、龍哉よりいくらか年上だろう。気だるい表情、艶やかな唇を少し開いて、長い髪を掻《か》きあげる仕草にぞくっとした。

ここ『ダイヤモンドラウンジ』は、男性店員が接客する会員制ワインバーだ。入会金三十万円、年会費十万円。もちろん裕福な女性会員ばかりだ。男性店員は身長百七十五センチ以上、年齢は三十五歳以下、大卒で、顔立ちが整った者が選ばれる。黒髪、ダークスーツで接客し、社会人らしい知性、言葉遣い、常識も求められる。

これが銀座らしさの演出なのだが、実態は売り上げ至上主義で、店員同士で上客の争奪戦が繰り広げられる。本質的には、歌舞伎町あたりのホストクラブやボーイズバーとなんら変わりはないのだった。

「きょうはスパークリングの気分ね。フランチャコルタを頂こうかしら。フェルゲッティーナがいいわ」

綾子は北イタリアのスパークリングワインを注文して、「龍哉君も付き合ってね」と少し鼻にかかった声で言った。

「お付き合いさせていただきます」

濃緑のボトルから黄金色の液体が注がれた。泡が立ち上る様子を見つめながら、綾子とグラスを軽く合わせた。

目が覚めると、龍哉はベッドの上に裸で寝ていた。腕時計を見ると、午前五時だった。隣で綾子が寝息を立てている。白い背中は美しい稜線を描き、腰の辺りが頼りないほどくびれている。

店を出てからの記憶は断片的にしか残っていない。「酒量こそ男の強さの尺度」といわれる国に育ちながら、龍哉はアルコールに滅法弱い。ワインならせいぜい一杯が限界で、それ以上飲めば、眠りに落ちてしまう。

そうだ、ここは綾子の家だ——。

ベッドを抜け出して、カーテンをそっと開けた。大田区の住宅街は空虚な静寂が広がっていた。龍哉は途轍もない背徳感に襲われて身震いがした。綾子はなぜ夫婦の寝室に龍哉を招き入れたのだろう。綾子とこういう関係になって二ヵ月になる。いつもは晴海《はるみ》にあるホテルだったが、自宅に招かれたのは初めてのことだった。

ベッドに戻って、ふと気付いた。綾子の二の腕に大きな青黒い痣《あざ》が二つある。内出血だろうか。龍哉はその部分をそっと指で撫《な》でた。吸い付くような白い肌が、その部分だけざらついていた。

綾子の寝顔を眺めているうちに、ふと、楓の顔が浮かび、気まずさが胸に広がった。いや、これは正しいことだ。この行為には任務達成という大義があるのだから。

寝室のドアを開け、廊下に出た。床板の軋みを立てぬよう端を歩く。突き当たりの部屋のドアをそっと開けた。壁一面が本棚になっており、机がひとつ窓際に鎮座している。その上でノートパソコンが開かれたままになっている。キーボードに触れた。

〈リーダーで指紋をスキャンしてください〉

こう表示された。夫婦二人で住んでいるのに、指紋認証でセキュリティ対策か。

龍哉は軽く舌打ちすると、寝室に戻った。

綾子は深い眠りについている。枕元のサイドテーブルに彼女の携帯電話が置かれたままになっていた。龍哉はその携帯を手に取り、〈１２２０〉とパスコードを押した。何度も操作を覗き見て記憶した番号だった。ロックが解除された。

ベッドを背にして、床に座り、写真アルバムを呼び出した。

奇妙なアルバムだった。人が写っていない。庭の花やワインのラベルの写真が並んでいる。二年分遡《さかのぼ》ったところで、ようやく人物の写真があった。夫らしき中年男。綾子と頬を寄せ合っている。その中の一枚、男がピースサインをしているものを見つけた。

鞄からフラッシュメモリとアダプターを取り出し、綾子の携帯に差し込んだとき、綾子が寝返りをうった。

目覚めるな――。

画像をすべてコピーして、携帯を元の位置に戻した時、綾子が目を開けた。

「どうしたの?」綾子はゆっくりと身を起こした。

「ごめん。眠れなくて……」龍哉はベッドに腰を下ろした。

「夫婦の寝室は嫌? 夫は出張中よ」

「居心地は良くないよ。僕はそんなスリルは求めていない。罪悪感に押しつぶされそうだ。綾子さんはなぜここで? 前みたいにホテルでいいじゃないか」

背を向けたまま言って反応を待った。これは半分本音、半分は嘘だ。なぜならこの家に入るのは龍哉にとって絶好の機会だからだ。

柔らかい腕が背中から絡みついてきた。ガラスに二人の姿が映った。

「我慢して……。私の我儘《わがまま》を聞いて……」

ガラス越しに見える綾子の眼が妖《あや》しい光を帯びた。


翌日正午、龍哉は頭痛をこらえながら、西新宿の高層ホテルの廊下を歩いていた。後ろに従う警備員のひとりはジュラルミンケースが載った台車を押し、二人が特殊警棒を持って警戒している。

四十二階のスイートルームのドアをノックした。

出てきたのはアッシだった。

〈やあ、周《しゅう》さん。お待ちしておりました〉

アッシは北京語でこう言うと、片目を瞑った。

龍哉が警備員を引き連れて部屋に入ると、ダブルのスーツを着た初老の男がソファから立ち上がった。

「こちらが高橋《たかはし》先生です。仙台で整形外科を経営していらっしゃいます」

アッシが北京語で紹介した。

「はじめまして、周秋白《しゅうはく》です」龍哉はわざと拙《つたな》い日本語で挨拶した。

差し出された名刺には、〈医療法人健診会・院長・高橋義和《よしかず》〉と書いてあった。医師の腕にはイエローゴールドのダイヤ入りロレックスが光っている。

アッシが顎で指示すると、警備員たちはカートの上のジュラルミンケースを三人がかりで持ち上げてテーブルに載せた。そして、もったいぶった動作で鍵を開けると、部屋の片隅に退《しりぞ》いた。

「どうぞ、ご覧ください」アッシがケースの蓋を開けた。

金の延べ板がぎっしりと詰まっている。

高橋はまぶし気に目を細め、唾を飲み込んだ。

「これはほんの一部です。残りは香港です」

アッシは白手袋をはめると、一キロのインゴットをひとつ取り出し、両手でうやうやしく高橋に渡した。

「すごいね。本物かね。中が鉛ということはないだろうね」

高橋は掌に乗せ、食いつくように見ている。

「ここに国際公式ブランドの刻印があるでしょう。南アフリカのランドレフィネリーのものです。999・9という純度も表示されています」

当たり前だ。アッシが日本に持ち帰った本物なのだから。

「残りは香港のどこに？」

アッシが英文の紙を机に置いた。

「こちらがUBS香港のウエアハウスに保管された五百トン分のSKR、つまり倉庫保管証券です。売買はこのSKRを動かすのです。もしどちらかで鑑定をなさりたければ、ひとつお持ちください」

「いや、結構だ……信頼しているよ」高橋は手を振った。

「こちらの周秋白さんの父親は将来、中国の政治局委員になられる方です。つまり十三億人の中国全人民のトップ三十の権力を握るのです。ここだけの話ですが、中国では権力に金がついてきます。権力者たちは巨額の資産を金塊に換えて香港の銀行に預けるのです」

アッシは練りに練ったストーリーを力説しはじめた。

「失礼ですが、周さんはなぜこの金塊を売却するのですか？」高橋は龍哉に尋ねた。

龍哉はここでは「中国天津《てんしん》市副書記・周延東《えんとう》の次男」であり、簡単な挨拶以外の日本語は解さないことになっている。龍哉が黙ってアッシの顔を見ると、アッシが北京語に通訳した。

龍哉は北京語でこう答えた。

〈私はボストンのハーバード経営大学院《ビジネススクール》に留学中です。将来はシリコンバレーで起業することを考えています。私は父のように政治家になるつもりはない。親の七光りを使わずに自分の才覚でビジネスをしたいのです。医療関係のビジネスを考えているので将来は高橋先生にもご協力いただきたいと思います〉

アツシがこれを日本語に通訳すると、高橋は満足げに頷いた。

「立派な心構えだ。日本の若者にも見習ってほしいものだ」

高橋は龍哉に握手を求めた。

「先生、この取引はオフマーケットディールです。市場価格から大幅に値引きできます。支払いについてはＳＷＩＦＴで……」

アツシは契約書を示して説明し始めた。

「転売利益の一部として、十億円が高橋先生に入ります。買い手はシンガポールの富豪の方で、近日中にご紹介します。その前に準備が必要です。まずは先生個人の名義でスイスのプライベートバンクに口座を開設していただきます。そこにいくらかのお金を一時的に入れていただいて、預金の残高証明書を取ります。それから……」

荒唐無稽な話に乗り始めた犠牲者を見ながら、龍哉の胸は痛んだ。

アツシが一億二千万円を手に入れたのは、十日後のことだった。

「スイスの銀行口座の残高証明書が必要だから、口座を開設して金を振り込む必要がある」

これが騙《だま》しの決め台詞《ぜりふ》だった。

金地金入りのジュラルミンケースを運んだ三人の警備員は、歌舞伎町を根城にする暴力団の大成《たいせい》会寺島《てらしま》連合の組員で、闇金融を生業としている連中だった。

アッシは金の買い手として「シンガポールの富豪」を高橋に紹介していた。その富豪の実態は中古車売買業の不良イラン人だったそうだ。

「おまえのやっていることは詐欺だ。おまえの行為は資本主義社会のゴミみたいなものだ」

龍哉がこう指摘すると、アッシは烈火のごとく怒った。

「俺は堕落した資本主義者を憎んでいるからこそ、制裁を加えているんだ。腐敗した金を、我々革命戦士の活動資金にして何が悪い。敵国の国民を欺《あざむ》くのが工作員の任務だ」

確かに二人に割り当てられた工作資金は少なすぎる。日本に潜伏生活をしているにもかかわらず、リスクに見合った生活はできていないのが実態だ。そういう意味ではアッシの理屈も成立していた。

早いもので、日本で暮らし始めてから丸四年が過ぎた。「倉本龍哉」という偽《にせ》の日本名を名乗り、自由で豊かなこの国に身を置いていると、自分の正体を忘れそうになるのが正直なところだ。

俺は平壌《ピョンヤン》生まれ、平壌育ちの朝鮮人・李東植《イドンシク》だ——。

心の中でこう復唱し、朝鮮民族の誇りを保ち続けないと、アイデンティティが崩壊してしまう。資本主義国に派遣され、自由や贅沢を知った工作員や外交官らが、祖国を捨てて次々と亡命する心情も、理解できないものではなくなり始めている。

だが、龍哉は選び抜かれた男だという自負がある。選抜してくださった金正恩《キムジョンウン》元帥様への恩返しこそが責務だ。

龍哉が朝鮮人民軍偵察総局に採用されたのは、金日成《キムイルソン》総合大学の三年生、二十歳のときだった。金日成総合大学は、主体《チュチェ》思想で徹底的に武装し、党と首領に忠実な民族幹部の骨幹を養成する超エリート大学である。龍哉はその中でももっとも競争率の高い、自然科学部門、それも物理学科の学生だった。

ある日突然、学長室に呼び出された。学長とともに待っていたのは、軍服を着た老人だった。

「李東植同志《トンジ》……」老人が龍哉の本名を呼んだ。

「質問だ。けさ通学の地下鉄で隣に座っていた人間の特徴と服装を答えよ」

科学者を目指していた龍哉は「これは党の研究機関に推薦するための試験だ」と直感した。

「はい。隣に座っていたのは、年齢四十歳前後の女性で、髪の毛は肩までの長さです。唇の右上に小さなホクロ、小鳥の柄が入ったワンピースで白い襟でした」

老人は満足げに頷いた。

「次の質問だ。二時限目の日本語授業で、李《イ》教授が読み上げた詩の作者題名を述べ、その詩を暗唱せよ」

「李教授が教えてくださったのは高村光太郎の『道程』です。〈僕の前に道はない。僕の後ろに道は出来る。ああ、自然よ。父よ。僕を一人立ちにさせた広大な父よ。僕から目を離さないで守る事をせよ。常に父の気魄を僕に充《み》たせよ。この遠い道程のため。この遠い道程のため〉です」

「ほう。すばらしい。さすが外国語競演会で連続最優秀賞をとるだけはある。洞察力、記憶力も申し分なしだ」

「ありがとうございます」龍哉は丁重に頭を下げた。

「では三つ目の質問だ。一九九四年の新年の辞で、偉大なる首領様は、『全人民が、党と領袖のまわりに一心団結し、自力更生、刻苦奮闘の革命精神を高く発揮して力強く闘うならば……』のあと何とおっしゃったか、言ってみよ」

「はい。『我々はいかなる試練に直面しても朝鮮式社会主義を擁護し、限りなく輝かせ、主体《チュチェ》の社会主義偉業を成功裡に完成していくことができる』であります」

「忠誠心も申し分ないな」軍服の老人は満面の笑みを浮かべた。

「お褒めに与《あずか》り、大変光栄です」

「よし。李東植同志、明日、平壌総合病院に行って、総合身体検査を受けてきなさい。結果は学長に提出しなさい。また、こちらから連絡する」

そう言い残して老人は学長室を出て行った。

龍哉は子供のころから「神童《シンドン》」と呼ばれて育った。高校まで数学、英語、物理、化学はずっと学年一、二位だったが、全国の最優秀学生が集まる金日成総合大学への入学には大きな壁があった。端的に言えばカネと出身成分、つまり血統だ。龍哉の父親は高級中学校教師、いわゆる中流階級で、決して裕福な家庭ではなかった。

朝鮮労働党幹部の子弟には、金日成総合大学合格への抜け道が用意されている。「家庭教師」である。それも金日成総合大学の入試の採点を担当する教授を家庭教師として雇うのだ。受験生はその教授に指示された秘密の印を答案用紙に書く。すると教授が採点のときに加点して、合格させるという仕組みだ。党幹部の子弟はこの仕組みを利用し、入学してくる。教授への見返りはもちろん、高額の報酬だ。龍哉にはこの抜け道はなかった。大きなハンディキャップを背負いながらも猛勉強し、一発で最難関を突破したのだ。

一週間後、老人は三人の軍服の男を連れて、狭い自宅アパートにやってきた。老人は党幹部だったらしく、両親は畏《かしこ》まって彼らをもてなした。

「李東植同志には大学を休んでもらい、党の仕事をしてもらうことになった。本日より研修に入るので同意いただきたい。二ヵ月間連絡はとれないが、それで構わないか」

老人は問答無用とばかりに言い放ち、両親は頷くしかなかった。

当の龍哉は気楽なもので、「職場体験でもしてみるか」くらいにしか考えていなかった。小難しい金日成革命歴史や金日成哲学、社会主義政治経済学など政治思想学習から逃れることができるほうが魅力だったのだ。

連れていかれた先は平壌市近郊の山間にある小さな村だった。鉄条網に囲まれた広大な敷地に、平屋建ての一軒家が点在しており、周囲の住民から隔離されていることだけは分かった。これが工作員の密封教育のために作られた「東北里《トンブクリ》三号招待所」だった。

「李東植同志。君の所属は朝鮮人民軍偵察総局となる」

招待所の敷地に入るとき、老人がこういった。

龍哉はこのとき、「偵察総局」なる組織を知らなかった。その組織の実態が、共和国最大の諜報機関にして、最強の戦闘能力を持つ特殊部隊であることを、龍哉はのちに知ることになる。偵察《ジエオンチャル》とは映画のような大袈裟な名前だと、小さな興奮を覚えた程度だった。

「李東植という本名は金輪際《こんりんざい》使うでない。おまえの名前はクラモトタツヤだ。誰にあってもこの名前以外使うな。いいな、倉本龍哉同志」

「はい。かしこまりました」訳も分からずこう答えた。

この日から、朝鮮民主主義人民共和国人の李東植は、「日本人・倉本龍哉」に生まれ変わった。

倉本龍哉はかつて日本に実在し、行方不明になった人物だ。別の北朝鮮人が、その戸籍や旅券を使って成りすましたまま、アメリカ・テキサス州に渡り、「アメリカ育ちの日本人」としての経歴を作り上げてきたのだという。まさに国家が潜入工作員のために育てた背乗《はいの》り用の身分だった。

このため龍哉は、アメリカの文化や南部訛りの英語だけでなく、ヒューストンの小学校から高校までの友人の名前、女性との交際歴、担任教師、テキサス州立大学の指導教授や専攻した学問の内容まで徹底的に叩き込まれた。

この東北里三号招待所の十号棟である男との出会いがあった。同僚のアツシだ。咸鏡北道《ハムギョンプクト》の道都・清津《チョンジン》出身。年齢は同じだが、農家の出で、高等中学校を卒業してすぐ朝鮮人民軍に入隊した叩き上げだ。最高学府にいた龍哉の同列にいるべきでない男だった。

初対面の印象は最悪だ。互いに日本名で自己紹介すると、アッシは近づいてきていきなり龍哉の股間をつかんだ。

「おまえ、男なの？　こんなひ弱なヤツと組むなんて、まっぴらごめんだ。俺は外国で死にたくねえんだ」

出身成分の低い田舎者で、品性の欠片《かけら》もない男だと思った。しかし、アッシは軍での特殊訓練を終えており、抜群の身体能力を持っていた。撃術訓練、特攻隊訓練、潜水訓練……。戦闘工作員になるためのいずれの鍛錬でも、アッシは突出した成績を収めた。

もっとも過酷な訓練の一つに、重さ二十キロの背嚢《はいのう》を背負ったまま、真夏の山中を六十キロの距離を走破する訓練があった。この訓練の途中、龍哉は熱中症で倒れ、救護隊に助け出されるという体《てい》たらくだった。一方のアッシときたら、七時間足らずで目的地に到達するという偵察総局訓練生の新記録を打ち立てた。

龍哉がアッシに勝てたのは、あれほど嫌だったはずの金日成主義政治経済学、金日成主義哲学といった政治科目や、航海、通信といった専門科目の試験だけだった。「神童」と呼ばれ続けた龍哉は、この時、生まれて初めての体験をした。劣等感というものを味わったのである。

そして、厳しい訓練を終えた二人は、海外での諜報活動を担当する第三局に配属された。標的は日本だ。日本が米帝や南朝鮮傀儡《かいらい》とともに、反共和国の侵略策動に動いたとき、その動きをいち早く察知して、破壊工作によって粉砕するのが任務だった。

「勝利の時に備えて日本社会に浸透《チムツ》せよ」

四年前、こう指令が下された。

龍哉は日本に浸透後、在日同胞の教授の伝手《つて》で、京都大学大学院に入り、核技術者の人脈を構築した。だが、具体的な工作任務は与えられない、休眠工作員《スリーパー》だった。

一方のアツシは歌舞伎町を根城に、在日同胞やヤクザたちと裏の商売を始めながら、重要な工作任務を任されるようになっていった。

二人の間には工作員としては雲泥《うんでい》の差がついていった。


バンコク発羽田行きのタイ航空機は満席だった。最後尾の席で筒見は瀬戸口と捜査一課の刑事に挟まれた状態で座っていた。

結局、日本政府は外交官の不逮捕特権を主張し、筒見はバングラデシュ政府から「ペルソナ・ノン・グラータ」（好ましからざる人物）を通告された。ペルソナ・ノン・グラータはウィーン条約に規定された接受国側の権利で、特定の外交官を名指しして国外退去を命じることができる。この手続きによって、筒見はバングラデシュから出国したのだった。

外事二課のスパイハンターだった頃、筒見はこの不逮捕特権の壁に苦しんだ。大使館員を偽装した諜報員をいくら追い詰めても、事情聴取も、逮捕もできない。いつも逮捕するのは、諜報員に取り込まれた日本人の側だけだった。あれほど忌《い》まわしいと感じた不逮捕特権に、自らが救われることになろうとは、あまりにも皮肉だった。

シートベルトサインが点灯し、機体がゆっくりと高度を下げ始めた。着陸予定時刻は一時間後、日本時間の午後八時半だ。筒見は窓の外を眺めながら、あの日、カウランバザール・ボスティで見たものすべてを反芻《はんすう》していた。

左翼の赤い航空灯が流れてゆく雲を照らしている。やがて窓ガラスで雨粒が糸を引き始めた。

「今晩は都内のホテルに宿泊してもらいます。取り調べは明日からです。何年ぶりですか、警視庁本部に行くのは」

英字新聞を読んでいた瀬戸口が初めて口を開いた。

「あの事件以来、足を踏み入れていない」筒見は前を見たまま答えた。

「ということは、十年ぶりですね。明日は公安警察のエースのご帰還だ。皆さん、さぞかし歓迎してくれるでしょう。……残念ながら行先は公安部ではなくて、留置管理課の取調室ですけどね」

瀬戸口が高らかに笑った。

「俺の家のカメラはどうなった」

「ああ、あれですか。分析しましたが、何も写っていませんでしたよ。壊れていたと報告を受けています。特殊部隊の突入の時に破壊されたのでしょう。どこの国も軍人は乱暴ですからね」

瀬戸口はこういって、新聞に眼を戻した。

「カメラの中の記憶媒体を俺に確認させてくれ」

「それは無理ですね。廃棄しましたから」瀬戸口は平然と言った。

筒見は心の中で舌打ちした。あの赤外線感知カメラは、何度もテストを繰り返して設置したものだ。しかも山林の獣道に設置する狩猟用のものだから、簡単に壊れる代物《しろもの》ではない。それに所有権放棄の手続きも取らず、廃棄するのは内規違反だ。

やがて機体は羽田空港に着陸した。

機体がゲートに接続されると、乗客たちが先に降りるのを待った。

「それではまいりましょう。これをどうぞ……」

瀬戸口が自分のジャケットを差し出した。

「何だ、これは」

「これを被って、顔を隠されたほうがよろしいかと」

「いらん。俺は被疑者じゃない」ジャケットを押し返した。

「あなたは現実を分かっていらっしゃらないようですね。ほら、これは今日発売の写真週刊誌です。空港には報道陣が集まって大騒ぎになっていますよ」

瀬戸口が折り畳んだ紙を筒見に差し出した。

「これは……」

天井から吊り下げられた男が写っている。無精髭、破れたシャツ、落ち窪んだ眼の奥がぎらついている。客観的に見る自分の姿は、捕らえられたテロリストそのものだった。ＤＧＩＦの尋問室で瀬戸口たちに撮られた写真だった。

〈独走スクープ！　神林貞夫の生首を日本大使館員宅で発見。テロリスト館員の素顔を激撮〉

仰々《ぎょうぎょう》しいタイトルがつけられていた。

〈取材：坂本楓カメラマン〉

女のカメラマンによる取材のようだ。

「これも報復のつもりか？」筒見は写真週刊誌のゲラを破り捨てた。

「被疑者らしい姿でしょう。でも残念ながら、暗すぎて写りが良くありませんでした」

「出版社にいくらで写真を売ったんだ」

「勘違いしないでください」瀬戸口は大げさに手を振った。「これはバングラ当局から漏れたものだ。強引にあなたの身柄を奪ったから腹いせに漏らしたのでしょう」

「……恥を知れ」筒見は呻くように言った。

「これ以上、顔を晒してしまっては、お嬢さんにも迷惑がかかるのではありませんか。高校二年でしょう？　多感な年ごろだ」

かっと顔が熱くなった。

瀬戸口は勝ち誇ったように笑顔を浮かべ、筒見の頭にジャケットを被せた。

四人の捜査員に両脇を抱えられた格好で飛行機を降りた。ターミナルの平面エスカレーターに乗ったところで、報道陣に取り囲まれた。フラッシュが焚《た》かれ、マイクを突きつけられた。

「神林さん殺害を認めますか？」

「なぜ、あなたが神林さんの頭部を持っていたのでしょうか？」

「イスラム過激派との関係は？」

記者たちは走りながら矢継ぎ早に質問を飛ばす。カメラマンたちは良い位置をとろうと、互いに押し合い、機材をぶつけ合った。

「おい、何か答えろよ」

「警官だろ。恥ずかしくないのか」

興奮した記者たちの質問は、やがて怒声に変わった。ターミナルはその空間だけ収拾のつかない混乱となった。筒見はもみくちゃにされながら、頭に被ったジャケットの隙間から前を見据え、無言を貫いた。

〈疑惑の大使館員が帰国、警視庁が本格捜査
バングラデシュの首都ダッカで、俳優の神林貞夫さんが誘拐され、切断遺体で見つかった事件で、神林さんの頭部を自宅に隠し持っていたとされる日本大使館の二等書記官が、バングラデシュ政府から国外退去を通告され、午後、警視庁の捜査員とともに帰国した。二等書記官は報道陣の問いかけに、無言のまま警視庁の車に乗り込んだ。
二等書記官の自宅からはアサルトライフルも発見されており、神林さんの頭部から発見さ

れた弾丸と線条痕が一致したという。また、ダッカ市内では日本大使館に勤務する現地雇用の警備員が射殺される事件が起きており、この事件で使われた銃弾とも一致したという。

警視庁は二等書記官が、神林さんと警備員を殺害したと見て調べているが、二等書記官は「全く身に覚えがない。何者かが神林さんの頭部とライフルを自宅に運び込んだとしか思えない」と容疑を否認している。しかしバングラデシュ警察によると、ライフルからは二等書記官の指紋が検出され、他人が自宅に入った形跡はないという。

警視庁はイスラム過激派との関係も視野に、二等書記官から詳しく事情を聴く方針だ。また神林さんの遺体も同じ飛行機で到着し、警視庁で検視が行われる〉

〈転落した敏腕捜査官、十年間海外転々

帰国した二等書記官は十年前まで、警視庁公安部外事二課で中国や北朝鮮のスパイ捜査を担当していた。「数多くの諜報事件を摘発し、敏腕捜査官だった」と当時の同僚は語る。しかし、二〇〇七年、係長として中国大使館員をめぐるスパイ事件の捜査を指揮した際、中国外務省から「帰国しようとする我が国の外交官を暴行した」と名指しで抗議された。またこの事件をめぐっては、捜査対象だった日本外務省の幹部が官舎から飛び降り自殺したため、警察庁長官が「捜査は事実誤認で、捜査手法に問題があった」と謝罪する事態になった。二等書記官はその後、外務省に出向、在ニューヨーク日本総領事館に勤務していたが、今年、在バングラデシュ日本大使館に異動し、大使館の警備業務などを担当していた。

ある警視庁の捜査員は「とうの昔に警察を辞めたと思っていた。まだ警察に籍が残っていたとは驚きだ」と語っている。また別の捜査員は「当時は警視庁の宝ともいわれる敏腕だったが、上司の指示に従わず、独断で捜査するところがあった」と問題行動を指摘する〉

ビジネスホテルの部屋のドア下に差し込まれていた新聞の朝刊は一面、社会面で大々的に筒見の帰国を報じていた。壁に叩きつけると、新聞はばらばらになって床に落ちた。

筒見は七階の部屋から赤坂の街並みを見下ろした。小雨が降りしきる中、テレビカメラを担いだ男が三人、その近くに記者らしき男が五人うろついている。

日本警察しか知らないはずの、筒見の宿泊場所の情報が洩れている。筒見の推理は確信に変わった。日本警察は外交特権を使って筒見を救済したわけではない。バングラデシュ当局に捜査を任せてしまえば、証拠不十分で無罪放免になってしまう可能性もある。ならば日本に連れ帰り、国外犯規定に基づいて捜査すれば、有罪に持ち込める。こんな策謀が渦巻いているのだ。

警視庁に行けば、逮捕状が執行される可能性が高い――。

床に落ちた新聞を鷲掴《わしづか》みにして、丸めようとしたところで手が止まった。ゆっくりを新聞を広げる。ジャケットを被せられ、マイクを突きつけられた無様な自分の写真を見つめた。

記者たちの後ろに、見覚えのある初老の男が立っている。白髪、痩身の男が、穏やかな目で空港での混乱を見つめていた。

その時、紙面の一点に目が吸い寄せられた。〈警視庁の捜査員と帰国した大使館員（羽田空港）〉という写真の説明書きの下に、同じ書体で文字が貼り付けられている。

〈地下駐車場にて待つM〉

筒見は眼を細め、右の口角を僅かに持ち上げた。

午前八時、部屋のドアをノックする音が聞こえた。ドアを開けると、瀬戸口と若い捜査員が待っていた。

「きょう逮捕か」筒見はぼそりと言った。

「どうでしょうか。私は警察庁の人間ですから、身柄引き渡しの調整役にすぎません。捜査の主体は警視庁捜査一課になりますので、今後のことはわかりませんね。さあ、行きましょう」

瀬戸口は不気味な含み笑いを浮かべた。

両脇を挟まれて、エレベーターで地下二階の駐車場に降りた。広い駐車スペースはほぼ満車だった。若い捜査員が銀色の中型セダンの後部座席のドアを開けた。

「どうぞ」

筒見は周囲に視線を走らせた後、運転席の後ろに乗った。隣には瀬戸口が座り、運転席に若い捜査員が乗り込んだ。

エンジンがかかり、車が動き出すと、床下からがらがらと大きな音が聞こえた。

「どうした?」瀬戸口が言った。

「前輪がパンクしているようです」車を降りた若い捜査員が言った。

「タクシーをここに呼んで来い。表はマスコミが張り込んでいる」

若い捜査員は車を元の位置に戻し、タクシーを捜しに走って行った。

「少し待っていてください」瀬戸口が車を降りて、パンクした前輪の前にしゃがみこんだ。

そのとき「ここにいたぞ」という大声が響いた。数人のカメラマンが駐車場内を走ってきた。

「ダメだ。取材は禁止だ」

瀬戸口が両手を広げて制止しようとするのが、フロントガラス越しに見えた。

筒見は後ろを振り返った。

背中合わせに停められた黒いワゴン車の中で、ペンライトが二回点滅した。筒見がドアを開ける音は、瀬戸口とカメラマンたちの押し問答がかき消していた。

黒いワゴン車は、スライドドアを開けたまま、ゆっくり走り出した。筒見が飛び乗ると、ドアは自動で閉じられた。

「筒見係長、お帰りなさい」

運転席の白髪の男が目尻に深い皺を浮かべるのが、ルームミラー越しに見えた。新聞の写真に写っていた男だった。

「マルさん……ここで何やってんだ」

丸岡哲也《まるおかてつや》元巡査部長。外事二課四係裏作業班で中国スパイを追った有能なスパイハンターだ。

十年前、筒見の指示に従って、瀬戸口の兄・顕一を追い詰め、自殺に追いやった結果、公安部を追われた。筒見よりひと回り年上で、昨年、江東運転免許試験場という閑職を最後に定年退職したはずだ。

「筒見係長の窮地に動かぬわけにはいきません」

「仕事は大丈夫なのか？」

「再就職はしていません。母校の大学院で研究生活を始めています」

「東大に戻ったのか？」

「ええ、中国文学研究室で魯迅《ろじん》の思想を研究しています」

丸岡は東京大学文学部を卒業後、警視庁巡査を拝命した珍しいノンキャリアだ。中国文学に精通する沈着な学者肌、分析官としても極めて優秀だった。

「このあたりで降ろしてくれ。俺に関わると、マルさんも巻き込まれるぞ」

「覚悟のうえです。でも、やらねばならぬ事情があるのです」

丸岡の眉尻が下がった。困惑した時に見せる癖だった。

「事情？」

「そのうち係長にも説明があるはずです。では、次の路地で降りてください。二百メートル先左側のコインパーキングに深緑のミニクーパーが停まっています。鍵は右前輪のタイヤハウスに磁石で貼り付けてありますので、ご自由にお使いください」

玄関の扉が開き、廊下の電気が灯《とも》った。みしりみしりと床の軋みが近づいてくる。巨大な黒い影がリビングの扉を開けた。

男は上着も脱がずに、棚からレコードを取り出すと、プレーヤーに載せた。

キーボードの音色が流れ始めた。

「ジョー・サンプルですか、懐かしいですね」

声をかけると、百キロを超える巨体が震えた。大きな禿《は》げ頭がゆっくりとこちらを向いた。小さな眼が驚愕で見開かれている。

「つ、筒見さん……」

ソファで足を組んだ筒見は、音楽を愛しむように目を瞑っていた。足には薄汚れたワークブーツを履いたままだった。

「今、聴いてもまるで古さを感じない。私はクルセイダーズ時代のジョー・サンプルが好きでしたが、今の気分にはそぐわない曲です」

「どうやって私の家に……」外務事務次官の飯島久雄《いいじまひさお》の声は上ずっていた。

「私の経歴をお忘れですか？　このくらいの訓練は受けています。奥様がお出かけのようなので勝手に入らせてもらいました」

「用があるなら職場に来ればいいじゃないですか」

「私は逃亡中の身です。外務省に足を踏み入れた途端に警察に通報されます。まあ、お座りください。ゆっくり話しませんか」

筒見はまるで自分が主人のように、向かいのソファを指さした。

飯島は四年前まで在ニューヨーク日本総領事を務めており、筒見の上司だった。飯島が逆転人事で外務官僚トップの座に上り詰めたのは、筒見が汚れ仕事に従事して、同期の出世頭が排除されたおかげだった。

「警察に私のことを何か喋《しゃべ》りましたか？」飯島は座りながら言った。

「ダッカでの特命については一切喋っていません。お陰で容疑者扱いのままですよ」

筒見はこう言いながら、右のブーツの紐を解いて足を抜いた。インソールを取り外し、大人の小指ほどの黒い筒を取り出して、テーブルに置いた。

「何です？　それは」

「アルミケースの把手のセロハンです」

「ああ、あなたから頼まれたものですね」

飯島は太い指先で黒い筒をつまみ上げた。

「セロハンにはケースを持ち去った犯人の指紋が転写されています。あとは警察の仕事だ。日本に指紋データがなければ、ＩＣＰＯに照会をかければいい。あの男は北東アジア系だ。中国、朝鮮半島、もしくは日本でしょう」

「ご苦労様。指紋は裏ルートで照会をかけます」飯島は小さな筒を鞄にしまった。

「ところで飯島さん……」筒見は身を乗り出した。「一体いくら奪われたのですか？」

「何のことです？」飯島の顔が石のように冷たくなった。

「列車から落としたケースの中身は身代金でしょう。いくら支払ったのですか？」

「何も話すことはできません」飯島は頭を横に振った。

「日本政府は犯人側の要求通り身代金を支払った挙句《あげく》、日本を代表する映画俳優を殺害されてしまったわけですね。これはとんだ失態だ」

「一切コメントしない。ケースを受け取りに来た男を特定するのが、あなたの仕事だ」

飯島は真偽を悟《さと》らせぬためか、まるで表情を変えずに言った。

「特定する？　私はこれ以上、関わるつもりはありませんよ」

「筒見さん……」飯島は深い溜息をついた。「あなた自身で犯人を突き止めなければ、神林殺害の疑いをかけられたまま逃亡生活を送ることになりますよ。私が筒見さんを庇《かば》って、警察の捜査に圧力をかけることなどできません。ご自身の才覚で切り抜けるしかないのですよ」

「ほう、ずいぶん無責任なものですね」

筒見が冷笑を浮かべると、飯島は眼鏡の奥の細い目でじろりと睨んだ。

「いまの首相官邸が異常事態に陥っているのはご存知ですか？」

「さあ、海外からは安定政権とみられていますがね」

「河野《こうの》副長官、覚えていますよね。あなたを警察から放逐した張本人です」

河野昇《のぼる》――。十年前、筒見が中国スパイの捜査で暴走し、外交問題を引き起こした時の警視庁公安部長だ。その後、警察庁長官になり、いまでは官僚の頂点である内閣官房副長官として権勢を振るっている。

「あの男、まだ生きているようですね」

「生きているどころか、影の総理ですよ。最近は河野副長官が外交、防衛、通商、東京五輪、あらゆる問題で絶大なる影響力を持っていて、長嶋《ながしま》総理は彼の言うなりだ。あなたを助けようとすれば、私自身が河野副長官の逆鱗《げきりん》に触れることになります」

蛸入道《たこにゅうどう》のような顔が血色を失っていた。

筒見は小さく息を吐いて立ち上がった。

「とにかく私はこれ以上、調査するつもりはない。追い詰められれば、ダッカでの日本政府の失態を暴露するまでですよ。あなたも覚悟しておいたほうがいい」

こう吐き捨てると、踵《きびす》を返して玄関に向かった。

「確か、鴨居《かもい》君といったかな……」

背中に投げつけられた唐突な言葉に、筒見の足が止まった。

飯島は続けた。

「そうそう。鴨居千尋《ちひろ》だ。忘れていないでしょう。あなたの警視庁時代の部下ですよ。彼はいま逮捕されています」

「なんだって？」筒見は振り返った。

「先週、三友《みつとも》銀行から暴力団への不正融資に関わった特別背任容疑で警視庁に逮捕されました。私が聞いた限りでは、検察は犯意の立証にてこずっている。勾留延長するかどうか、ぎりぎりの線にいます。あなたの決断が鴨居君を救うことになります」

「救う……」

「この件は、あなたの部下だった丸岡哲也さんにも同意頂いています。あまりかっかせずに、しばらく頭を冷やしてから、二、三日中に電話をください。そのときには、指紋の照会結果はお知らせしますよ」

蛸入道のような顔に、笑顔が浮かんだ。

「係長、着きました」ミニクーパーのハンドルを握る丸岡が言った。

初めて見る警視庁湾岸警察署は立派な建物だった。二百人近くを収容できる巨大な留置施設があるらしく、大型事件で被疑者の分散留置が必要な時にはここが必ず使われるのだそうだ。

「ヤツもドジ踏んだもんだな」

筒見が助手席のドアを開けたとき、携帯電話が短く震えた。飯島からのメール着信だった。そこには「指紋照会結果」との表題とともに、こんなファイルが添付されていた。

〈指紋等確認通知書〉

照会のあった遺留指紋と指掌紋記録等とを対照したところ、次の通り符合することを確認したから通知する。

記

対照資料

坂東《ばんどう》　篤志《あつし》

昭和六十一年二月十四日生まれ

本籍地：東京都新宿区新宿一丁目×—△テラス新宿御苑二二〇二号室

現住所：本籍地に同じ

対照資料の手指別：右手示指

〈犯罪歴照会結果報告書〉

記

人定事項：坂東篤志

犯罪歴の有無：有

指紋番号：左WWRA　右WAWWW
犯歴登録番号：11-0223465
犯罪歴
検挙年月日：平成二十七年五月十二日
検挙警察署：新宿署
罪名（手口）：暴行、器物損壊
処分：不起訴

ダッカにいたあの男は、「坂東篤志」という名の日本人だった。暴行と器物損壊の検挙歴もある。メールには出入国記録も添付されていた。

出国：六月七日（HND→BKK）
帰国：六月二十一日（HKG→NRT）

坂東は六月七日に羽田空港からタイ・スワンナプーム国際空港に向けて出発し、六月二十一日に香港国際空港から成田空港に帰国している。日本からダッカに向かう場合、バンコクは玄関口のようなものだ。アルミケースの受け渡しが行われたのは、六月十九日だったので、坂東はその二日後に日本に帰国していたのだ。

そのとき、湾岸署の玄関の自動ドアが開くのが見えた。

鴨居千尋はねめつけるような獰猛《どうもう》な眼差しを立番の若い警官に投げつけ、肩を揺すりながら玄関を出てきた。白い麻のジャケットを羽織ると金無垢《きんむく》のライターで煙草に火をつけ、空に向けて旨《うま》そうに煙を吐いた。そして磨きこまれたスキンヘッドにボルサリーノを載せ、蟹股《がにまた》で悠然と歩き始めた。

「おい、不良中年。シャバの空気は旨いか」

署の門を出たところで、後ろから声をかけた。

「あん？」

不意を衝《つ》かれた鴨居は威嚇《いかく》的に振り返った。薄い眉に三角の目、傷のようにも見える眉間の深い皺は裏社会の空気を放っている。

ぽかんと開いた分厚い唇から煙草がポロリと落ちた。

「アニキ……」眉尻を下げ、泣き出しそうな顔で駆け寄ってきた。

「カモ、裏社会で活躍しているそうじゃねえか」

「アニキ、お帰りなさい！」

鴨居は気をつけの姿勢をとると、ボルサリーノを取って額が地に着くほどお辞儀した。

「きっちり儲《もう》けているみたいだな」

「おかげさまで。今回はヘタ打っちゃいましたけどね」

悪びれる様子もなく頭を掻いた。

こんな見てくれでも、かつては四係裏作業班のスパイハンターだった。しかも外語大卒、外事二課随一の中国語の使い手だ。筒見の指示に盲目的に従った末、十年前のスパイ事件に連座し、外事二課を追われた。

とにかく曲がったことは許さない男だ。左遷先の所轄で、ヤクザから背広の仕立券を受け取っていた上司を署の道場に監禁して自白を迫り、何度も絞め落とした。退職はこれが原因だ。しかし、事務員として再就職した法律事務所で、依頼人の暴力団幹部との付き合いを深め、自分まで一緒に逮捕されているのだから節操はない。

「でもアニキがなぜここに……」鴨居は状況を理解できないようだった。

「車に乗ってくれ。頼みたい仕事がある。マルさんも一緒だ」

「え、マルさんも……」

丸岡が車の運転席から手を振ると、鴨居は目尻に涙を浮かべ、何度も頷いた。この男は無邪気で涙もろいところもあった。


常温に戻した肉を、熱したフライパンに投入すると、じゅわっと音を立てて煙が上がった。両面を素早く焼いて焦がしを入れ、肉汁を閉じ込めていく。香ばしい匂いが食欲をそそる。

龍哉は肉を皿に移した。そしてホースラディッシュを手早くすりおろすと、ヨーグルトと混ぜて岩塩と胡椒《こしょう》を振り、さらにレモンを搾《しぼ》った。

「わあ、いい匂い、ステーキのソースでしょ？　これ」

ビールを片手に赤ら顔をした楓が目を丸くして覗き込んだ。

「これ、さっぱりしていてサーロインに合うんだよ」

「どこで料理習ったの？　本格的じゃない」

すでにテーブルには、鯛のカルパッチョ、ルッコラとゴルゴンゾーラのサラダが並んでいる。少し盛り付けが不格好になっているのは、楓がつまみ食いしているからだ。

「独学だよ。ネットでレシピが出ているでしょ。研究してアレンジを加えただけさ。それより楓さん、このワインの栓抜いてよ。もうすぐ焼きあがるからさ」

龍哉はボトルをテーブルに置いた。

ジュブレ・シャンベルタン２０１２。バイト先の店長から破格で分けてもらったヴィンテージだ。楓の誕生日祝いのために龍哉は奮発したのだ。

龍哉は焼きあがった五百グラムのサーロインを切り、揚げたガーリック、ヨーグルトソースを添えて大皿に盛りつけた。

シャンベルタンを買ったばかりのグラスに注いで、椅子に座った。

「楓さん、誕生日おめでとう」

「ありがとう」

二人は軽くグラスを合わせた。

「年下の龍哉君に三十三歳を祝ってもらうなんて、お姉さん、ちょっと複雑だわ」

楓は涙をぬぐうふりをした。

腹の底から笑うと、胸の奥で燻《くすぶ》っていたどす黒い不安や孤独感が口から吐き出されていった。

「誕生日を祝ってくれる男はいないの？」

龍哉は勇気を出して聞いてみた。

「写真週刊誌のカメラマンなんて一番嫌われる商売だし、たとえいい出会いがあっても長続きはしないの。言い寄ってくるのは、既婚者か変人ばかり」

楓に言い寄る既婚者の姿を想像して、むかむかと怒りが湧き起こった。

気付くと、楓の眼がテレビに向いていた。音量を絞ったテレビの画面に「北朝鮮」という文字が躍《おど》っている。

楓がリモコンで音量を上げた。

〈サッカーの北朝鮮代表チームがフランス・パリに遠征した際、偽百ドル札を密輸していたと、脱北した元選手が明らかにしました。

これは北朝鮮の元選手がソウルで行われた記者会見で明らかにしたものです。元選手は密輸した偽ドル札の一部を報道陣に公開し、「代表チームがフランスに持ち込んだ偽ドル札は総額百万ドルになる」と述べました。元選手は海外遠征のたびに、偽ドル札を組織的に運んだとしており……〉

これは罠だ――。

脱北した元サッカー選手は、故障で代表をはずされた男で、素行にも問題があった。東京五輪を目前に控えたタイミングでの会見は、CIAと韓国国家情報院による謀略に違いない。元選手が記者会見で見せた偽百ドル札は、CIAが作ったものに決まっている。

だが、日本のマスコミは検証することもなく、偽札密輸が事実かの如く報じている。政治とは何の関係もない共和国の選手を、東京五輪から排除しようとしているのだ。

龍哉は湧き起こる怒りを懸命に堪えていた。

すると、楓がテレビを見ながら呟いた。

「このままだと、北朝鮮は東京オリンピックには出場できないかもね」

「まさか。政治とスポーツは別だろう」

頬の辺りが引き攣っているのは自分でも分かった。

「北朝鮮の指導部はスポーツ選手を政治に巻き込んだのよ。独裁による負の側面が選手を苦しめているんだわ」

〈こうした中、アメリカのトランプ大統領は声明を発表、「全世界で見つかった偽ドル札は五百億ドルにのぼる。北朝鮮による偽造は米国の通貨システムに対するテロ行為であり、資本主義社会に対する挑戦だ。あらゆる手段の対抗措置が選択肢にある」と述べました〉

「ほら、オリンピックどころじゃない。アメリカと戦争になった時に血を流すのは無実の市民でしょ。独裁者にマインドコントロールされた人たちが可哀想でならないわ」

楓の言葉に、心がざわめいた。

日本人はいつもこうだ。彼らから見ると、共和国の国民は、独裁者によって人権を抑圧されており、国家の歯車として労働を強いられる「可哀想な存在」なのだ。閉ざされた国の中で人権も豊かさも知らない、無知な大衆、という構図だ。朝鮮民族の誇りは完全に無視されている。

心の中で青白い火花が散った。

「それは違うと思う……」龍哉は言わずにはいられなかった。「朝鮮半島は侵略とクーデターの歴史を繰り返している。安定の時代がない地域だ。独立を維持するためには、独裁による恐怖政治の体制を敷いて、核とミサイルで武装する。歴史的に見れば合理的な考えだと思うんだけど」

「合理的？　人権侵害国の政治体制に正当性はないでしょう。意に沿わない自国民を処刑したり、強制収容所に入れたりすることも、合理性があると言うの？」

楓は反論した。

「いや、俺は北朝鮮の行動を正当化しているわけじゃない。客観的に歴史を検証した結論を言っただけだよ。日本は二千年以上の歴史の中で、蒙古《もうこ》とアメリカによる侵略の危機を経験しただけの平穏な国だ。戦国時代はクーデターの時代だったけど、その後の徳川二百五十年の平和な時代が続いた。それが今の、権力に従順な日本人の思考回路を作っているのだと思う。韓国を見てごらん。三人集まれば党を結成して政権を転覆しようとする。独立のために戦い続けるのが、朝鮮民族が背負った歴史なんだよ」

「隣国の国民を拉致したり、偽札や覚醒剤を持ち込んだりするのも、朝鮮民族の宿命なの？　龍哉君は朝鮮民族の被害者性を訴えているだけよ。北朝鮮のプロパガンダそのものじゃない」

楓の指摘に我に返り、血の気が引いた。

「プロパガンダ？　そんなつもりは……」

これ以上言葉を継げば、自分の正体を明かしているようなものだ。龍哉が息を呑んだ、その時、玄関の呼び鈴が鳴った。

玄関扉の覗き穴の向こうにアッシが立っていた。家を直接訪ねてくるなんて初めてのことだ。

「なんだよ、突然……」ドアを開けると、アッシはスーパーの袋を差し出した。

「いいじゃねえか、たまには。ビール持ってきたから飲もうぜ」

アッシは龍哉を押しのけて玄関に入ると、勝手に靴を脱ぎ始めた。紺色の細身のスーツに臙脂《えんじ》のネクタイ。堅気の会社勤めを装っている。何か腹がありそうだ。

「ち、ちょっと待てよ」龍哉はアッシの肩を摑んで、引き留めた。

「……てめえ、何考えてんだ。興奮して議論するんじゃねえ」

アッシが小声で言った。目が吊り上がり、冷酷な光を帯びている。

「聞いていたのか……？」

背中を冷たい風が通り抜けた。

アッシは勝手に、リビングのドアを開けた。

「あれ！　もしかして龍哉の彼女？」素っ頓狂な声をあげた。

「こんにちは。隣に住んでいる坂本楓といいます。龍哉君のお友達？」

楓は笑顔を作った。

「坂東篤志です」アツシは頭を掻きながら会釈した。

「さあ、どうぞ、一緒に飲みましょうよ。はい、グラス。龍哉君がお酒弱いから、私が一人で飲んでいたのよ」

楓はとっておきのシャンベルタンをアツシのグラスに注いだ。

「ありがとうございます。おい龍哉、こんな美しい方と食事をするのに、親友の俺を誘わないなんて酷《ひど》いヤツだよ、まったく」

アツシは悪態をつくと、龍哉が座っていた椅子に陣取り、ワインを飲み始めた。

招かざる客だったが、おかげで、険悪なムードがなくなったのも事実だった。酒が強いアツシは冷蔵庫が空になるほど飲み、楓から芸能界の裏話を根掘り葉掘り聞き出した。

二人で静かに語らおうという龍哉の計画はもろくも崩れ去った。

「あぁ、面白かった。じゃ、そろそろ帰るわね」

二時間ほど経った頃、楓が立ち上がった。

「え？　もう帰るの」思わず龍哉は口走ってしまった。

「うん、明日六時から張り込み取材なのよ。あとは男二人で語り合ってね。じゃ、アツシ君またやろうね。ご馳走様でした」

「さよなら～」アツシは酔っ払って、手をひらひらさせた。

玄関で楓を送り出したとき、追いかけてきたアツシが妙なことを言った。

「楓さん。大分市《おおいた》出身って言いましたよね」

「うん、それが何か？」

「高校はどこだったですか？」

ごくわずかな間、楓の表情が曇った。

「……上野丘《うえのがおか》高校よ。それがどうしたの?」

「いえ、友人が大分にいたのを思い出したものですから。でも違う学校だ。じゃ、また」

「またね」

楓がドアを閉めた直後、アツシはぎらついた眼に戻っていた。酔った姿は芝居だったのだ。

「おい、アツシ。なぜ、ここに来たんだ。互いの自宅での接線《ジョブソン》は厳禁だろう。緊急連絡なら電柱に暗号を貼れよ」

龍哉は不愉快さを剝きだしに言った。

「接線」とは工作員同士が秘密裏に会うことを指す、共和国工作員の用語だ。龍哉とアツシの間では、決められた電柱にテープで印をつけて場所を指定することになっている。そして人目につかぬ場所で密かに会うのが鉄則だ。

「馬鹿野郎、緊急事態だから来てやったんだ」

アツシはこう言うと、勝手に冷蔵庫を開けて、最後の缶ビールのプルトップをあけた。

「待てよ」龍哉はアツシの手からビールを奪って、台所のシンクに放り投げた。「これのどこが緊急事態なんだ。そもそも、どこで俺たちの会話を盗み聞きしていたんだ」

「黙ってろ」

アツシは食卓上の電灯の笠を手で回しながら見ている。次に机のペン立てをひっくり返して、ボールペンに一本ずつ目を凝らした。テレビが接続されたコンセント、テーブルの下など、まるで泥棒が室内を物色するかのように歩き回った。

「何を探しているんだ」

「うるせえ。いいか、龍哉。今後、あの女と不用意な会話をするな。共和国について議論を挑《いど》まれてもやり過ごせ。政治的な会話も禁止だ。一言一句、一挙手一投足を監視されていると思え。分かったな」

確かに不用意だった。日本人と話すときには、数多くのルールがある。そもそも日本人と共和国について議論してはならない。もし議論に巻き込まれたとしても、自国を「共和国」と呼ばず、「北朝鮮」と言うこと。「朝鮮人民」は「北朝鮮市民」と言い換える。「金正恩元帥様」「金正日《キムジョンイル》将軍様」「金日成首領様」は、すべて呼び捨てにしなければならない。これは日本人化教育のごく初歩的なことだった。

龍哉は反論できず、唇をかんだ。

アツシはひとしきり部屋をうろついたあと、上着を肩にひっかけた。

「月間総括が設定されたぜ。明後日午後五時のクラスだ。今回のことは師範《スス》には内緒にしておいてやるよ。じゃあな」

玄関のドアが閉まった。

散々な一日だ。アツシに大事な時間を台無しにされたうえ、師範へ月間総括か。一気に重苦しい気分になった。

「師範」とは龍哉たちの浸透工作を指揮する工作組長だ。月間総括は月に一回行われる。包摂対象の基礎調査、対象との接線の状況、浸透生活中の交友関係、友人との会話内容まで、仔細にわたって師範に報告するのが決まりだ。さらに日本国内での収入や月十万円支給される活動資金の使途についてはレシートを添付のうえ、師範に提出せねばならない。

しかも、この面倒極まりない月間総括の前に、これまた厄介な偽装があるのだった。

茶室に座ると普段聞こえない音が聞こえるから不思議だ。衣擦《きぬず》れの音、蹲踞《つくばい》に注ぐ水の音、柄《ひ》杓《しゃく》を置く音、畳が擦れる乾いた音。これこそが和の風情、癒しだと人は言うのだが、龍哉には緊張を駆り立てる音だった。

茶碗が回ってきた。

「お点前《てまえ》頂戴いたします」龍哉は亭主にお辞儀をして、右手で茶碗をとった。

左手に載せて軽く押し頂いた後、時計回りに二度回して口に運んだ。

少し動作が早すぎたか。茶を点《た》てる老婆の眼が光った気がして、腋の下を冷たい汗が伝った。

客人役の四人の生徒を一巡すると、亭主役の老婆が微笑んだ。上質な藍色の着物。小柄で頬が赤く艶々しており、いかにも上品な好人物に見えた。

「きょうは茶の湯の音についてお話ししましょうかね……皆さん眼を閉じてください」

全員が姿勢を正して目を閉じた。龍哉はこの時間が苦痛でならない。この老婆は、茶室でのややこしい問答を好むからだ。

「坂東さん、心の中に何が見えましたか」

老婆に指名されたアツシは居住まいを正した。

「数年前、山形の立石寺《りっしゃくじ》に行ったことを思い出しました」

「閑《しず》かさや、岩にしみ入る、蟬《せみ》の声。松尾芭蕉が詠《よ》んだ場所ですね」

「はい。芭蕉が詠《うた》ったように、いまこの茶室には、遠くの蟬の声が聞こえてきます。命の限り鳴く蟬の言葉を聞いていると、私は自分の心の静寂、平穏に気づかされます」

龍哉以外の二人の生徒から感嘆とも溜息ともつかない声が漏れた。アツシは本当に要領がいい。相手の期待を読み取る技術も工作員に欠かせない資質だ。

「そうです。いま坂東さんが言った音と静寂は、茶道では非常に重要なことです」

「ありがとうございます」すかさずアツシが畳に手をつく。

老婆の笑顔が龍哉に向けられた。垂れ下がった口角に冷笑が浮かんでいる。

「龍哉さん、あなたは対話ができていませんよ。心の静寂を感じません」

「はい」

「茶室では静寂のコミュニケーションが必要です。客人のあなたは音で亭主に様々な情報を伝えなければなりません。にじり口の戸を閉める音、擦り足の音、吸い切りの音……。亭主は音で客人の様子、客人の感謝や心遣いを知るのです。あなたは音に気持ちを託すことができていませんね」

ゆったりとした口調で話し終えると、老婆は四人の生徒を見回した。

「きょうのお稽古は以上です」

「ありがとうございました」生徒が一斉に畳に手をついた。

「ちょっと、坂東さんと龍哉さんは残ってください。よろしいかしら」

老婆は二人の生徒に和菓子の土産を持たせ、茶室の外まで見送った。

生徒の姿が見えなくなった途端、振り返った老婆の眼がぎらりと光った。龍哉は一層姿勢を正して、老婆の言葉を待った。

「掃除が終わったら二人は母屋の地下室にいらっしゃい」低い声だった。

「はい」龍哉は身震いがした。

この茶道の先生こそ、「師範」だ。八十二歳になる朝鮮人民軍大佐。「牡丹《ぼたん》の花小隊」という対南短期破壊工作を遂行する女工作員部隊の隊長を務め、偵察総局随一の暗殺のプロといわれている。毒針を使い病死に見せかける殺人技術から、本国では「雀蜂《すずめばち》」という異名を持つ。日本に三十五年も拠点を置き、南朝鮮に脱北した労働党書記をはじめ、十二人もの反動分子を暗殺してきた偉大なる工作員である。

茶道遠州《えんしゅう》流の師範として週三回、自宅の茶室で教室を開くのは、長年かけて編み出した偽装である。なんでも百人以上の生徒を抱えているというのだから、身分偽装の域を超えている。配下の潜入工作員たちは、茶道教室の生徒に混じって師範と接触し、工作活動の指導を受ける。だが生徒の中の誰が工作員なのか、何人の工作員を指揮しているのかなど、龍哉たちにも一切わからない。

三百坪の広い敷地には、茶室のほかに、築四十年になろうかという母屋がある。古民家を再生した趣《おもむき》ある屋敷だ。台所に入り、床板の一部をはずすと螺旋《らせん》階段が下に続く。この階段を降りた先にある二十畳ほどの地下室が、工作員の作戦会議室なのだ。

会議室には大きな檜《ひのき》のテーブルがあり、師範は椅子に座って二人を待っていた。座高が低いので、まるでテーブルの上に首が載っているようだ。

「まずは、龍哉。水仙《スソン》の包摂《ポスプ》工作は進んでいるか?」師範は低い声で言った。

「水仙」というのは工作対象である綾子のコードネームだった。「包摂」というのは抱き込んでスパイネットワークに組み込むことを指す。

「徐々にではありますが……」

龍哉はテーブルに視線を落とした。

「包摂につながる材料はつかめたのか?」

「水仙の自宅には入りました」

「材料はつかめたのか、つかめなかったのか、どっちじゃ!」

師範が野太い声で怒鳴った。

「はい。全力を尽くしているところです。水仙の夫のパソコンからデータを盗むべく、準備を進めております……」

「おまえは分かっているのか? 水仙の包摂は、休眠工作員から活動工作員になるチャンスなんだよ。悠長なことをやっている場合じゃないはずだ」

「申し訳ございません」龍哉は机に額を付けた。

なりゆきで綾子と寝たことは報告しなかった。色仕掛けは「美人計《ミインゲ》」といって、女工作員が対象者を籠絡する手法だ。とてもじゃないが、男が誇れることではない。

「あんたら市場《ジャンマダン》世代は党や主体《チュチェ》思想への忠誠心が欠落している。米帝の狂人大統領が我が国への挑発を繰り返す中で、元帥様が重大なご決断を下す可能性がある。常に敵に鉄槌を下す心の準備をしていなさい」

師範は憤懣《ふんまん》やるかたない様子で何度もため息をついた。

「次はアッシ。例の工作任務の後処理はどうなっておる」

師範はじろりとアッシを睨んだ。

「現地で我々の作戦について調査していた者がおりましたが、周到な罠で、その男に罪をかぶせることに成功しました。現在はまだ逃亡中ですが、いずれ逮捕されると思います」

「我々に疑いがかかることはないだろうね。これは偵察総局の極秘作戦だ。勲章がかかっていることを忘れるなよ」

「問題ありません。痕跡はまったく残っていません」

「逃亡中の男が我々に牙をむいてくるかもしれない。リスクは徹底的に排除しなさい」

師範の眼が妖しく光った。

「ご安心ください。敵も、下手な動きをすれば、最愛の娘に危険が及ぶことは認識しているはずです」

アッシはこういって、ちらりと龍哉を見やった。

しかし、龍哉には二人のやり取りの意味がまったく分からなかった。アッシが偵察総局の重要な任務を成功させたことだけが分かり、嫉妬のような感情がむくむくと湧き起こってきた。

「それから師範……、帰りがけに香港に立ち寄りました。こちらはお土産です」

アッシは鞄から小さな箱を取り出した。

「なんじゃ、これは？」

師範が箱を開けると、金の腕時計が出てきた。金無垢のロレックスだ。師範の顔一面に満悦らしい笑みが広がった。

「総局長の分も用意してあります。一時帰国の折に師範からお渡しください。もちろん師範に差し上げた分のほうが、高級品ですが」

アツシは口に手を当て小声で言った。

共和国では「贈り物」は絶大な効果を発揮する。日本では「賄賂」として軽蔑されるような行為も、忠誠の印《しるし》となる。

「あんたは逞《たくま》しいねえ。人心というものを良くわかっているよ」

師範は金時計を腕にはめながら、ひゃっひゃっとけたたましく笑った。

龍哉は白く輝く総入れ歯を見ながら、焦燥と劣等感で押しつぶされそうになった。


陽が落ち、住宅街の明かりが灯り始めた頃、うろついていた記者たちがようやく帰り始めた。横浜市北部。狭い住宅街に、張りぼてのような家が密集している。十年前、この辺りは新興住宅地と呼ばれていたが、今は幾分草臥《くたび》れている。改めて見ると、どの家も同じような形で、あまりに没個性的な家並みだった。

T字路の突き当たりの青い屋根の家。これが筒見のかつての我が家だった。三十坪の敷地に木造二階建て、駐車場と猫の額ほどの庭がある。警察共済から三千五百万円を借りて建てたこの家で、かつて家族四人が暮らしていた。だが今は元妻と娘しか残されていない。幸福の形が崩壊して十年の歳月が流れた。

筒見はコインパーキングの出口近くの区画にミニクーパーを停めていた。車内で張り込みを開始して十二時間が経つが、七海は登校しなかった。家から出てくれば記者たちに取り囲まれ、父親のことを根掘り葉掘り聞かれるだろう。だが記者たちが期待する答えは持っていないはずだ。小学一年までしか、父親の記憶はないのだから。

筒見は携帯電話を取り出し、あのUSBメモリに保存されていた映像を画面に映し出した。七海が玄関から出てくる姿を撮影したのは、ちょうど筒見が今いる位置だ。撮影者は駐車場のこの区画に車を停め、ビデオカメラで隠し撮りしたのだ。

その時、幹線道路のほうから歩いてくる男がいた。水色の半袖ワイシャツに黒いバックパックを背負った背の高い若者。大学生風に見える。またこの男か。この一時間ほどで二回、車の脇を通り過ぎている。だが今回はまっすぐ筒見家に向かい、インターホンを押した。

記者だろうか。

筒見はイヤホンを耳に入れた。玄関前の生垣の中には、集音マイクを仕掛けてある。

「ごめんください。光栄学園の倉本です。きょう授業で配付したプリントを持ってまいりました。ポストに入れていきます」

よく澄んだ、柔らかい声だった。

「倉本先生、何度もすみません。是非おあがりください」

十年ぶりに聞く元妻・沙織《さおり》の声だった。平坦で、消え入りそうな声は懐かしさよりも、筒見の胸に苦い記憶をもたらした。

しばらくして玄関扉が開き、男は家の中に入った。

七海はカトリック系の光栄学園高等部二年生だ。マスコミに囲まれ、登校できない七海のもとを教師が訪ねてきたのだろう。

運転席の背もたれを倒そうとしたそのとき、何かが閃光のように頭を掠めた。

教師の訪問を受けたとき、沙織は「何度もすみません」と言った。ということは、家庭訪問は今回が初めてではない。それなのに、なぜ道に迷ったかのように、この周囲を歩き回っていたのだろうか。小さな疑念が群雲《むらくも》のように広がり、筒見の胸の奥をチクチクと刺した。

四十分後、男が玄関から出てきた。頭を下げながら、両手で扉を閉じる。門灯に浮かぶ、その振る舞いは、行儀よく、どこか育ちのよさそうな印象だった。階段を降りると、男は左右を何度も確認してから、筒見の車のほうへ歩いてきた。筒見は椅子を倒したままやり過ごしたが、車の前を通過する瞬間、男が視界の隅でこちらを捉えたような気がした。

時計は午後七時を指している。筒見は距離をとって秘匿追尾を開始した。男は幹線道路を突っ切り、夜の住宅街を速足で歩いた。右に折れ、左に折れ、碁盤の目状の道路を縫うように歩く。最寄りの私鉄駅の方向ではなく、方角を定めていないようだ。まっすぐ前を見たまま歩いているが、そのバックパックを引っ掛けた背中は、何かを感じ取ろうとしている。

これだ。この感覚だ。男の背中が発する空気に、筒見は妙なノスタルジアを覚えた。追うものと追われるもの、互いの心を盗み見る独特の攻防だ。

やがて男は徐々に私鉄線の線路に近づき、北へと方角を定め始めている。最寄りの駅ではなく、ひとつ東京寄りの駅に向かっているようだった。

そのとき男が突然、右手の路地に入った。筒見の意識の片隅に、追尾員としての法則がよぎった。そのまま右に折れず、男が歩いた方角に意識を集中させながら路地の入口を通過した。

佇立《ちょりつ》反転だ——。

ここは行き止まりの路地だ。男は行き止まりで百八十度反転して戻ってくるはずだ。尾行を続けて路地に入れば、追尾員は顔を晒すことになり、脱尾《だつび》せざるを得ない。

筒見は携帯電話を手に隠し、背後を撮影した。やはり男は路地から出てきて、筒見の後方五十メートルをついて来る形になっている。やはり偶然ではない。この男は高度な尾行点検の訓練を受けている。筒見は徐々に歩速をあげた。

男が駅の改札に姿を現したのは、筒見に遅れること、二十分後のことだ。涼しげな顔立ち。長い睫《まつげ》の下にある、大きく澄んだ眼は、これまでの彼の行動とはアンバランスで、どこか貴族的に見えた。たっぷり点検したからだろう。背中が発する緊張は幾分緩《ゆる》んでいた。

男は田園都市線で渋谷駅まで行き、京王井《い》の頭《かしら》線に乗り換えて下北沢駅で降りた。賑《にぎ》やかな商店街を抜け、男は代沢三叉路にあるマンションに入っていった。斜向《はすむ》かいの雑居ビルの階段を駆け上がって、マンションの外廊下を見ていると、男は三階の左端の部屋に、鍵を開けて入った。暗かった部屋に明かりが灯った。

何の変哲もないマンション。細長い六階建で、白い外壁は幾分年季が入っている。玄関の壁に「代沢ハイツ」という金属プレートが掲げられている。管理人は常駐しておらず、玄関ホールには二十四個の郵便受けが並んでいる。三十四号室のところに「倉本」と印刷されたテープが貼ってある。郵便受けに鍵はなく、中に郵便物はなかった。

三階のエレベーターホールは古い蛍光灯が点滅していた。ワンフロアに四つの部屋がある。三十四号室以外の明かりは消えている。部屋の間隔からすると、間取りは2DKといったところか。

筒見が非常階段の扉のドアノブを摑もうとしたとき、背後で扉が開いた。三十代前半の女が立っていた。白いワイシャツの裾を出し、カーキ色の大きなカメラバッグを担いでいた。

女は笑顔で「こんばんは」といい、筒見は軽く会釈《えしゃく》した。女は倉本の部屋の手前、三十三号室に入った。

玄関ホールに降りて、女の部屋三十三号室の郵便受けを見た。プレート入れに「坂本」と書いた紙が挟まっており、女のひとり暮らしだからか、南京錠で鍵が掛かっていた。

筒見は玄関に佇んだまま、ホールをもう一度見廻した。どうも違和感が拭えない。視界に入るものの中に、何か人為的な細工があるような気がしてならなかった。

筒見の眼は、隅に置いてある鉢植えの木に吸い寄せられた。

青々とした葉のベンジャミン。鉢植えに近づいて観察した。鉢の土の中に、苔《こけ》に覆われた突起物があった。その中心が蛍光灯の光を浴びてわずかに光った。

筒見は反射的に身を引いた。

監視カメラだ。それも超小型の赤外線感知式のものだ。

玄関を出て周囲に視線を走らせた。向かいのマンションの三階の角。電気が消えた部屋のカーテンがわずかに揺れた。

監視されている——。

生暖かい風が全身を撫でた。筒見はゆっくりと駅へ向かった。途中、右に折れ、商店街から住宅街に入った。全神経を聴覚に集中させる。背後の足音を確認しながら、電話を操作した。

「カモ、今どこだ」送話口にささやいた。

〈マルさんと一緒に新宿にいます。坂東篤志のヤサを視察中です〉

鴨居が言った。

「うしろを点検したい。ブラボーに四十分後だ」

〈ブラボーですか。ひさしぶりですね。すぐにマルさんと向かいます〉

鴨居の声が弾《はず》んでいた。

筒見が率いた外事二課四係は、捜査対象の工作員に逆尾行されたときに備えて点検ポイントを用意していた。都内を中心にアルファからズールまで二十六ヵ所。スパイハンターたちが帰宅するとき、本庁に戻るとき、このポイントを通過して尾行を撒《ま》くのだ。これらのポイントで待ち構えた仲間のスパイハンターが尾行者を発見し、逆尾行することもあった。

筒見は下北沢駅から小田急線上りの各駅停車に乗った。尾行者が三人いることは、振り返らずとも分かる。ここでは周囲の確認はせず、油断した姿を見せ付けておく。終点の新宿駅で降りると、筒見は東口の雑踏を歩いた。尾行者を引き寄せるために酔客の流れに乗ってゆっくりと歩を進め、繁華街のはずれにある花園神社に向かった。

「ブラボー」。四係員はここ、花園神社をこう呼んだ。

暗い境内には人影はなかった。

石畳を歩いて、赤鳥居をくぐった。尾行者は神社の入り口でひとりに減った。妙だ。プロの尾行者なら神社入り口で脱尾し、正面と裏手に分かれて待機するはずだ。だが、背後の足音は境内の石畳を、一定の距離を保ってついてくる。

筒見は階段を上り、拝殿で手を合わせた。やがて足音が近づき、隣に並んだ。

「……おまえだったのか」

坊主頭で小太りの男。銀縁眼鏡の奥に人の良さげな、小さな目があった。

四係時代の部下、岩城《いわき》剛明《たけあき》だった。

「やっぱりブラボーを選びましたか」岩城は眼を細めて、石畳の参道を見渡した。

「岩城先輩……？」拝殿の裏手から鴨居が出てきた。

「カモちゃん……いたのか。釈放されたそうだな」

岩城がぎこちない笑顔を浮かべた。

「ひさしぶりだね。岩ちゃん」丸岡が背後の暗がりから声をかけた。

「マルさん。お元気でしたか。皆さん、一体何を……」

岩城は理由を聞こうとしたようだが、気まずそうに口をつぐんだ。

ここにいる全員の頭の中を、十年前の悪夢が駆け巡っていることだろう。警察上層部の捜査中止命令を無視して、外務省での中国諜報機関のスパイ活動を暴こうとした。その結果が外務省の瀬戸口顕一の自殺だった。さらに、本国へ逃げ帰ろうとする中国の諜報員を監禁、尋問した結果、この四人は、所轄に飛ばされ、交通や地域といった制服勤務になった。筒見は外務省に出向し海外勤務、丸岡と鴨居はすでに警察を去った。警察組織にしがみついたのは岩城だけで、二年前、ようやく外事二課への復帰を許された。公安警察の敵である筒見と関係を断絶し、危険思想が除去されたとみなされたのだ。

再会を懐かしむ丸岡、鴨居と違って、岩城だけは周囲を警戒し、しきりに視線を動かしていた。

「岩ちゃん、なぜ係長を尾行した。まさかダッカの事件じゃないだろうな」

丸岡が言った。

岩城は小さく首を振ると、筒見に向き直った。

「あのマンションには金輪際近づかないでください。私はこれをお伝えしたくて追いかけてきました」

唐突な物言いに、皆が沈黙した。

「なぜだい？　岩ちゃん。そのマンションに捜査対象がいるんだね？」

丸岡は諭《さと》すように言ったが、岩城は小さく首を振った。

「理由は申し上げられません」

「私たちも公安部にいた人間だ。捜査の中身は聞いちゃいけないことぐらいは分かっているよ。ただ、いろんな事情が……」

「事情は関係ありません」岩城は丸岡を遮ると、筒見のほうを向いた。「……警察庁《サッチョウ》の瀬戸口理事官が八十人規模の直轄チームを組んで、筒見さんの行方を探しています。これは捜査じゃなくて私怨です。瀬戸口は自殺に追い込まれた兄貴の恨みを晴らそうとしているのです」

「哀《あわ》れな男だ」筒見は吐き捨てた。

「瀬戸口の配下には公安一課《コウイチ》の追及捜査のプロが入っています。下手な動きは危険なんです。私の班員が入り口で待っているので、裏口から逃げてください」

「おい、岩城先輩、待てよ」鴨居が割って入った。「下手な動きだと？　アニキに向かってそんな言い方はねえだろう。てめえだけ公安部に復帰したからって上から目線でモノ言いやがってよぉ」

いきり立った鴨居は、三つ先輩である岩城の肩を摑んで、拝殿の柱に押し付けた。

岩城は鴨居の腕を振り払って、筒見に向き直った。

「筒見さん。もうこの二人を巻き込むのをやめてください。皆、あなたについていった結果、警察官人生を棒に振ったんだ。いまはそれぞれの人生を歩んでいる。幸せを見つけ出そうと必死なんです。突然、海外から帰ってきて、仕舞い込んでいた情熱や正義感を掻き立てるのは卑怯です」

「てめえ、いい加減にしろ！」鴨居がいきなり岩城の顔を殴りつけた。

岩城は石畳に転がり、鴨居はその上に馬乗りになった。

「アニキはなぁ、パクられた俺を助けるために……」

「カモちゃん、やめろ。もういい」丸岡が興奮する鴨居の肩に手を置いた。

全員が押し黙り、虚無感に包まれた。岩城は唇の血を拭いながら立ち上がると、境内の闇に消えていった。

倉本については、過去の住民票所在地で聞き込みを行った結果、五日ほどで素性が明らかになった。

倉本龍哉
一九八七年（昭和六十二年）六月四日生まれ
現住所：東京都世田谷区代沢○—×—△代沢ハイツ三十四号
米国テキサス州立大学オースティン校
京都大学大学院工学研究科博士課程修了（原子炉実験所）
光栄学園高等部・非常勤講師（英会話担当）

倉本は五歳の時に、母親の仕事の関係で、アメリカに渡り、テキサスの名門大学を卒業していたことが、ＦＢＩの友人への照会で裏付けられた。四年前に日本に帰国、京都大学大学院で原子力工学を研究して、博士号を取得している。去年四月、原子炉実験所がある大阪府泉南《せんなん》郡熊取《くまとりちょう》町のアパートから、代沢ハイツに転居。先月末、光栄学園の英語の非常勤講師に採用され、週四日、英会話の授業を担当している。大層な経歴だが、研究室に残るわけでもなく、専門性を生かした就職もしていない。それがなぜ突然、光栄学園の英語講師に応募したのだろうか。

一方、丸岡と鴨居の行確《コウカク》は、坂東篤志の素性を割りつけていた。職業は金融コンサルタント。まだ三十一のくせに、羽振りの良い男だった。自宅は新宿御苑を望むマンションの二十二階で、家賃は月九十八万円、大型のＢＭＷを乗り回し、夜な夜な新宿や六本木で豪遊している。どういうわけか、個人病院を経営する医師たちとつるんでいることが多かった。

暴行などの検挙歴からすれば粗暴な男だが、バングラデシュのマフィアとともに、誘拐ビジネスに手を染める理由もなさそうだった。だが、その風貌は筒見がボスティで撮影した画像と完全に一致している。

さらに行確で、坂東と裏社会との接点が見え始めた。大成会寺島連合。歌舞伎町と池袋を牛耳《ぎゅうじ》る暴力団の若頭と昵懇《じっこん》だったのだ。週に一度、西新宿のホテルの喫茶店で何やら密談している。

鴨居は暴力団人脈を使って、坂東の資金源を調べ上げてきた。

「坂東のシノギは診療報酬の不正請求です。患者を集めて虚偽のレセプトを作って、療養給付を山分けするアレですよ。坂東は医者とニセ患者のつなぎ役をしています。医者もヤクザ相手だと警戒しますが、金融コンサルの肩書きがあるカタギ相手なら、安心しますからね。要は、国から金を騙し取る詐欺師ですよ」

鴨居の説明を聞きながら、筒見はボスティで撮影した写真を眺めていた。あの鮮やかな身のこなしや冷酷無比な行動は、半グレの詐欺師のものとは思えなかった。


調査の長期化に備え、丸岡が作業拠点を探してきた。そこは新大久保の百円ショップの倉庫だった。雑居ビルの一階にあり、二十四時間営業の店内を通り抜け、突き当たりの扉を開けると、窓のない二十畳ほどの倉庫になっている。丸岡はここを月額十万円で借り上げてきた。

百円ショップなら客層も幅広いから、中年男たちが頻繁に出入りしても怪しまれることはない。警察に踏み込まれた時には、裏口の非常階段を三階まで駆け昇れば、隣のビルの屋上に飛び移ることが出来る構造だ。鴨居が倉庫内のネット環境を整え、店の外には監視カメラを設置した。

深夜、坂東の行確記録を睨んでいた丸岡が唸《うな》った。

「私はこれが気になります」

丸岡が指差したところには、

〈17時55分　茶道教室：台東区浅草二丁目○－×〉

とある。

一昨日の夕方、坂東が行った茶道教室だ。二時間ほどで出てきた。

「何が気になるんです?」鴨居が言った。

「坂東は本当に茶道をやっているのかな。あの立ち居振る舞いに茶の心があるとは思えない。カモちゃんは、和敬清寂《わけいせいじゃく》という言葉を知っているかい? 和して、相手を敬《うやま》い、清らかに、心を静める。これが和敬清寂という茶の基本的な心構えだ。でも、坂東はまったくの逆だ」

「マルさん、ずいぶん詳しいですね」

鴨居がからかうように言うと、丸岡は、

「退職してから茶道を始めたものでね。先生の受け売りだよ」

と目じりに皺を浮かべた。

「言われてみれば、わざわざ浅草の茶道教室に行く理由もないですね。坂東の行動範囲からずいぶん離れている。茶道教室は新宿にもあるだろうに」

鴨居は両手を頭の後ろにやって椅子にもたれかかった。

「係長。私はこのミスマッチが気になって仕方がありません」

丸岡が筒見に向き直った。

それまで二人のやり取りを黙って聞いていた筒見はノートパソコンを開いた。

「一昨日の茶道教室での秘撮写真はこの中にあるか?」

鴨居がパソコンに手を伸ばし、自分で撮影した画像ファイルを開いた。

車の中から秘撮した写真が並んだ。スーツを着て、古い邸宅に入っていく坂東の後姿が大きく映し出された。

「坂東は歩いて行ったのか」

「いえ、途中までBMWに乗って向かいましたが、田原町《たわらまち》でコインパーキングに停めて、専門店で扇子を買いました。そこからは地下鉄銀座線で浅草に行きました」

鴨居が答えた。

「生徒は何人だ？」

「全部で三人です。夕方のクラスで、いずれも会社員らしき男女です」

筒見は画像を次々と拡大して、つぶさに観察した。鴨居は茶道教室の玄関の先に車を停め、出入りする生徒や通行人の姿まで、視察用車両のリアガラス越しに捉えている。

百五十八枚、すべて見終えると、筒見はもう一度最初から見始めた。およそ三十分後、筒見の動きが止まり、大きく息を吐いた。

「これだ……」

指差したのは、茶道教室に入っていく人物ではなかった。その二軒先の住宅に入っていく男の横顔。写真を拡大した。

それは七海の高校の非常勤講師・倉本龍哉だった。

「茶道教室とこの家は、どこかでつながっているはずだ」

「この茶道教室……。師範の名前は倉本雅恵《まさえ》です。くそっ！　やられた」

鴨居が叩きつけるようにパソコンを閉じ、部屋を飛び出していった。

丸岡もゆっくり立ち上がった。

「申し訳ありません。私も勘が鈍っていました。やはり係長は七海ちゃんの安全を確保したほうがいいと思います。これは厄介な相手になりそうですね」

ヤカンが激しく蒸気を噴き上げている。

龍哉は料理用の秤《はかり》のデジタル表示を見つめていた。秤の上に載っていた白い粉をビーカーに入れると、コンロの火を止め、ヤカンの湯を少しずつビーカーに注いだ。スプーンでかき混ぜて粉を完全に溶かす。ビーカーの中は透きとおったゲル状の溶液になった。真ん中が凹《へこ》んだプラスチック粘土の中に、出来上がった溶液を入れていく。窪みが溶液で満たされると、ラップを被せて冷蔵庫に入れた。

作業を終えた龍哉は軽く一息つき、パソコンの画面の「BIO《バイオ》 FINGER《フィンガー》」と表示されたアイコンを立ち上げた。

画面の中には、綾子の夫がいた。額の前に手をかざし、ピースサインをしている。細い眉、眉間の皺が、神経質そうな表情を作り上げている。この画像は綾子の携帯電話から盗んだものだ。

マウスを動かして、綾子の夫の右手の部分を拡大した。スマホで撮影したデジタル画像は指紋を鮮明に映し出していた。偵察総局が開発した「BIO FINGER」は写真から指紋の隆線と谷線の陰影をサンプリングしたうえで、汗や血管などの色むらを除去してデータ化できる優れものだ。

人差し指の指紋の陰影をプラスチック粘土に写し取り、ゼラチン溶液を流し込めば、偽指が完成するというわけだ。

この日は、午後七時から『ダイヤモンドラウンジ』での勤務だった。黒いスーツを着て、ネクタイを整えているとき、携帯電話が短く震えた。

〈ごめん。今晩お店に行けない〉綾子からのメール着信だった。

龍哉は舌打ちした。目を吊り上げた師範の顔が頭に浮かび、こう返した。

「どうしましたか?　風邪ですか?」

〈家にいる。助けて〉

ただならぬ返答に胸が高鳴った。

龍哉は冷蔵庫からプラスチック粘土を取り出すと、そのまま小さな密封袋に入れた。鞄に放り込んで、部屋を出た。

たっぷり一時間、背後を消毒し終えて、大田区山王《さんのう》の住宅街に入った。綾子の家は四十坪ほどの敷地に建つ一軒家だった。レモン色の壁に白い窓枠、南仏の住宅を思わせる建物だった。小さな門扉があり、階段を二段上ったところに白い玄関ドアがある。

インターホンを押すのをやめて、綾子の携帯に電話をかけた。

〈龍哉君……〉低い声だった。

「いま、家の前につきました」

〈ごめん。やっぱりダメ……〉声が震えていた。

「綾子さん、どうしました？」

〈……ちょっと、事情があって……〉

様子が変だ。しきりに洟《はな》を啜《すす》っている。泣いているようだ。そのうち電話が切れた。

龍哉は家の前を通り過ぎながら、様子をうかがった。綾子の身に異変が起きている。

二十分後、龍哉はもう一度電話をかけた。

「綾子さん、大丈夫ですか？　心配なんだ。それだけ確認させて」

〈……うん〉

「ドアをあけて、顔を見せてください。それだけ確認したら帰るから」

〈助けて……動けない〉

龍哉は立ち止まった。頭の中で警報が鳴り響いている。ここはトラブルに巻き込まれぬよう現場を離れるのが鉄則だ。だが、事態を確認せずにいられなかった。

綾子の家に戻って、インターホンを押した。反応はない。そっと玄関ドアを引いたが、鍵がかかっている。

壁伝いに家の裏側に回った。隣家との間は大人の背ほどの壁で仕切られており、幅五メートルほどの裏庭があった。雑草が伸び、錆びついた自転車が倒れている。窓から家の中を窺《うかが》った。レースのカーテンが破れて垂れ下がり、隙間から室内が見えた。人影はない。

龍哉は勝手口の扉の前にしゃがんだ。鞄から医療用のゴム手袋を出し、両手に装着した。そして靴下を下げて、足首のサポーターから金属の棒を二本取り出した。

テンションレンチとピアノワイヤーピックだった。鍵穴にそれを突っ込むと、ものの二十秒ほどで、乾いた音とともに鍵が開いた。

キッチンには割れた皿や瓶《びん》が散乱していた。

強盗か——。

龍哉は革靴にゴムカバーをかぶせて家に上がり、勝手口の鍵をかけた。台所のシンク下の扉を開け、果物ナイフを取り出した。

リビングは本や新聞が散乱し、食卓の椅子が倒れている。忍び足で通り抜け、奥の引き戸を開ける。六畳ほどの和室には誰もいなかった。

果物ナイフを持った右手を背後に隠して、二階に続く階段を忍び足で上った。そのとき、突き当たりの扉の向こうで、床に固いものがぶつかる音がした。龍哉は扉に近づいて、ドアノブに手をかけた。そっと押し開け、壁の裏に身を隠した。

「龍哉君……?」綾子の声だった。

目の前の光景に鳥肌が立った。全裸の女が床に座っている。

綾子だった。乱れた髪、右目は青黒く腫《は》れ、上唇は切れて腫れあがっている。鼻血なのか口元は血だらけだった。そして右手には手錠がかけられ、ロフトに続く鉄梯子《てつばしご》に繋《つな》がれていた。

「何があったのですか！」龍哉は駆け寄った。

綾子は感情を失ったように何も言わなかった。手錠には鍵が掛かっている。

「待って。すぐに外すから」

足首のサポーターからもう一度ピッキングの道具を取り出し、手錠の鍵穴に突っ込んだ。鍵はすぐに開いた。

「強盗ですね。すぐ警察に電話しましょう」

龍哉は綾子が握りしめている携帯電話を取り上げようとした。

「駄目！」綾子が叫んで、携帯を後ろに隠した。

「なぜ……？」

綾子が龍哉の胸元にしがみついて絶叫した。

「警察には絶対に言わないで。いいの、このままで……」


龍哉は首に絡まった綾子の腕をそっと解くと、ベッドから抜け出した。壁掛け時計の針は午前二時を指している。脱ぎ捨ててあったパンツを穿き、ワイシャツを羽織った。振り返ると、暗闇に綾子の白い裸体が浮かんでいる。細い体は傷だらけだった。

鞄を手に取り、音をたてぬよう廊下に出た。そして突き当たりの部屋に入ると、まず窓をそっと開けた。机の上には前と同じように、ノートパソコンが置いてあった。

綾子の夫のものだ。

スペースキーを叩くと、指紋認証要求画面が表示された。

机のライトを点け、鞄から密封袋を取り出した。プラスチック粘土の型枠から透明のゼラチンをつまみだす。人差し指の第一関節ほどのゼラチン。光に透かすと指紋がくっきりと浮かんでいる。

この偽指をキーボードの右下にある四角いパネルに押し当てた。光学方式の指紋センサーは、ゼラチンに刻印された指紋の隆線と谷線の光の反射特性の違いをイメージセンサーで検出する。

〈認証されました〉

ゼラチンの偽指は見事にロックを解除した。

マウスを操作して、ドキュメントファイルを開けた。大量の文書のタイトルが並んだ。パソコンの挿入口にUSBメモリを差し込んだその時、廊下の床が軋む音がした。メモリを引き抜いて、パソコンを閉じた。

「龍哉君……どこ?」

部屋の灯りがついたとき、龍哉は予《あらかじ》め開けてあった窓から屋根に出ていた。カーテンの向こうで電気が消えるまで、息を殺していた。


一学期最後の授業は、夏休み前の興奮からか、いつになく賑々《にぎにぎ》しかった。この日、龍哉は夏休みの予定を英語で発表させた。私立の中高一貫校だからだろうか、家族との海外旅行が多い。中には彼氏との花火大会の計画などを告白する生徒もいて、大いに盛り上がった。

アッシの依頼で始めた仕事とはいえ、龍哉はこの学校の教壇に立つことに充足感を覚え始めている。父親が教師だったので、教育には関心があった。授業では英国の大学が出版したテキストと、ドキュメンタリー映画を使い、英語でディスカッションすることにした。実のところ、これは龍哉が金日成総合大学で受けた英会話の授業、そのままであった。

それにしても女子校というのは不思議な世界だ。特にここ光栄学園の生徒はカトリック系の中高一貫で純粋培養されたうえ、男というものを家族と教師くらいしか知らない。あまりに無邪気で性の違いに対する警戒心がない。

教師と生徒の関係も、共和国とはまるで違う。共和国では教師は畏怖すべき存在だったが、ここでは友達である。英語が上手な友達から教えてもらう、という感覚しかない。

最初こそ女の世界に戸惑ったが、教え始めて数週間たった今では、「先生、この夏は婚活ですか?」などという冗談をぶつけられても軽くいなせるようになった。

四時間目の授業の終了を告げるチャイムが鳴った。龍哉は黒板を消しながら、窓際の前から三列目の空席に目をやった。筒見七海はもうずっと、学校に来ていない。無理もない。父親が神林貞夫誘拐殺人事件の重要参考人で、しかも警察から逃れて、行方をくらましているのだから。

だが、七海が学校に来ないと、龍哉がこの学校で教える意味はない。だから授業が終わると、教材のＤＶＤとテキストを持って、筒見家を訪ねることにしている。


午後五時、インターホン越しに名乗ると、家の中でぱたぱたとスリッパの音が聞こえ、すぐに玄関の扉が開いた。

「倉本先生、こんにちは」

七海は細身ですらりと背の高い少女だった。剣道部員らしい、澄んだ瞳でまっすぐに見つめられると、龍哉はいつも気後《きおく》れする。

「こんにちは。いつもすみませんね」

七海の母親が出てきて頭を下げた。揚げ物の香ばしい薫《かお》りが漂っている。夕飯の支度でもしていたのだろう。

「先生、部屋を片付けたので、二階へどうぞ」

七海が先に階段を駆け上がっていった。

いつもは居間のテーブルだったが、この日初めて七海の部屋に入った。

ＣＤプレーヤーから『ゼブラ』とかいう流行《はや》りのダンスユニットの音楽が流れていた。勉強机と本棚、ベッドがあるだけで、龍哉が想像したようなアイドルのポスターや大きなぬいぐるみなどはない。代わりに剣道の防具と竹刀《しない》が部屋の隅に置いてあった。

龍哉は鞄から教材のＤＶＤが入った封筒を出した。

「これ、一学期最後の教材だ。夏休み中に見てくれよ。授業、結構なスピードで進んでいるから」

「はい。今まで持って来てくださったものは全部見ています。ほら、これ見てください」

七海はノートを開いた。これまで教材に登場した英単語がずらりと書かれている。

「そうか、安心したよ。……ところで、申し訳ないけど、水を一杯もらえないか。暑かったから喉が渇いちゃった」

七海は音楽を切ると、階段を降りていった。スリッパの音を聞きながら、龍哉は携帯電話をカメラモードに切り替え、室内の写真を何枚か撮影した。これはアツシからの依頼だった。

そのとき本棚に置いてある写真立てが目に入った。両親と二人の子供が写った古い写真だ。七海は五歳くらいだろう。母親が両肩に手を置いている。隣の男の子は父親の膝の上で笑っている。

これが筒見慶太郎か——。

どこかに旅行に行った時の家族写真だが、父親だけが強い視線で、遠くを見つめている。幸福感を撥ね除《はの》けるような視線に見えた。かといって神林貞夫を殺害するような残虐性も感じない。

龍哉は写真の中の男をぼんやり見つめていた。気付いた時には、七海がコップを持って部屋の入り口に立っていた。

「この男の子は？」龍哉は取り繕うように、写真の中で笑う少年を指さした。

「双子の兄です」

「お兄さんがいるのか」

「兄は六歳で亡くなりました」七海は写真を見つめたまま言った。

「そうだったのか。……ごめんな」

「十年前のことなので私はよく覚えてないけど、すぐ近くの自然公園の池で死んでいたそうです」

「事故だったのか……名前は？」

「タクミといいます。開拓の拓に、海です」

「二人とも名前に海がつくんだね。海を拓くか……素敵な名前だ」

北朝鮮では「木」「火」「土」「金」「水」を含む文字が名前に多用される。森羅万象《しんらばんしょう》はこの五つの物質からなるという五行《ごぎょう》説から来ている。龍哉の本名「東植《ドンシク》」にも「木」が含まれている。そこには大木のように成長してほしいという両親の願いが込められている。もちろんそんな説明は七海にはできなかった。

「先生はご兄弟がいるんですか？」

「いないよ。一人っこだ」

これは嘘だ。実際には共和国に四つ下の弟がいる。しかし、倉本龍哉の戸籍と矛盾することは、七海が相手でも言えない。

「寂しいでしょ。早く結婚したほうがいいんじゃないですか？」

七海が生意気な笑いを浮かべた。

「俺は結婚相手を慎重に選ぶことにしているんだよ。一度結婚した女性とは、絶対に離婚したくないからね」

共和国でも最近、離婚が増えている。男性優位社会が崩壊しつつあるのだ。女性たちは資本主義思想に蝕《むしば》まれたのか、豊かさをもたらさない、威張るだけの夫を切り捨てるようになった。

すると七海が口に手を当てながら、龍哉を指さした。

「あ～あ、言っちゃった」

「なんだよ」

「うちの両親は離婚しているんです。失言だ、先生」

「えっ、あ、ごめん」

龍哉が戸惑っている最中に、部屋の扉が開き、母親が顔を出した。ひどく慌てた龍哉を見て、七海が笑った。

「先生……今晩はお食事を食べてください」

「はい、お言葉に甘えます」

一階の食卓に着いたのは初めてだった。皿にはクリームコロッケとキャベツの千切りが盛られており、白米と赤だしのみそ汁が置かれていた。

龍哉はふと祖国の我が家を思い出す。食卓には僅かな食べ物しか出てこない。電気がないから夜は暗闇だ。人々は食事もそこそこに、青白い光を放つ街灯の下に集まって本を読む。それに比べると日本の住宅地は温かい灯りに包まれている。父親が居ない家庭でも、幸せに映った。

だが、じきに違和感を覚えた。

食卓には椅子が四座ある。うちひとつは高さが調整できる子供用の椅子だ。食卓に皿を並べていた母親は最後に、ご飯を盛った小さな茶碗とコロッケをひとつ、子供用の椅子の前に置いた。

蔭膳《かげぜん》か――。

龍哉はあの写真の男の子、拓海がそこに座っているような錯覚を覚えた。母親はこれについて何も語らない。誰も居ない椅子をぼんやりと見ていると、その隣に座った七海と目が合った。

「……頂きます」

平静を装って食べ物を口に運んだ。

食事中、龍哉は今後の授業方針を母親に説明し、日本人が苦手な発音を強化することを伝えた。

「先生は小学校から大学までアメリカでしょう？　私も海外留学できますか？」

七海が唐突に切り出した。

「できるよ。ただ、ディスカッションを強化したほうがいい。日本人留学生は一番これに苦労するんだ」

龍哉は母親をちらりと見ながら言った。

母親はどこかうわの空で、拓海が座っているはずの空の席を見つめていた。娘に似て、鼻筋の通った美形ではあるが、どこか陰りが差している。笑顔を作っても、すぐに沈んだ微笑に変わっていく。

帰りがけ、見送りに出てきた七海に尋ねた。

「夏休みは部活に出てもいいんじゃないか。先生は最近、入ったばかりだからよくわからないけど、お父さんのことを問題にする友達はいないだろう」

「お父さんのことは関係ない。警察官だった人が、人を殺すわけがありませんから」

七海の強い視線は、写真の中の父親と同じだった。

「じゃあ、なんで？」

「いま母をひとりにはできません。先生は母を見て、どう思いました？」

七海は龍哉を正面から見据えた。

「どうって？」龍哉は心の中を見透かされたような気がした。

「先生も気になったでしょう？　母は拓海の食事を毎日用意するんですよ。拓海が亡くなった池にも毎日行って、庭の花を供えるんです」

「毎日……」龍哉は言葉が見つからなかった。

「母は十年前から時間が止まったままです」

「それが母親の姿だよ。子供への愛情は、時がたっても、どんなに距離が離れても変わらない。七海さんも将来、母親になったら、お母さんの気持ちがわかるさ」

空虚に響いたが、これが龍哉の精一杯の言葉だった。

「今回、父のことがニュースで報じられてから少し様子がおかしいんです。一日中外を見ていて、この前もお父さんが家の前にいるとか言いだして……」

「そんなことがあったのか」

「私、留学したいのではなくて、本当は海外で仕事をしている父と一緒に暮らしたいんです。母も一緒に行って環境が変われば、家族がもとに……」

七海は涙を浮かべていた。

母と娘は十年もの長きにわたって、二人きりであの食卓で向かい合い、濃密な関係を築いてきた。だが、成長した娘はかつての家族の形を求め始めている。壊れてしまった砂の城を元通りに修復しようとしているのだ。

「その気持ちをお母さんにぶつけてみたらどうだ？　一人で抱えきれないだろう。夏休みの間、じっくり話してみたほうがいいよ」

龍哉には、七海の問いを受け止めることができなかった。結局、母娘での解決を求めてしまった。自分への苛立ちを嚙みしめながら、七海に手を振った。

時計の針が午前一時を指すと同時に、龍哉はパソコンの動画投稿サイトを開いた。ビヨンセの最新曲のライブ動画を見つけると、ハードディスク上にダウンロードした。続いて「解凍」と表示されたソフトを開き、先ほどのビヨンセの画像を選択し、二十桁のパスワードを打ち込んだ。

イヤホンを装着し、再生ボタンを押す。ビヨンセの画像は動くが、ジーという電子音だけが聞こえる。一分〇五秒、黒いドレスのバックダンサーが登場したところで、龍哉はペン立てから鉛筆をとった。

女の朝鮮語が聞こえた。

〈これより六十八号探査員への数学復習課題をお伝えします。百二十四ページ五十八番、六百二十八ページ七十七番、二百四十六ページ九十三番、三百四十五ページ十二番、五百二十二ページ……〉

女は機械的に頁数と番号を読み上げていき、龍哉は連続する五桁の番号を書き取った。

〈……以上です。六十八号探査員ありがとうございます〉

本国からの乱数を使った暗号指令だった。

昔の工作員は、深夜に短波で流される乱数放送をラジオで受信していたそうだが、龍哉の世代は「ステガノグラフィー」を使う。インターネット上の画像に隠されたテキストや音声ファイルを復号して、指令を受信するのだ。これで日本の公安に傍受される恐れはないし、工作員が真夜中にラジオの前にかじりつく必要もない。

龍哉は椅子の上に立ち上がり、両手で天井の板を押し上げた。天井裏に手を突っ込んで、書店の紙袋を取り出した。中には乱数表と暗号翻訳冊子が入っている。

机で再び鉛筆を取り、受信暗号から乱数表の数字を差し引き、翻訳冊子で照合していくと、ハングルで書かれた指令文が出来上がった。

〈第十二号工作組、本国へ二週間復帰せよ。接線地点については、八月二十二日午後九時、

〈石川県加賀《かが》市黒崎町《くろさきまち》二「ニコマート」四番レジにて連絡する〉


「復帰」の文字を見て、喉元に大きな塊がせりあがってきた。

ついにこの日が来たか――。

手帖を開いて、夏休み明けの授業になんとか間に合うことを確認した。台所のガスコンロの火をつけ、書き取ったばかりのメモを流しで燃やした。


八月二十二日の午後八時四十分、龍哉は加賀市の大型スーパーに入った。カートの中に菓子やカップ麺を放り込みながら、ぶらぶらと十五分ほど歩いた。

酒売り場の前で、ウイスキーの品定めをしていた老婆の横に立った。

「師範《ススン》、そろそろお時間です」

「あんたが会計しなさい」

師範は、龍哉のカートに、ウイスキーのボトルを二本放り込むと、鮮魚売り場のほうへ歩いて行った。閉店時間を知らせる「蛍の光」が流れ始めた。

四番レジでは、レジ係の年配の女性が働いていた。髪が少し乱れ、不健康な青白い顔をした女だった。カウンターに籠《かご》を置き、支払いを済ませると、女が釣りとレシートを龍哉に手渡した。

「ありがとうございました」

女の声を背中に聞きながら、袋を持って店を出た。商店街を歩きながら、渡されたレシートに眼を落とす。

〈午前一時、白鬚《しらひげ》神社入り口〉

丸っこい日本の文字で書いてあった。案内役の補助工作員との接線《ジョプソン》場所だ。

背後を振り返る。いつの間にかアツシが五十メートルほど後ろを歩いている。さらにその後ろには師範が歩いている。

龍哉は角を曲がりながら、先ほどのレシートを落とした。アツシがこれを拾い、内容を確認した後、同じことを師範にすることになっている。

日本への不法入国を「浸透」、共和国に向けて出国することを「復帰」と言う。工作員の間では浸透より、復帰のほうが難しいと言われる。迎えの船を待っているところを、日本の公安に見つかり、拘束されてしまった工作員は多い。だから、浸透、復帰に使われる沿岸部には、スーパーの女店員のような補助工作員が数多く配置されており、工作員の安全確保を徹底的にサポートする。


月の出ていない夜だった。本国への復帰日は月の朔望《さくぼう》で決まる。決行は新月の夜だ。

接線時刻の午前一時、白鬚神社入り口には、黒っぽいジャンパーを着た小柄な男が立っていた。

龍哉が五十メートルほど離れた場所から観察していると、男は煙草をくわえて、ライターの火を二回点滅させて合図をした。

「お世話になります」

龍哉が近づいて挨拶すると、案内役の補助工作員は軽く顎を持ち上げただけだった。

五十がらみと思しきこの男は、師範が獲得した土台人《トティン》、つまり共和国に親族がいる在日同胞だ。

師範は五年前、この男の家を訪ね、平壌にいる兄夫婦の写真を見せながらこう言ったそうだ。

「お兄さんはお元気でしたよ。私に協力すれば、もっと幸せな生活が保証されます」

裏を返せば、「協力しないと、人質は不幸になる」という脅しだった。この男は直ちに補助工作員になることを誓約した。補助工作員は大抵、この手口で獲得されている。

カン、カン、カン。

龍哉が手に持った石で道路のアスファルトを三回打ち鳴らすと、師範とアッシが傍《かたわら》の藪《やぶ》から出てきた。補助工作員の男は、吸っていた煙草を路上に捨て、海のほうへ歩き始めた。

龍哉たちは五十メートルほどの距離をあけて男についていく。やがて松林に差し掛かった。潮の匂いが、海の近くであることを知らせている。

足場が悪くなると龍哉が師範を背負い、アッシが全員分の手荷物を運んだ。松林を二十分ほど歩き、ようやく砂浜に出たころには、背中で師範の寝息が聞こえ始めていた。

日本海はうねっていた。ごうごうと音を立て、暗闇から白波が押し寄せている。砂浜伝いに延々と歩くと、やがて岩場に差し掛かった。陸側は絶壁で、自然が作り出す死角になっている。

波打ち際に近づくと、男は沖合に向けて懐中電灯を点滅させた。五分ほどすると、沖合から黒い物体が近づいてくるのが見えた。ゴムボートだ。黒いウエットスーツを着た男が乗っている。

「さあ、乗りなさい。師範を起こさぬようにな」

案内してきた補助工作員が朝鮮語で言った。

ゴムボートはエンジン付きで、黒いウエットスーツを着た男は、帯同復帰作戦を担当する第一局の戦闘工作員だった。

龍哉は膝まで水につかり、師範を背負ったままゴムボートに乗り込んだ。続いてアッシが飛び乗った。波をうまくかわしながら、ボートは沖に出た。龍哉は師範が飛び出さぬよう、しっかり抱きかかえた。

アッシが離れてゆく陸地のほうをしきりに気にしている。

「どうしたアッシ」

龍哉の質問に、アッシは答えなかった。

沖合に二十分ほど走ると、眼前に突然、黒い大きな船影が見えた。

工作母船だ。航海灯を消し、息を潜めるように波間を漂っている。ウエットスーツの男が懐中電灯を点滅させると、母船のデッキでも電灯が三回点滅した。

母船に乗り込むと、龍哉たちは船底の工作員用の隠し部屋に通された。一番奥には特等のベッドが用意されており、そこに師範を寝かせた。

工作母船の乗員三人は、白いTシャツに、作業ズボンと、まるで漁師のような恰好をしており、何も喋らない。龍哉は彼らに礼を言い、土産の煙草とウイスキーを渡した。

アツシは部屋の隅の床に座り込み、持って来たウイスキーの小瓶に口をつけて飲みはじめた。

「飲むか？」

「ああ……」

龍哉は瓶を受け取り、琥珀《こはく》の液体を舐めた。相変わらず酒は不味《まず》かったが、氷のように固まっていた全身の筋肉が徐々に溶けていった。

「誰かに尾行されてなかったか？」アツシは唐突に聞いた。

「いや。おまえは何かあったのか？」

「何もない」アツシは首を振って、ウイスキーを呷《あお》った。

「うしろに誰かがいたのか？」

「わからない。何かを感じただけだ。工作員は目で見えるものより、感じることのほうが大事だ」

そのとき母船がスピードを上げ、船体後部がぐっと沈んだ。高出力エンジンを四基搭載したこの改造船は通常の漁船の倍のスピードが出る。いったんスピードに乗れば、日本の海上保安庁の巡視船に追いつかれることはない。

「おい、龍哉……」低い声だった。

「なんだよ」

「女には気を付けろ。日本の女に隙を見せるんじゃねえぞ」

暗闇でアツシの眼がぎらりと光った。龍哉の表情の変化を確認されている気がした。

「それも何かを感じたとでもいうのか?」龍哉は笑った。

「まあな」

「思わせぶりなことを……」

龍哉が言いかけた時、師範が寝返りをうった。二人の会話はこれで終わった。

アツシはウイスキーの小瓶を空にすると、固い床に寝そべった。

船体を波が叩くリズムを聞きながら、龍哉は楓の誕生日を祝った夜のことを考えていた。あの日、突然、部屋にやってきたアツシの言動は妙だった。楓の出身高校まで聞き出し、「一挙手一投足を監視されていると思え」などと意味深なことを言った。

アツシは疑っているのだろうか。いや、もしかすると事実をでっちあげて嵌《は》めようとしているのかもしれない。

龍哉たちが日本に来る直前、偵察総局の先輩工作員がある日突然、担務をはずされ、行方が分からなくなった。原因は仲間の密告だった。先輩工作員は「敵国の密偵」との疑いで、国家保衛省に捕らえられ、処刑されたとの噂だった。

初めて出会って以来、このアツシに抱き続けてきた不信感のようなものが、胸の中で膨らみ、龍哉は眠れぬまま夜を明かした。


船のデッキに立っていると、夕焼けに染まる元山《ウォンサン》の街並みが見えてきた。背の高いビルがいくつか並んでおり、日本の地方都市のようだった。北朝鮮にとって、元山は軍港やミサイル基地がある軍事的要衝で、かつ中国人観光客を呼び込む観光地、そして貿易の拠点でもある。

ビルの屋上に「主体《チュチェ》」と書かれた看板が掲げられているのが見え、胃のあたりがきゅっと締め付けられた。

「帰ってきちまったな……」隣にアッシが立っていた。

「ああ」

龍哉は適当に返事をすると、埠頭に不審な人影はないか、慎重に確認した。

リヤカーを押す男、隊列を組んだ若い軍人、朽ちたトラックが行き交っている。龍哉のことを監視するような人影は皆無だった。

船を降り立った龍哉を出迎えたのは、お決まりのスローガンだった。

〈誰もが英雄的に生き、闘争しよう！〉

〈党と制度、人民を決死擁護する鋼鉄の盾、赤い猛獣になろう〉

龍哉は町のいたるところに掲げられた看板をひとつひとつ読んでいくうちに、日本人に成りすましていた記憶が剝がれ落ちていくのを感じた。

しかし、遠くから見えた白亜のビルは、近くで見れば、古ぼけた張りぼてのようで、人が住んでいる様子はなかった。街を行く人々は皆、肌艶が悪く、思いつめたような表情で前を見つめ、足を動かしているだけだ。そこにあるのは四年前と何ら変わりのない共和国の現実だった。

元山港の偵察総局の事務所には、金日成《キムイルソン》と金正日《キムジョンイル》の肖像画が掲げられていた。龍哉とアッシは師範のうしろに並んで敬礼し、偉大なる首領様たちに帰国を報告した。

応接室に入ると、待ち構えていた崔《チェ》指導員が師範に最敬礼し、手を握って労をねぎらった。師範は待機していたメルセデスの後部座席に乗ってどこかへ行ってしまった。

「日本での工作活動については師範からご報告いただく。おまえたち二人には明日から再学習をしてもらう。党は同志たちに大きな期待をかけている。革命と祖国統一のための戦士となるよう今一度、勉強するように。資本主義という堕落した社会で緩んだ性根を叩きなおさねばならん」

崔指導員は冗談のようなことを顰《しか》め面をして言った。

最近、独身者の工作員が、南朝鮮に浸透したまま行方をくらますことが多い。このため偵察総局は、工作員が反革命分子に寝返らぬよう、定期的な教育が必要だと考えている。

「これから金正日政治軍事大学におまえたちを連れて行く。他の学習生との私的会話はまかりならん。学習期間中は日本名を名乗り、常に素顔を隠しなさい」

崔指導員にサングラスを渡された。

そこから十日間、金正日政治軍事大学の寮に泊まり込むことになった。大学とはいっても、実態は工作員の養成機関だ。情報班、外国語班、戦闘員班の三つの教育課程があり、龍哉は情報班に入り、アツシは戦闘員班で再学習を受けた。

崔指導員の言ったとおり、日本で四年間生活をしてきた龍哉にとって、再学習は辛いものだった。朝五時に起床し、朝食を食べた後は、一時間、金日成徳性資料の朗読をさせられた。その後は、午前午後あわせて十時間の講義を受けた。主に政治思想に関する講義で、『抗日武装闘争回想記』『人民の自由と解放のために』などの理論書を読み込んだ。金日成の幼少時代から抗日武装闘争、北朝鮮建国、社会主義制度樹立、祖国解放闘争の歴史を振り返り、復旧活動のとき金日成が示した領導力などを復習し、東南アジア各国に浸透している工作員たちと討論をした。その後は午前二時まで自習室に籠もり、抜き打ち試験に備えた。

五日目から戦闘員班のアツシたちと合流した。特攻隊訓練は地獄そのものだった。自動小銃と手榴弾を持って、雨の降りしきる山中を駆け抜け、森の中にある小屋を爆破して基地に戻る。二十キロの道中には歩哨が配されていて、出くわせば銃撃戦である。この命がけの訓練が三回行われた。龍哉が這《ほ》う這《ほ》うの体《てい》で寮に戻った時には、アツシは歩哨二人を射殺して、何食わぬ顔で寝ていた。

潜水破壊工作の訓練でも結果は同じだった。夜間、海岸から二キロ先に浮かぶ船を爆破するのだが、着衣のまま自動小銃を背負い、小型の爆弾を引きながら往復四キロを泳がねばならない。龍哉も爆破までは上手くいったが、復路の中ほどで力尽き、溺死寸前となった。アッシには倍以上の大差をつけられ、教官に叱責された。

龍哉の胸の中に、初期教育課程で味わった敗北感、劣等感が再び広がっていった。

最終日、総括を書いて提出し、再学習の課程は終わった。

〈偉大なる金正恩元帥様の信任と配慮の下に、十日間の再学習を豊かに終えることができた。今後も日本国への工作作業を通じて、南朝鮮革命のために自負心をもって闘う所存である。思えば日本に浸透中の四年間は、防諜機関の影を警戒するあまり、与えられた任務達成にもがき苦しんだ日々であった。これは主体思想のために闘う覚悟が不十分で、常日頃の政治学習や肉体鍛錬をおろそかにした結果である。今後は易《やす》きに流れることなく、気高い覚悟を持って、命を懸けて任務達成に努力し、立派な革命家として偉大なる金正恩元帥様の信任と配慮に応えたい〉

龍哉はこんな趣旨の総括を提出した。これがこの時の本心だった。

終了式では偵察総局長の訓示があった。金日成将軍の歌が流されると、不思議なことに涙があふれた。横を見るとアッシも拳で涙を拭っていた。

寮の食堂でアッシと昼食を食べていると、崔指導員が入ってきた。

「滞在中に会いたい人はいるか?」

龍哉は立ち上がって気をつけの姿勢をとった。

「家族に一目会うことをお許しいただけるのであれば、帰宅したく思います」

隣のアッシは黙って下を向いていた。

「では八時間の帰宅を許可する。局の車で自宅まで送迎する。ちなみに……」

崔指導員は抗日戦争時代の金日成主席の逸話を話して聞かせた。

抗日戦争を闘う金日成の下に、故郷の母が危篤であるとの知らせが入り、金日成が自宅に飛んで帰った。そのとき母の康盤石《カンバンソク》女史が「国を取り戻すといって家を出たものが、家に未練を抱いてどうして大志を立てることができるのか」と諭したという有名な話だった。

「帰りたいかと聞かれて、即座に『はい』と答えたことを恥じる心が大事だ」

崔指導員はこう言ったが、最後には「次に会えるのは四年後だから、精一杯の親孝行をするように」と言って送り出してくれた。


ワゴン車は平壌中心部に差し掛かった。車窓から歩く人々を眺めていると、なんだか滑稽に見えた。共和国の人々はとにかく歩くことを厭《いと》わない。タクシーなど滅多にないし、自転車を買いたくても、庶民が十年分の給料を貯めても足りない。トロリーバスは電力不足で本数が少ないし、地下鉄は一部区域しか走っていない。だから、平壌市民は職場に向かうため、帰宅するために、雨の中でも闇の中でも延々と歩き続ける。その姿は働くために生まれ、死んでいく蟻《あり》のように映った。

大同江《テドンガン》に面した古いアパートの二階が、龍哉の自宅だった。母は龍哉を乗せた車が到着するより先に、アパートの前で待っていた。

「東植《ドンシク》！」母が車に向かって大きな声で叫んだ。

倉本龍哉の朝鮮名は「李《イ》東植」だ。四年ぶりの本名は気恥ずかしくもあった。

「母上様、ただいま戻りました」

抱き合った母・李淑姫《スクヒ》は白髪が増え、少し痩せたせいか、老いたように見えた。

「時間がないのでしょう？　お父さんが待っているし、万鉄《マンチョル》ももうすぐ来るよ」

母は背中を押すようにして部屋へと急かした。四年ぶりの我が家は薄暗かった。まるで人が住んでいないように物が少なく、無機質にがらんとしている。金日成、正日親子の肖像画が白い壁に掲げられ、その下に小さなブラウン管テレビが以前のまま置かれている。

窓辺の椅子に腰かけた父・李英哲《ヨンチョル》の背中が見えた。

「父上様、ただいま戻りました……」

寝ているのかと思い、覗き込んだ。そこにいたのは白髪の、骨ばった顔をした老人だった。青白い顔でゆっくりと龍哉を見上げると、言葉にならぬ声を出して涙を流し始めた。その目は確かに父だった。

「父上様……」龍哉は言葉を失った。

「びっくりしたでしょう。お父さん、三年前に脳梗塞で倒れたの。仕事もやめて、家で療養しているのよ」

母が無理に笑顔を作った。

部屋の隅に粗末な杖が立てかけてあった。

厳格な父だった。四年前、龍哉が、党の仕事で海外に行くと別れを告げに来たとき、

「男が国のための仕事に出るときに、未練を残してはならぬ」

と言って、見送りにも来なかった。

父は高級中学校の数学教師で、まさに強盛大国建設の戦士を育ててきた男だった。頭脳明晰、スポーツ万能で、子供のころから自慢の父だった。

父の手を握ると、骨ばった手で握り返してきた。その力は弱く、掌は冷たかった。

「元気……だった……か」父の言葉を、わずかに聞き取ることができた。

「はい。元気です。父上様は身体が痛むのですか？」

「痛く……ない。右……半分がダメ」

父の口から垂れた涎《よだれ》をハンカチで拭いてやった。

「東植お兄様」四つ下の弟・万鉄が入ってきた。

「おお、万鉄。久しぶりだな」握手しながら肩を叩いた。

「お兄様、紹介するよ。僕の妻の王花《ワンファ》だ」

ショートカットの小柄な女性がぺこりと頭を下げた。

「え……」龍哉はわずかに言葉に詰まった。「結婚したのか？」

「去年、職場で出会ったんだ。半年後に子供が生まれる」

万鉄は病院の事務員として働いていた。妻の王花は同じ病院の看護師で、身重にもかかわらず夫婦して父の介護をしているとのことだった。電気は一日二時間、水道の水は出ない。そんな環境下での介護は大変だ、と万鉄は笑った。

知らぬ間に老いさらばえてしまった両親、いつの間にか結婚し、両親を支えている弟夫婦。龍哉は自分だけが家族の中で取り残された気分になり、急に居心地が悪くなった。

「東植お兄様は党の仕事で海外にいたのだろう？　どこにいたのですか？」

万鉄は無邪気に聞いてきた。母がちらりと龍哉を見た。

「うん、北京とか、モスクワだよ。出張でベルリンにも行ったよ」

嘘を言いながら、龍哉の胸は痛んだ。

「ベルリンかあ。お兄様は我が家の誇りだよ。祖国統一のために命をささげているのだからね。兄さんは昔から模範的な学生だったんだよ」

万鉄は鼻の穴を膨らませて王花に語った。

日本にいることは家族にも喋ってはならない。四年前に家を出るとき、万鉄には党に召還されて海外で貿易の仕事をすると説明していた。万鉄はこの話に何の疑いも差し挟んでいないようだ。

するとＥ花が嬉しそうにいった。

「まあ、お母様だけじゃなくて、お兄様も祖国のためにお忙しいのですね。お二人とも片時も平壌に……」

「ところで、東植」母が会話に割って入ってきた。「……今晩はみんなと夕飯を食べていけるのよね」

「はい。夜十時に職場の人が迎えに来てくれます。それまではゆっくり過ごせますよ」

「じゃあ、散歩に行かない？　久しぶりに近所を見たいでしょう？」

「そうですね」

母と二人で家を出て、大同江の堤防沿いの遊歩道を歩いた。

日本の話が聞きたいのだなと思った。

母は、実は日本人だ。在日同胞だった父と結婚して、父の里帰りについて北朝鮮にやってきた、いわゆる日本人妻だ。龍哉が子供のころは日本語の先生をしており、全国の大学で授業をもっていた。母が地方出張で留守の時は、父方の祖母が代わりに面倒を見に来たものだ。

「昔、母上様が地方の授業で出張するとき、この堤防を歩いて行きましたよね」

「そうだね。東植がこのあたりで見送ってくれたね」

「寂しかったなあ。母上様が二度と帰らないのではないかと不安だったのです」

龍哉は大同江の川面《かわも》を見つめた。

「東植が足にしがみついて離れなかったものだよ。その東植がひとりで、日本で暮らしているのだからねえ」

二人で顔を見合わせて笑った。龍哉は、母にだけは日本で暮らすことを打ち明けていた。母の祖国に行くのを隠すことができなかったのだ。しかし母は周囲の目を気にしてか、なかなか日本のことを聞こうとはしなかった。笑顔には疲労が滲んでいた。

「父上様の介護は大変ですか?」

「大丈夫。万鉄と王花さんが手伝ってくれるから。本当に助かっているよ」

「僕が送ったお金で介護の人を雇ったらいいですよ」

母は一瞬、黙った。そして「あ、お金……。ありがとうね」と言った。

「本当に届いていますか?」

「うん、届いているよ」

「でも、家に何もないじゃないですか。食材だってないし、父上様も母上様もやつれているじゃないですか。僕はこれまでに五千ドルは送ったのですよ」

「五千ドル……」母はうつむいた。

この反応で確信した。送った金は届いていないのだ。日本から共和国への地下送金網は充実している。共和国を一時訪問する在日同胞に金を託すのである。在日商工人の中には、これを生業とする者も多く、中には弱みに付け込んでネコババする連中もいる。

「母上様、自由市場《ジャンマダン》にいきませんか」

自由市場とは平壌市内に点在する半合法的な市場のことだ。実は共和国では社会主義的な計画経済は機能しておらず、食糧配給は質、量ともに気休めにすらならない。このため人民たちは、生きるための物資を、侵食してくる市場経済の枠組みの中から調達するしかないのだ。この自由市場こそ、共和国が抱える矛盾の象徴とも言える。

自由市場は大勢の客で盛況だった。塀で囲われた運動場のような区画にテントが立ち並び、食料品から生活雑貨まで売られている。

龍哉は歩きながら、母に気になっていたことを尋ねた。

「平壌の人々は米帝の侵攻を恐れているのでしょうか？　いま米帝は南朝鮮と軍事演習をやって圧力をかけています」

「そうなのかい？　米帝が？」

「日本では全国民が戦争に突入するのではないかと恐れています」

龍哉は母の耳元で囁いた。

「そんなことは誰も知らないよ。人民は生きるのに懸命なのよ。今年は特に農作物が少なくてねえ。米帝の爆弾より、冬の食べ物のほうが心配だよ」

母は力なく笑いながら、ジャガイモを手に取った。

言われてみれば、市場には中国製の生活雑貨は増えているが、農産品が減っている。

「今年は凶作だったのか？」龍哉は農民の女に聞いた。

「ええ、病気と害虫にやられたのよ。米帝と南朝鮮はとんでもないことをしてくれたものだよ」

農民の女は興奮したように大声で言った。

「奴らに何をされたんだ？」

「風船を飛ばして病原菌を撒いたのさ。あいつら兵糧攻《ひょうろうぜ》めにするつもりなんだ。いまここにあるのは、半分くらいが中国から持ってきたものさ」

龍哉は小さくため息をついた。

この国では、大衆の不安の原因はすべて米帝と南朝鮮の仕業となる。世論操作というやつだ。閉ざされた国の人民たちの間では、国家の発表や人伝の話が真実となる。こうして南朝鮮への敵愾心《てきがいしん》を高揚させ、南への帰順願望を取り除くのだ。

農民の女のもっともらしい説明を頷きながら聞く母の姿が切なかった。

「母上様、何が欲しい？　米ですか？　それとも肉ですか？」

龍哉は勝手に米を二袋、塩、蠟燭《ろうそく》を買い、五ドル払った。

実は、自国の通貨であるはずの共和国ウォンは紙屑《かみくず》同然だ。不倶戴天《ふぐたいてん》の敵であるはずのアメリカのドルこそが、この国では最も信頼されている。いくら反米映画を見せられ、反米教育を受けても、庶民たちは米ドルを握りしめて買い物に行くのが実態なのだ。こうした矛盾の結果、生み出されたのが、「市場世代」と呼ばれる若者だ。龍哉のように一九九〇年代半ばの大飢饉を幼少期に経験した世代のことだ。首領様や将軍様を信じても生きてゆけぬことを幼児体験で叩きこまれた市場世代は、労働党への忠誠心よりもカネに価値を見出しているのだ。

「次はあそこに行こう」龍哉は鶏肉店に向かって歩き出した。

「もうこれでいいよ、東植。これで十分だよ」母は龍哉の手を引っ張った。「……ここは日本と違って、毎日、電気は来ないのよ。だから冷蔵庫は役立たずなの。生ものは保存がきかないんだ」

「いや、駄目です」

龍哉は奇妙な衝動に突き動かされていた。母の声を無視して、鶏、パン、味噌、醬油、ジャガイモ、人参などの食材からコーヒー、ビールまで片っ端から買った。あっという間に抱えきれぬ量になった。龍哉は大きなバッグを二つ買って、食料品を詰め込んだ。

「次は収売商店に行こう。液晶テレビとトースターを買ってあげます。あと、母上様と万鉄がいつでも連絡が取れるように携帯電話も……」

龍哉が手を引こうとすると、母はそっと引っ込めた。

「もういいんだ。十分だよ。ありがとうね」

はたと気付いた。母は喜んでいるというより、戸惑っている。

「……ごめんなさい」

龍哉は自分の馬鹿さ加減に腹が立った。家族の中での疎外感を取り払って、李家の長男としての自己満足に浸《ひた》ろうとしていただけなのだ。今日明日の食材が増えたからと言って、母の生活が根本的に変わるわけではない。一時の贅沢のほうが残酷だった。

「母さんはもっと東植の話を聞きたいよ。どこかでゆっくり話そうよ」

二人は大同江沿いの公園にいった。ベンチに座ると母は時間を惜《お》しむかのように、日本の話をしてくれと言った。

「東京の生活は楽しいかい。怖いところだろう?」

「そんなことはありません。素晴らしい大都会です。僕は小さいころから母上様に日本語を教わったおかげで、何不自由なく日本人のように暮らすことができます。大学院を出て、いまは下北沢という町の家賃十五万円のマンションに住んでいます」

「朝鮮人だからと言って差別されるようなことはないかい?」

「そんなことはありませんよ……」

母は龍哉が党の仕事で日本に住んでいると信じ切っている。偵察総局からあてがわれた失踪者の戸籍に「背乗《はいの》り」して、日本人として暮らしていることなど、母に説明できるはずもなかった。

「友達はできた?」

母は小学生の子供に聞くようなことを聞いてきた。

「はい。在日同胞の仕事仲間もいるし、マンションの隣の部屋の女性とたまに食事に行くこともあります」

「日本人の女性なの?」

母は驚いたような顔をした。

「はい。週刊誌のカメラマンをやっています」

「まあ。その子、美人なのかい?」

「普通ですよ。でもソク・ランヒに似てなくもないかな。絶世の美女ではないけど、性格はすごくいい」

龍哉は北朝鮮の人気歌手の名前を出した。

「そう……」母は一瞬俯《うつむ》いたあと、小さな声でこう言った。

「その子を泣かせるようなことをしちゃだめだよ」

「交際しているわけではありません。互いのことを深く知らないし、十日に一度くらい、お互いの時間があうときに、食事をするだけですよ」

母はわずかに微笑んだ。だがすぐにうつむいて、足元の草に目を落とした。

「東植……あの件だけど……。神林さん、神林さんとは会えたの？」

やはり、この話を聞きたかったのか。

「はい。ようやく住んでいる場所までは分かりました。北海道に住んでいるそうです」

「北海道……。じゃあ、神林さんは元気なの？」

「たぶん……」龍哉はあいまいな返事をした。

神林貞夫がダッカで殺されたことを、母は知らなかった。当たり前だ。朝鮮中央テレビは情報統制によって西側諸国のことは伝えないし、庶民はインターネットも使えない。真実を伝えれば、母はどんな反応をするのだろうか。龍哉にそれを確かめる勇気はなかった。

「すまないね。無理言っちゃって。なんとか直接渡してくれるとうれしいんだけど」

「なんとかしますよ」

息子の困惑を察したのか、母はこれ以上、神林貞夫の話をしなかった。

龍哉は流行りの歌謡曲やファッションや食べ物まで、日本の話を聞かせた。母は目を細めてその話を聞いていたが、そのうちハンカチで涙を拭い始めた。その涙には郷愁というより、悔恨が滲んでいるように見えた。

母上様はなぜ平壌に来たの？

龍哉は喉元まで出掛かったこの質問を呑み込んだ。豊かな日本にいたほうが、共和国に来るよりはるかに幸せだったはずだ。在日朝鮮人だった父と恋愛したとはいえ、一緒に平壌に来てしまったことを後悔しているのではないか。母に問いたい衝動に駆られた。

だが、母が日本に帰りたいと言ったとしても、龍哉が母の希望を叶《かな》えることはできない。本音を聞き出すことのほうが残酷に思えた。

小一時間話しただろうか。龍哉の腕時計は午後六時を指していた。

「遅くなっちゃったね……。でも、東植とゆっくり話ができてよかった。せっかく鶏と人参買ってくれたから、サムゲタンでも作るよ。久しぶりにご馳走だわ」

母が立ち上がりながら言った。

「いや、僕は母上様のスンデクッパが食べたいな。鶏は明日みんなで食べてください」

その晩、龍哉は家族との久しぶりの時間を過ごした。しかし、家族に自分の仕事の真実を言えるわけもない。差しさわりのない話に終始せざるを得ず、ますます疎外感が膨らんでいくだけだった。アパートがある地区には、この日、電気は来ておらず、食卓は蠟燭の灯りが頼りだった。龍哉にとっては、苦悶の表情を家族に見られなかったのは幸いだった。

「東植、待って……」局の迎えの車に乗ろうとしたとき、母が小声で言った。

「好きな人ができたら絶対に手放しちゃ駄目。お母さんに会えなくなっても構わないから、離れちゃ駄目よ」

「はい……」

「東植、元気でね。体に気をつけるんだよ」

「母上様もお元気で」

未練を断ち切るようにドアを閉じた。

龍哉が乗った車が動き出すと、母はしばらく車を追いかけてきた。そして姿が暗闇に消えるまで、手を振っていた。


油を流したような静かな入り江だった。オールで水を掴むとカヤックがみずすましのように進む。どん詰まりに向かって左右の森が狭まってくる。水をかきわける音だけが聞こえた。それは心地よい音のはずだが、筒見の耳には忍び寄ってくる黒い影の息遣いにしか聞こえなかった。

登場人物三人の姿が頭を駆け巡る。

坂東篤志（金融コンサルタント）
倉本龍哉（光栄学園英会話講師）
倉本雅恵（龍哉の祖母・茶道師範）

神林貞夫殺害事件に関わった坂東篤志と、七海に接近している倉本龍哉。この二人を繋ぐのが、龍哉の祖母・雅恵の茶道教室だ。

三重県志摩《しま》市。倉本龍哉は一九八七年六月四日にここで生まれた。母親は倉本俊子《としこ》、祖母の雅恵とともに、志摩市大王町《だいおうちょう》で暮らしていた。父親はいない。俊子は未婚のまま龍哉を産んだ。そして、一九九二年、俊子は龍哉が五歳の時に、米国テキサス州に転出している。

雅恵は同じ年に、東京浅草に住民票を移転。このとき所有していた志摩の三百坪の敷地が売却されたことが、不動産登記簿に記されている。

木々の緑と、陽光を映した青い海が眩《まぶ》しい。伊勢志摩国立公園の英虞湾《あごわん》は、世界に誇るアコヤ真珠の産地である。入り組んだリアス式海岸の奥へとカヤックを進めると、右手に浮かぶ真珠養殖場の筏《いかだ》小屋で、母貝の手入れをする女たちの姿が見えた。

「こんにちは」筒見はカヤックで近づきながら大きな声を出した。

女のひとりがこちらを向いた。

「君島《きみじま》さんはいますか?」

「え、社長? 社長なら奥ですよ」

筒見はカヤックを舫《もやい》で括《くく》り付け、筏にあがった。

三人の女性が母貝を金具で擦る、乾いた音が聞こえて来た。表面についた海藻やフジツボを削り落として磨き上げている。

「きれいにしないと、アコヤの餌《えさ》が食べられてしまうのよ」

先ほどの六十代と思《おぼ》しき小柄な女が、磨き終えたアコヤ貝を筒見に渡した。この醜い貝の中であの美しい真珠が育つのだから不思議なものだ。女性たちの足元には三十ほどの籠があり、アコヤ貝がぎっしりと詰まっている。

「お父さん、お客ですよ」女は窓から頭を出して叫んだ。

女は社長の妻だった。筏小屋の裏手には陸地に向けて五メートルほどの木板が渡され、その先に簡素な木造平屋建ての母屋《おもや》があった。

君島雄介《ゆうすけ》は手術台のような机でアコヤ貝の中を、拡大鏡で覗き込んでいた。

「こんにちは。君島社長」

「ああ、どちらさんでしたかな?」君島が顔をあげた。七十手前だろうか、真っ黒い肌に白髪、鷲鼻に老眼鏡をひっかけている。

「筒見といいます。いい真珠を探してこの辺りを回っているのです。会社のほうを訪ねたのですが、こちらにいらっしゃると聞いたもので」

筒見は〈グローバルトレイディング代表取締役〉と書かれた名刺を渡した。

「俺は毎朝五時に出社して、週に三回はここにくる」

「それは失礼しました。社長夫妻が自ら養殖場に?」

「俺たちが現場に出ないと品質は保てない。会社で背広着ているわけにはいかないよ」

「キミジマパール」は英虞湾では三番目の真珠養殖業者で、現社長の君島雄介で三代目だ。いまや銀座に出店を果たしたジュエラーでもある。三年後の東京五輪ではキミジマパールをあしらったブローチが選手向けの記念品に選定されたばかり。キミジマブランドは世界に名を轟《とどろ》かせるまでになろうとしている。

「買い付けか? あんたの客はどんな人だい? 客によって好みがある」

「中国人です」

「香港人かね? それとも上海かね」

「いえ、北京です。詳しくは申し上げられませんが、あちらではご婦人たちが真珠を好む。総書記の夫人も日本のアコヤ真珠です。皆さん、右に倣《なら》え、ですよ」

「色はゴールドだろう」

「いえ、ナチュラルピンクです」

「ほう……連中も目が肥えたな」

君島は立ち上がって、机の引き出しから小皿を出した。蓋を開け、中の真珠を筒見の掌に載せた。

「窓際で光に当ててみろ。うちのピンクは他所《よそ》とは発色と照りが違う。ぜんぶ天然の発色だ。ほら、これは翡翠《ひすい》色だ」

君島は新しい小皿を出した。こちらは青みがかった緑の輝きを放っている。

「見事な発色です。それに、こんな巻きや照りは見たことがない」

「分かるかい？　この発色は特殊な技術がなければできない。鳥羽《とば》大学と十年間共同研究してやっと特殊なたんぱく質がカギを握ることを突き止めたんだ」

「いつ頃、実現したのですか？」

「一九八八年の春だ」

君島は作業をしながら開発の苦労話を話し始めた。

世界中に上質な真珠を供給してきた英虞湾の養殖業は衰退の一途だ。技術は東南アジアに流出し、日本は黒蝶貝や白蝶貝が作る安い真珠を輸入するようになった。それに中国が作る淡水真珠が追い討ちをかけ、英虞湾では廃業が相次いでいる。今残っているのは技術でしのぎを削り、厳しい生存競争を潜り抜けてきた職人たちだった。

「腕のいい業者がどんどん消えている。せっかく中国で需要があるのに、養殖業者の高齢化で働き手がいないのが問題だよ」

「キミジマパールの成功の秘訣はなんですか」

「うちは腕一本、技術で生き残った。息子の工房も訪ねてみてくれ。デザイナーで、真珠の加工を手掛けているんだ。東京オリンピックの記念品は息子の会社がすべて作る。これをきっかけに、英虞のアコヤ真珠が世界に知れ渡れば、地域全体に貢献することができるはずだ」

君島はこう言って胸を張った。

ここで筒見は話題を変えた。

「そういえば、昔、この近所に君島さんと競い合った、英虞湾一腕のいい一家がいたそうですね」

「ん？　誰のことかな？」君島が顔をあげた。

「確か、倉本さんといったかな。別の業者さんのところで小耳に挟んだもので」

君島の表情がわずかに曇ったのを、筒見は見逃さなかった。

倉本雅恵はこの英虞湾で「倉本真珠養殖場」を経営していた。倉本家は代々、養殖場を経営しており、雅恵の夫が三代目だったが、四十代で病死し、嫁の雅恵が跡を継いだ。法人登記が閉鎖されたのは一九八七年のことだ。

「ああ、倉本さんならこの入り江の向かい側にいたよ。もう三十年前になるかな。バブル絶頂でこれからって時に廃業した。親父さんが早くに亡くなって、お袋さんと娘さん、女二人で切り盛りしていたんやけど、腕は良かった。倉本真珠っていったら、このあたりでは有名やった」

「廃業されてどちらに？」

「町から出て行ったわ……。いろいろ難しい問題があったからな」

「どんな事情があったのですか？」

「倉本の娘さんとうちの若い衆がデキたんや」君島は声を低くした。

「何が問題だったのですか？　恋愛は自由じゃないですか」

「ま、まあな。分かるやろ。男のほうに事情があったんや」

「つまり、妻子がいたとか？」

「プライバシーに関わることや。この話は止《や》めや。そろそろいいか」

君島は露骨な迷惑顔を作ると、筒見の前に名刺を置いた。

「そうですか……」筒見は名刺を取って立ち上がった。「ところで、この特殊な発色は、もともと倉本さんが得意とする技術だったそうですね。長年、誰も真似できなかったそうですが、君島社長が技術を修得されたのは、倉本一家が廃業された翌年だったわけですね」

「そら下衆《げす》の勘繰《かんぐ》りや」

君島は冷笑を浮かべながら、筒見の右手首に巻かれた真珠のブレスレットに一瞬、目をやった。

筒見が母屋を出ると、筏小屋で作業をしていた二人の女が談笑しながら一本橋を上がってくるところだった。筒見は女の全身に視線を走らせた。

帽子を目深にかぶった若い女。栗色《くりいろ》に染めた髪と耳から顎にかけての横顔に見覚えがあった。

小屋に残って後片付けをしている君島の妻に声をかけた。

「ここは若い女性も働いているのですね」

「ああ、サカモトさんのこと？　彼女は雑誌のカメラマンで体験取材に来ているんよ。三日間、働きながら撮影して、記事を書くんやて」

「雑誌に載れば宣伝になりますね」

カヤックの舫を解きながら筒見は笑った。

「そや。うちの旦那《だんな》は商売上手やからね」

「一番大事なことですよ」

筒見は入り江の出口に向けてオールを漕いだ。先ほどの若い女が母屋の前に立ってこちらを見ていた。間違いない。あの晩、下北沢の倉本のマンションで見た女だ。

筒見は携帯電話を尻のポケットから出した。

カヤックで三十分ほどかけて漁港に戻ると、丸岡が車を停めて待っていた。

「どうでしたか？」

「はぐらかされたよ。唯一の情報は、倉本俊子が君島のところで働いていた真珠職人と恋愛関係にあったということだ。倉本母娘が持っていた真珠の発色技術が、君島真珠に移ったことと関係があるのかもしれない。……しかし、その前に片付けなきゃいけないことがある」

「先ほどの電話の件ですね。坂本という女の宿泊先は割り出しました」

丸岡はこう言ってシステム手帳を開いた。「名前は坂本楓。ここから三キロほど離れた志摩観光ホテルにひとりで宿泊しています。チェックアウトの予定は明後日です」

筒見は「坂本楓」という名前に覚えがあった。


翌午前十時過ぎ、坂本楓は志摩観光ホテルの玄関に姿を現した。肩には大きなカメラバッグ。駐車場に停めてあったシルバーのトヨタ・プリウスの運転席に乗り込むと、ホテルの敷地から出ていった。

丸岡が運転する軽自動車は、数台の間隔をおいて、プリウスの尾行を開始した。現役時代、丸岡は車両尾行の名手だった。東京大学文学部卒の中国語使いでありながら、若い頃は交通機動隊で白バイに乗っていたこともある。大型バイクの操縦と、車の運転技術は、公安部随一だった。

十時半を過ぎたとき、丸岡の電話が鳴った。

「……そうですか。分かりました。ありがとう」丸岡はすぐに電話を切った。

「愛知県警の友人に確認させせました。あのプリウスは、名古屋市内の警備会社が所有しているものです」

「警備会社か……。警察の天下りも多いだろうな」

「ええ。係長、やりますか？」

丸岡が穏やかな笑みをたたえた。

「やろう」

筒見は助手席から後部座席に移動して横になった。坂本楓が乗る車は、二台前を走っていた。

「少々手荒ですが、仕方ありませんね」

丸岡はアクセルを床まで踏み込んだ。エンジンが唸りを上げ、一気に加速した。対向車線に飛び込み、前を走る軽トラック、そして坂本楓のプリウスを追い越した。対向車をぎりぎりでかわすと、プリウスの前に入った。

緩やかな上り坂から、道が下りに変わった瞬間、丸岡はブレーキペダルを思い切り踏んだ。タイヤが悲鳴を上げ、後ろから激しい衝撃があった。筒見の体は前のシートにぶつかって床に投げ出された。金属が軋む音を立てながら、車は止まった。

丸岡が首を押さえながら、車を降りていった。

「大丈夫ですか。お怪我は?」女の声が聞こえた。

「痛《い》てて、ちょっと首が……」

「救急車を呼びます」

「たいしたことはありません、大丈夫です。救急車も警察も必要ないです。私が急ブレーキを踏んだのがいけなかったのです。狸《たぬき》が飛び出したものですから……」

「でも車のうしろが凹《へこ》んでいますし」

「あなたの車もバンパーが凹んでいるじゃないですか。私のはどうせポンコツですから」

「修理にはお金がかかりますし、あとで体に後遺症が出るかもしれません。念のために連絡先を交換しましょう」

坂本の対応は終始丁寧で、落ち着いていた。

「そうですか。では、ちょっと免許を取ってきます」

丸岡は車に免許証を取りに戻ってきて、前後の座席の間にもぐりこんでいる筒見に片目を瞑り、戻って行った。

「丸岡といいます。住所はここに書いてあるとおり茨城です。電話番号は……」

「私は坂本楓です。名刺もお渡ししておきます。何かあったら連絡ください。講文出版の契約カメラマンをしています」

「念のために、坂本さんの免許証も見せていただけますか？」

丸岡が勝負に出た。

「実は不携帯なんです。旅館に忘れてしまって……」女の声が曇った。

「忘れた……。本人確認できる健康保険証か何かは？」

「すみません。財布ごと忘れちゃって」

「そうですか。旅館はどちらに？」丸岡は逃《のが》さなかった。

「志摩観光ホテルです」

「観光ホテル？　私と一緒じゃないですか。偶然ですね。では今晩にでも確認させてください。じゃ、私は先を急いでいますので」

丸岡が戻ってきて、車を発進させた。

「やはり偽名ですね。免許を見せようとしませんでした。でも、まっすぐ私を見つめて、動揺が全くありません。不測の事態の想定問答もできています」

「しっかり訓練を受けているということだな」

後部座席に座り直した筒見は、右の口角をわずかに持ち上げた。

坂本楓から丸岡に電話があったのは午後九時のことだった。指定された志摩観光ホテルのロビーで、丸岡が待っていると、楓は小走りでやってきた。

「丸岡さん、すみません、遅くなりまして」楓は浴衣《ゆかた》姿の丸岡に頭を下げた。

「こんなに遅くまでお仕事だったのですか。カメラマンは忙しいのですね」

「部屋を出ようとしたら会社から電話がありまして。その後、お体は大丈夫ですか？」

「温泉につかったら、首の痛みが和らぎましたよ」

「これ、免許証です……」楓は財布から免許証を差し出した。

「世田谷区の代沢に住んでいます」

「分かりました」丸岡は両手で免許証を受け取ると、住所を手帳に書き取った。

「では、何かありましたら必ず連絡してください」

「たぶん大丈夫とは思います。ではお仕事がんばってください」

丸岡が立ち上がると、坂本楓が再び深々とお辞儀をした。

「本当にすみませんでした。お大事になさってください」

楓はエレベーターに乗り、部屋に戻っていった。

筒見はフロント脇の土産物店で観光雑誌を立ち読みしながら一部始終を見ていた。店内に入ってきた丸岡は、土産物の品定めをするふりをしながら、背中合わせに立った。

「運転免許証には真贋《しんがん》を判別するいくつかのポイントがあるのですが、彼女が持っていたものは真正の運転免許証です。でも……」

「どうした？」筒見は観光雑誌を見たまま言った。

「彼女、右の頰に赤いニキビが二つできています。そして、免許証の写真にもまったく同じ位置にありました」

「免許証の交付日は？」

「交付日は一昨年六月になっています。でも写真だけは最近撮影したものです」

「つまり、事故のあと、真正の運転免許証を坂本楓名義で作ったということだな」

「ええ。免許に記載された住所は世田谷区代沢、倉本と同じマンションの隣の部屋です。係長の推理通り、坂本楓は外二《ソトニ》の捜査員に間違いなさそうです」

「倉本龍哉への接近工作か。だから岩城はあのマンションに近づくなと言ったのか」

「坂本さんは岩城ちゃんの部下なのでしょう。女性捜査員を身分偽装させたうえ、捜査対象に接近させるなんて、最近の公安警察では禁じ手です。それにしても外二は何を狙っているのでしょうか」

「身分偽装か……」筒見はもう一度名刺を見た。

〈講文出版　週刊トゥモロー編集部　特派カメラマン　坂本楓〉

講文出版の『週刊トゥモロー』は、四十万部の部数を誇る写真週刊誌だ。そして坂本楓といえば、ダッカのDGIFの尋問施設で、天井から吊り下げられている筒見の写真をトゥモローに掲載し、まるで筒見が神林貞夫殺害事件の犯人であるかのような署名記事を書いたカメラマンだった。外二に所属しているとなると合点がいく。監督する立場にある警察庁外事課理事官・瀬戸口大河の指示を受けて、あの写真を週刊誌に掲載したのだ。つまり、坂本楓は二つの身分を持ち、同時に活動する本格的な偽装捜査員だ。

「とにかく、坂本さんの車につけたGPSを回収してきます。彼女の動きを解明すれば、外二の狙いも分かりますから」

丸岡はこう言うと、下駄の音を響かせて玄関を出て行った。

丸岡は事故現場で車の傷を確認するふりをしながら、楓の車のバンパー下にマグネット式のGP

Sを取り付けていた。翌日、そのGPSのデータをもとに楓が移動したルートを辿った。志摩市役所や法務局を回り、志摩市大王町の海辺、岸壁沿いの道に三時間ほど車を停めている。

筒見と丸岡は同じ場所で車を降りてみた。そこはまさに倉本母娘が住んでいた地域で、いまは古い家と新しい家が混在する住宅地になっている。

丁度、目の前に、「丸本商店」という錆付いた看板を掲げた小さな商店があった。七十過ぎと思しき店主らしき男が、レジでテレビを見ながら店番をしていた。筒見は水を二本、冷蔵庫から取り出し、レジで金を払いながら声をかけた。

「昔このあたりに、倉本俊子さんという方が住んでいたそうですね。覚えていますか？」

「ああ、俊子ちゃん、おったよ」店主は即座に答えた。

「ご親戚の方はこのあたりに住んでいませんか？」

「誰もおらんなあ。倉本さんのとこは、代々続いた養殖屋やったけど、雅恵さんの代で終わった。跡を継ぐ親戚もおらんかった。あの母娘、どこにいったんかなあ」

「人伝《ひとづて》に聞いた話では、雅恵さんは東京にいるようです」

「やっぱり生きとるのか」男は懐かしむように目を細めた。

「はい。茶道教室をやっているようです。俊子さんの行方は分かりませんが」

「雅恵さんは昔から小さな茶道教室をやっていて、お弟子さんも何人かいた。東京におるなら、それはよかった。俊子ちゃんが子供産んで、この町を出て行った後、雅恵さんは養殖場を閉じて、ずっと探し続けとった。北海道だ、九州だとか言って探し回っているうちに、雅恵さんも戻ってこなくなったんや」

「俊子さんが子供を？」

「話せば長くなるけどな。いろいろあってなあ」

店主は口が重くなった。

筒見は子供の話からいったん離れることにした。

「行先の手掛かりはなかったのですか?」

「鹿児島に行ったことまでは分かっていた。うちで働いていた店員が、雅恵さんの茶道の弟子でな。彼女の親戚が鹿児島にいるっちゅうんで、俊子ちゃんは子供を連れて、そこに身を寄せることにしたんや。確か……鹿児島の吹上やったかな」

「その後、俊子さんはどこへ?」

「うちの店員によると、夕方散歩に行くと言って、子供抱いて出かけたまま居なくなったそうや。雅恵さんにすら何も伝えずにね。……まったくサダオが馬鹿なことをしなければ、こんなことにならなかったのに」

筒見は思わず手をあげて遮った。

「ちょっと待ってください。サダオというのは誰ですか?」

「俊子ちゃんを孕《はら》ませた男だ。松田《まつだ》貞夫……不貞をはたらく夫や。その通りのことをしたけどな」

男は苦笑した。

「不貞ということは、貞夫さんには奥さんがいたのですか?」

「ああ、おったよ。貞夫は北海道から出てきて、君島さんのところで真珠職人の修業をしとった。君島さんのところの番頭だった松田専務の婿《むこ》養子や」

「松田貞夫さんは今どちらに?」

「俊子ちゃんが子供連れていなくなった後、離婚届置いて家出したわ。今頃どっかで俊子ちゃんと暮らしているかもしれんけどなあ」

「貞夫さんの奥さんは?」

店主は視線を落とし、わずかに躊躇《ちゅうちょ》した。

「死んだよ……。貞夫がいなくなったあと、自宅で首をくくった。松田専務もその二ヵ月後に亡くなった。心臓発作といっていたが、娘が死んだあと、鬱《うつ》になっていたから、あれも自殺やったのと違うかな」

男はレジの脇に置いてあった冷めたお茶を飲みほし、苦かったのか、少し顔をゆがめた。真珠の町で起きた不倫劇は、血なまぐさい結末だった。

「ところであんたもマスコミの人？」

「ええ」筒見は頷いた。

「昨日も週刊誌の女のカメラマンがやってきて、おんなじ話を聞いていきよった。あんたたちマスコミの狙いは君島やろ？　君島は貞夫を傍子に接近させて、倉本真珠の発色技術を盗んで大成功した。貞夫はもともと君島から送り込まれた産業スパイみたいなもんや。東京オリンピックの記念品は血に染まった真珠や」

他の客がやってきたので礼を言い、店を出た。生ぬるい潮風が無精髭を撫でた。筒見は右手首の真珠のブレスレットを見つめた。真珠が放つ仄《ほの》かな明かりが、何かを語りかけていた。


日本への出発の日、龍《リョン》村《ソン》招待所の自室で、まかないの小母《おば》さんが作った昼食を食べ終えたところで迎えのワゴン車がやって来た。龍哉は荷室にボストンバッグを放り込み、助手席に乗り込んだ。最後部の座席にはすでにアッシが乗っていた。龍哉の姿が見えぬかのように窓の外を眺めている。

二人を乗せたワゴン車は招待所の中でも最上級の建物の前で止まった。龍哉とアッシは車を降りて師範《ススン》を出迎え、手を取って乗車を手伝った。師範もまた、何も喋ることなく、中央列の座席に座った。

元山港《ウォンサン》に向かうワゴン車は、農村地帯を抜け、平壌の中心部に入った。金日成広場の前を通過するとき、サングラスをかけた女性の交通警官が無線のマイクを口元にあてるのが見えた。そういえば、凱旋門を通過した時も、女性交通警官がマイクを口に当て、このワゴン車の動きを目で追っていた。

このワゴン車の動きを何者かに伝えている。龍哉は妙な胸騒ぎがした。

そのとき、前方左手の脇道からトラックが飛び出してきた。タイヤが鳴って、ワゴン車はぎりぎりぶつからずに止まった。

トラックは道を完全に塞《ふさ》ぐ恰好で停止している。

「何やっているんだ。こいつら！」運転手が毒づく。

トラックの荷室から銃を持った軍人二人が降りてきて、龍哉がいる助手席のドアを開けた。

「李東植《イドンシク》、トラックに乗りなさい」

有無を言わせぬ調子で、銃でトラックを指した。歳はとっているが位の低そうな軍人だった。

「どこに行くのですか。私はこれから海外に出発します」

「来い、命令だ！」言葉遣いが乱暴になった。

龍哉は後ろの座席を振り返った。師範は居眠りをするかのように目を瞑り、アツシは頬杖をついて窓の外を眺めている。

全身の血が冷え渡った。自分のあずかり知らぬところで、不穏な事態が進行している。工作船内でのアツシの言葉が蘇る。

まさか、アツシが何かを密告したのか——。

頭が怒りで熱くなった。

龍哉がトラックの助手席に乗ろうとすると、軍人は怒鳴った。

「ここじゃない。こっちに乗れ」

軍人は銃で荷台を指した。

トラックは二十分ほど猛スピードで走った。荷台は幌で覆われていたので、どこを走ったのか分からなかった。到着したのは森の中にある、見知らぬ建物の前だった。

軍人に挟まれて、二階に上がり、会議室のような部屋に入ると、軍服の男たちが七人、こちらに刺すような視線を投げかけていた。一番左の末席には崔《チェ》指導員、真ん中には張《チャン》課長がいる。

張課長は五十歳、長年、南朝鮮に浸透し、従北勢力の養成に成功した熟練南派工作員だ。十五年前、南朝鮮の海岸から復帰する時に、特殊部隊と銃撃戦になり、右足首を撃たれて、いまだに足を引きずっている。

「そこに座れ」張課長がペンで部屋の真ん中に置かれた木製の椅子を指した。

背もたれのない粗末な椅子だった。

龍哉が指示通りに座ると、連行してきた軍人が後ろに立った。

「これから李東植に対する思想検討を始める」

張課長が機械のような抑揚のない口調で言った。

頭をぶん殴られた気分だった。思想検討とは、反党反革命行為を疑われた者を糾弾する査問の場である。実名で呼ぶところに突き放した響きがあった。

崔指導員が立ち上がった。

「党が把握している思想変貌の三つの証拠を申し上げます。第一、李東植は日本に浸透し、生活を送るにおいて、党の唯一思想を無視して、資本主義の享楽に染まり、富と栄華を夢見てきました。

第二、そうした中で、南朝鮮の密偵に対し、両親に送金する名目で資金を供与しました。第三、そうした中で、日本政治に浸透するという任務を放棄して、日本の女密偵とためらいもなく情を通じました」

龍哉は自分の足が震えているのが分かった。これは罠だ。小さな事実を拡大解釈して、強引に反党行為と位置づけようとしている。

「李東植、抗弁はあるか？」張課長が重々しい声で言った。

「すべて事実に反します。第一については、資本主義の享楽に染まっているかのような偽装を施すことが日本社会に浸透する術《すべ》でありました。第二に関しましては、南朝鮮の密偵に接触した事実はありません。第三につきましては、女密偵など日本には存在しません。工作対象の女と接触した事実はあります。あくまで金正恩元帥様の信任と配慮に報いるための努力行為であります」

龍哉は事実を羅列しながら慎重に抗弁した。虚偽が入り混じると命取りになる。良くて地方への左遷、スパイ罪となれば最悪は銃殺刑だ。

表情を全く変えずに聞いていた張課長が、ひときわ鋭い視線を龍哉の全身に浴びせた。

「日本人の女と秘密裏に接触し、情を通じた事実はないか？」

「水仙《スソン》のことでしたら、師範を通じて局にも報告済みの包摂《ポスプ》対象であります」

「それ以外、特定の女と親しく接触したことはないか？」

「日本社会に浸透する手段として、大学院や近所での常識の範囲内での交遊はあります。元帥様の信任を裏切るようなものではございません」

まさか楓のことを言っているのか。再び帰国の船内でアツシの言ったことが頭に浮かんだ。

崔指導員はメモを取っているが、それ以外の者は龍哉のわずかな仕草、表情の変化を観察している。嘘発見器にかけられて、心の動揺を見透かされているような気分だった。

張課長は手元の書類に視線を落とし、何枚か捲った。

「日本での浸透工作中に、第三者に断続的に金銭を供与したことはないか?」

「ございません」

腋の下を冷たいものが流れた。母への送金を依頼した在日同胞のことを指しているのか。だが、金銭供与ではなく、現金を託しただけだ。だが、それは規律違反であり、この場で釈明に使えるものではない。

「そうか。おまえの母親は日本人で、幼少期からおまえに日本語を教えていたと聞いているが事実かね?」

「おっしゃる通りです」

「日本語のほかに、何か教わったのか?」

「いいえ」

「なぜ母親が共和国に来たのかは知っているのか?」

「在日同胞の父と結婚して、父の故郷である平壌に一緒に来たと聞いております」

「母親の日本での生活については聞いたことはあるのか?」

「ありません」

張課長は書類を見ながら、母のことを質問していった。龍哉は母親のことをほとんど知らないことを改めて悟った。張課長が見ている書類に母の何が書かれているのだろうか。

「母親は資本主義思想におまえを洗脳したようなことはないか?」

「断じてありません」龍哉は強く首を振った。

「おまえが日本に浸透した事実を母親は知っているのか?」

「私からは一切伝えておりません。家族にはモスクワや北京、ベルリンにいたと伝えてあります」

初めて嘘をついた。

「もうひとつ確認だ。母親に何かを頼まれたことはないかね?」

龍哉は唾を飲み込んだ。静まり返った部屋にその音がやけに響いた。

張課長の眉が持ち上がり、書類から顔を上げた。

「もう一度聞く。母親の依頼を受けて、日本人と接触した事実はないか?」

「ありません……」

執拗に母親のことを聞いてきた。

室内に崔指導員がペンを走らせる音だけが聞こえた。

「そうか」張課長は立ち上がり、ゆっくりと歩いて龍哉の隣に立った。「思想検討は以上だ。任務に戻れ。ここでの証言が虚偽だと判明した場合、おまえは祖国を裏切った反動分子とみなされる」

龍哉は悟られぬよう大きく息を吐いた。力の抜けた膝で、何とか立ち上がった。

「ありがとうございます。命を捧げて、任務を遂行いたします」

敬礼して部屋を出ようとすると、張課長が言った。

「李東植同志、おまえは常に監視されていることを忘れるな。反動分子の家族がどうなるか、分かっているな」

全身に鳥肌が立った。もはや立っているのがやっとだった。


外に出ると日が暮れていた。古い乗用車の後部座席に若い軍人に挟まれる恰好で乗せられた。ラジオから懐かしい歌が聞こえてきた。

明け来る　祖国の地に

朝焼け　射《さ》し
赤く燃える　ネクタイを
ひらひら　はためかせよ
我らは　共和国の幼き英雄たち
共産主義の後備隊として育ちゆく
少年団の友よ　旗を掲げよ
元帥様の　息子　娘として
元気いっぱい　進もう

少年団の歌だった。

全国朝鮮少年団に入団したのは、龍哉が人民学校二年生になった六月六日、少年団の創立日だった。金日成の生家である万景台《マンギョンデ》で入団宣誓文を読み上げると、父が龍哉の首に赤いネクタイを巻き、胸に松明《たいまつ》の形をしたバッジをつけてくれた。二十数年前の高揚感、誇らしい気分を鮮明に思い出した。

「常に準備《ハンサンジュンビ》！」

子供たちは右の掌をまっすぐに伸ばして額に斜めに当て、声を張り上げる。「共産主義国家建設のために常に備えよ」という合言葉だ。この入団式典をもって、北朝鮮の子供たちは革命に命を捧げる覚悟が芽生えるのだった。

だが今はこの歌が空虚に響く。少年団でも飛びぬけたエリートとして機関誌の表紙を飾ったこともある龍哉だったが、いまや反動分子の汚名を着せられかけた、劣等工作員に成り下がってしまったのだ。

元山港の事務所に到着したのは午前二時だった。日本に向けて出航するのは前回より大きな工作母船だった。イカ釣り漁船を偽装した小型船を、船尾から格納できるタイプのものだ。

船長がボトルの水と缶詰が入った袋を龍哉に渡した。

「二十二時間後、輪島《わじま》の北十海里で浸透作戦を開始する。ポケットや鞄の中に朝鮮語のものがあったら全部燃やせ。それから子船に積んである潜水具を点検しておけ」

日本への浸透もなかなか手間が掛かる。輪島市の北十海里で工作子船に乗り換え、母船の船尾から切り離される。そして子船で一海里まで接近して、さらにゴムボートに乗り移る。浸透地点である西保《にしほ》海岸ゾウゾウ鼻付近の天候や警戒状況によっては、潜水具をつけて海に飛び込み、水中スクータで上陸しなければならない。

四年前、初めて日本に浸透するときには使命感に燃えながら機器の点検作業をしたものだ。だが、今回は敗北感に打ちひしがれ、ゴーグルに映る自分の顔をぼんやり見つめているだけだった。

師範とアツシは船底の休憩室にある、それぞれのベッドで龍村《リョンソン》ビールを飲んでいた。

「大変遅くなりました。申し訳ございません」

龍哉が頭を下げても、二人は何も言わなかった。

船がゆっくりと動き出した。入り口近くのベッドに腰掛けると、龍哉は二人に向き直った。

「おふたりに言っておきます。私は反動分子ではありません。誤解なきようお願いします」

室内が静まり、荒々しいエンジン音だけが反響した。アツシはわずかに目を動かしただけだったが、師範は目を丸くして龍哉を見た。

二人とも何も答えなかった。

いたたまれなくなった龍哉は甲板に出た。夜空に月はなかった。船尾から白い泡が尾を引き、暗闇に吸い込まれていった。

日本への再浸透はうまくいった。海も穏やかで、釣り人もおらず、西保海岸の岩場にゴムボートを着岸させるのはわけなかった。龍哉がスマホのナビゲーションで方向を指示し、アッシが船外機を操作した。

補助工作員の車に折り畳んだボートを積み込んだのが午前三時だった。師範は補助工作員の車で小松空港へ、アツシは補助工作員が用意したレンタカーで金沢駅へ向かった。龍哉は用意された原付バイクを輪島駅へ走らせた。ばらばらに東京に戻りながら、背後をつけるものがいないか、消毒するのだ。

龍哉は朝まで輪島駅近くの公園で過ごし、予め決められた輪島市役所の駐輪場に原付バイクを乗り捨てた。そこからは消毒のため、計画通りのコースを移動した。午前九時十五分発のバスで金沢駅に行った。近江町《おうみちょう》市場の人込みの中を三往復した後、駅に戻り、特急サンダーバードに乗った。京都駅で下車すると、タクシーで南禅寺に行き、三門の上から尾行者の有無をじっくりと点検した。その後も、清水寺、金閣寺などをバスや地下鉄を乗り継ぎながら移動し、夕方まで観光客に紛《まぎ》れて散策した。背後に怪しい人影はなかった。

京都御所近くのホテルにチェックインしたとき、携帯電話が鳴った。

〈久しぶり、龍哉君、どこにいるの。ご飯食べに行かない?〉

楓だった。凍てついた心が癒され、緊張が緩んだ。

「いま京都にいる」

〈最近、ずっと留守だったから、夏休みでアメリカに帰っているのかと思ったよ。なんだ、京都にいたのか〜〉

「うん。大学院時代の先生や仲間と会っていたんだ」

〈あ、先斗町《ぽんとちょう》の近くに、お勧めのレストランがあるよ。料理もおいしいけど、鴨川沿いの最高のロケーションなの〉

「へえ、いいね。なんて店？」

〈木屋町《きやまち》通りにあるフランス家庭料理でビストロ・キヤマチって店。窓から鴨川が見えて、ワインもおいしい最高の店なの。何度も通ってオーナーとは仲良しだから、サービスしてくれるよ。予約してあげようか？〉

龍哉は返事に躊躇した。だが、楓の言葉に甘えることにした。

「夕食まだ食べてないから、お願いしようかな。ワインはあまり飲めないけど」

〈時間は？〉

「二十時」

〈何人？〉

「ひとりだよ」

〈え、一人なの？　アッシ君と一緒じゃないんだ〉

「そんなわけないでしょ。なんで俺がアッシと二人で京都旅行しなきゃいけないいんだよ。気持ち悪い」

龍哉は笑った。なぜか乾いた笑いになった。

〈だよね～。キヤマチを予約しておくから、鴨のコンフィは必ず食べてね。帰って来たらご飯行こ。じゃあね〉

「うん、明日、函館《はこだて》に行かなきゃいけないんだ。東京に戻るのは明後日になる」

楓は一瞬、何かを言おうとしたようだったが、何も言わずに電話を切った。

「ビストロ・キヤマチ」には八時丁度に到着した。楓は鴨川を見下ろすカウンター席を予約してくれていた。ソムリエが選んだ赤ワインを舐めながら、鴨のコンフィを初めて食べた。楓が勧めただけあって絶品だ。平壌での嫌な記憶が、霧が晴れるように薄れていった。店内は年配の客が多く、接客も落ち着いている。鴨川から流れ込む涼しい風が気持ちよかった。

楓は誰と一緒にこの店に来たのだろうか。そんな想像をめぐらせて、心のざわつきを覚えたが、それは心地よいものだった。結局二時間ほどゆったりと過ごして、店をあとにした。鴨川と並行する高瀬川沿いを歩き、せせらぎに耳を澄ました。張り詰めていた心の糸はすっかり緩んでいた。

翌日、新幹線で東京駅に到着したところで、再浸透のための消毒は終わった。龍哉は東京駅近くのトランクルームに行き、預けてあった肩掛け鞄を取り出すと、代わりに平壌への旅に使ったバッグを突っ込んだ。十五分後、新函館北斗駅行きの東北・北海道新幹線に飛び乗った。

本来ならば、消毒後はすみやかに帰宅しなければならない。これは指令違反の隠密行動だった。

龍哉は指定席につくとすぐに、鞄を開け、中から茶封筒を取り出した。

〈神林貞夫様〉

この日本語は母の字だろうか。差出人名は書いていない。中にマッチ箱半分ほどの小箱が入っているのが感触で分かる。だが、糊でしっかりと封がされているので、開けることはできなかった。

これは四年前、龍哉が日本に発つ時、母から頼まれたものだ。北海道函館市出身の「神林貞夫」という男の居場所を捜して、この手紙を直接渡して欲しいとのことだった。日本に来て、大学院に入った後、研究が忙しくなったため、机の中に放置したままだった。博士号を取得して、東京に越したとき、ふと思い出してこの手紙を手に取った。「神林貞夫」なる人物を探し始めてすぐ、同姓同名の著名な俳優が函館出身であることを知った。

〈一九五七年十月二日生まれ〉

母の言う生年月日とも一致する。

ファンレターの類《たぐい》かとも思ったが、神林が銀幕デビューしたのは、二十年前のことだ。三十年前に共和国に渡った母が、知るわけもない。母と神林がどういう関係なのかもわからないが、懇願する母の姿に切実なものがあったのは確かだ。

だが、当の神林はバングラデシュで何者かに誘拐され、殺されてしまった。母の唯一の願いに応えることは出来なかったのだ。


夕刻、龍哉は函館市内の山の麓《ふもと》の雑木林の中に立っていた。木々の隙間から、臙脂の瓦屋根の平屋が見通せる。

これが神林貞夫の家だ。

撮影がないとき、神林は東京の豪邸ではなく、故郷のこの家で過ごしていた。日本を代表する映画俳優とは思えぬ、質素で古い家だ。

龍哉は鞄から、あの封筒を取り出した。茶色い泥で汚れている。これは神林の靴跡だった。胸の中に、半年前の記憶が苦い泡となって広がっていった。


龍哉が三月にこの家を初めて訪ねたとき、神林は庭でトマト畑の手入れをしていた。日焼けした精悍な体、龍哉を誰何《すいか》する両眼には、暗い光を宿していた。前に見た映画でこの男が、老いたヒットマンを演じた時と同じ眼つきだった。

「神林さん宛ての手紙を預かってきました」

封書の文字を見た瞬間、神林の顔色が変わった。唇が僅かに震えていた。

「手紙の差出人はどこにいるんだ」

その声は艶気を含んでいた。

龍哉は映画のラストシーンでも見ているかの如く、さっと鳥肌が立った。どう答えるべきか。わずかに迷った。だが、真実を伝える決断をした。

「平壌にいます」

「平壌……。北朝鮮のか？　なぜそんなところにいる」

「ご主人の里帰りについて帰ってそのまま……」

こう言いかけると、神林が摑みかかってきた。

「嘘をつくな！」

母の手紙が地面に落ちた。

襟首を摑まれた龍哉は、神林の両手を上から押さえ、足をかけて投げ飛ばした。不得手だったとはいえ、撃術の技が反射的に出てしまったのだ。

「おまえは誰だ。北朝鮮から来たのか」

組み伏せられた神林は、龍哉の膝の下で呻くように言った。

「すみませんでした」

龍哉は踏みにじられた手紙を拾った。神林が右脚に両腕を絡めてしがみついてきた。

「待て。待ってくれ」

懇願するかのような悲痛な声だったが、猛烈な力だった。

龍哉は自由が利く左足で、神林の顔を思い切り蹴り上げて駆け出した。足があたる直前、神林の目尻に涙が滲んでいるように見えた。

龍哉の記憶の中で、あのときの神林の表情が鮮明に蘇った。

思想検討の場で張課長は「母親の依頼を受けて日本人と接触した事実はないか」と執拗に尋問した。まさに、母から預かった手紙と神林貞夫のことを指しているとしか思えない。だとすれば、龍哉がここを訪れた時、何者かに監視されていたのだ。

海からの風で頭上の木々がざわめいた。冷たい刃物で背中を撫でられたような戦慄を覚えた。視線を戻すと、主のいないはずの家に電灯が灯っていた。龍哉は大きく息を吐いて、初志を貫徹する決意を固めた。雑木林を出たとき、ぽつぽつと雨が降り始めていた。

神林の家は胸ほどの高さの石垣の上にある。龍哉は石段を上って、呼び鈴を押した。

磨《す》りガラスの引き戸の向こうで人影が動いた。

「はい」低い男の声だった。

「東京から参りました倉本といいます」

しばしの沈黙のあと、引き戸ががらりと開いた。長身痩軀の中年男。マスクで口元を覆っている。

「何の用だ？　いま取り込んでいる」

「神林貞夫さんにお世話になった者です。倉本龍哉と申します」

「貞夫は亡くなった」男は突き放すような口調だった。

「存じ上げています。ご親戚の方ですか？」

龍哉の質問が気に障ったのか、男は冷たい視線を突き刺してきた。神林に負けず劣らずの癖のある雰囲気を漂わせている。

「故人の荷物の整理をしている。線香をあげたければ、上がれ」

男はこう言い残して奥に入って行ってしまった。

龍哉は靴を脱いで、男が入った玄関前の部屋に足を踏み入れた。そこは畳敷きで、台所とつながっていて、箪笥《たんす》と机、小さなちゃぶ台があるだけの部屋だった。

箪笥の引き出しが開けはなたれ、アルバムや手紙の類が、床やちゃぶ台に積み上げられている。畳に胡坐を掻いた男は古いノートの埃《ほこり》を掃《はら》い、ページを捲ってスマートフォンで撮影したりしている。奇妙な光景だった。

龍哉が所在なく立っていると、男は「そこだ……」と部屋の隅を指差した。

床に位牌と仏具が置かれている。写真の中で、神林貞夫が微笑んでいた。

生前の神林の私生活は謎に包まれていた。家族、趣味、デビュー前の経歴。龍哉が調べたいことは一切報じられていなかった。ダッカで遺体の頭部が発見された当日は、テレビや新聞で特集が組まれたが、芸能界でよくあるような盛大な葬儀はなかった。

ダッカでの事件のニュースも徐々に減り、いまや、その存在すら忘れ去られている。これは大物俳優としては異様なことだった。

龍哉は蠟燭に火をつけ、線香をあげた。手を合わせながら、遺影を見つめた。一度会ったきりの男だが、どういうわけか、胸に熱いものがじわりと込み上げた。よく見ると、遺影は新聞の訃報記事に掲載された写真を切り抜いたものだった。

背後からは男がしきりにノートを捲る音が聞こえる。遺品整理などではなく、何かを探しているような音だった。

「神林さんにご家族は?」龍哉は尋ねた。

男は面倒くさそうに顔をあげた。

「いない。貞夫はデビュー前に一度結婚していたことはあるけどな。婿養子ってやつだ。でも他の女を好きになって、子供まで作っちまった。嫁さんは自殺だ」

「自殺……そんなことが」

「不倫相手の女は子供と一緒に失踪してしまったそうだ。誰一人幸せにできない、馬鹿な男だよ。偉そうに俳優なんかになりやがって」

「でも、平成の名優と呼ばれるまでになったじゃないですか」

龍哉は小さく呟いた。なぜか、この男の言いっぷりに腹が立っていた。

「銀幕デビューの時、結婚前の本名、神林貞夫を名乗った。貞夫という名を捨てなかったのは、失踪した女と子供が現れることを期待したからだったのだろうよ。それも叶わず、あんな僻地にのこのこ出向いて、殺されちまった。残ったのは借金とこのボロ家だけだ」

「借金……？」

「ダッカに行く前、東京の屋敷を売って、友達や仕事仲間から何億も金を借りまくっていた。まったく何に使ったんだかね。自分で名声も信頼も汚して死んじまったよ」

男は独り言のように言った。

事業に失敗したのか、それともギャンブルか。盛大な葬儀も、死を惜しむ仲間もなかった理由が分かった気がした。

龍哉は鞄のジッパーをあけて、茶封筒を取り出し、ちゃぶ台の片隅に置いた。

「実は、ある女性から神林さんに手紙を渡すように頼まれてきました」

男はそれを手に取ると、中の小箱が気になったのか、手触りを確認した。

「何が入っている？」

「知りません。差出人と神林さんは知り合いだったようです。生前に届けなければならないものだったのですが、叶いませんでした」

「開けていいか？」男が龍哉を見た。

「どうぞ」

男は机のペン立てから鋏《はさみ》を取り出すと、封筒の端を丁寧に切った。封筒を傾けると、黒い小さな箱が滑り出てきた。男は粗野な風貌には似合わぬ所作で便箋を取り出し、そっと広げた。

母が書いた文字を男の目が追っている。岩壁を貫くような強い視線だが、時折、悲しげな光を帯びる。二枚目の文末に辿《たど》りついたとき、切れ長の目尻に皺ができた。男は何も言わずに、そっと手紙をたたみ、封筒に納めた。

そして男は封筒から出てきた小箱の蓋を指先で開けると、小さく息を吐いた。

「何が入っていますか?」龍哉は男に聞いた。

「真珠だ……」男は畳の上に小箱を置いた。

桜色の真珠が二つ。小箱の底には脱脂綿が敷き詰められている。龍哉は首を傾げるしかなかった。母は神林に何を伝えようとしていたのだろうか。

「読んでみるか?」

龍哉は躊躇した。母が父にも内緒で託した手紙だ。家族が立ち入るべきではない重要な秘密が書かれているのだろう。いや、もしかすると母は龍哉に何かを知らせようとしたのかもしれない。

龍哉は覚悟を決めて封筒から手紙を取り出した。薄い便箋に伸びやかな日本語が並んでいる。

〈貞夫さん　お元気ですか……〉こんな書き出しだった。

感情を押し殺して文字を追った。そこには三十年間、伝えきれなかった母の思いが綴《つづ》られていた。心臓が激しく波打った。

手紙の最後には〈トシコ〉と書かれている。

混乱した。本当にこれは母が書いた手紙なのか?　白く溶け落ちた龍哉の頭は、目の前の真実を拒絶しようとしている。

男は龍哉の指から便箋を抜き取ると、再び封筒にしまい、神林の遺影の前にそっと置いた。

「あんたも生きているうちに読みたかっただろう」遺影に向かって低い声で言った。

重い沈黙が室内を満たした。

うわずりそうになる声を抑え、龍哉は聞いた。

「か、神林さんは殺されたと聞きました。何があったのかご存知ですか？」

「さあな。俺も知りたいよ。もしかすると、この手紙と関係しているかもしれない。あんたも身の回りに気を付けるんだな」

「えっ？」背筋に冷たいものが走った。「……あなたは誰ですか。神林さんとはどのようなご関係ですか？」

「親族のものだ。何か気になるのか？」

男はマスクを取ると、わずかに片方の口角を持ち上げた。頬から口元にかけてのまばらな無精髭が、荒《すさ》んだ容貌を作り出している。

「いえ……。そろそろ失礼いたします。手紙は遺影に供《そな》えてください」

上目遣いに男を観察しながら、龍哉は畳に手をついた。全身の産毛《うぶげ》が逆立っていた。逃げるように神林の家を飛び出した。恐怖と混乱が頭の中を掻きまわした。


〈貞夫さん、お元気ですか。三十年前のあの日、突然姿を消したことをお詫びしたくてお手紙を出しました。この手紙が本物であることは同封した真珠でお分かりいただけると思います。もし忘れたい過去ならば、ここで手紙を破り捨ててくださいね。

私は夜逃げしたあと、麻子《あさこ》おばちゃんの知り合いがいる鹿児島県吹上町に身を寄せていました。落ち着いたら貞夫さんに電話をしようと思っていたけど、思わぬ長旅に出てしまいました。

私はいま、近くて遠い国にいます。日本のように豊かでもない、電気も食べ物も十分ではない、人々の笑顔もない、そんな国です。でもこの境遇は神様が私の人生に与えた罰だと思っています。最初はここから逃げ出したかった。でも最近は多くの人を不幸にした報いを受けているのだと納得するようになりました。

そんな私でもこちらで結婚して家庭を持つことができました。愛のない結婚は嫌だと思っていましたが、幸せを感じています。二人の息子は立派に成長しました。いつか婚約者を連れてくるのではないかと、はらはらしております。親馬鹿ですよね。貞夫さんはよく私に「君は幸福を見つける力がある」と言っていましたよね。あの言葉、当たりだったかもしれません。

貞夫さんは今、愛する人はいますか？　何に夢中になっていますか？　たくさん笑っていますか？　日本一の真珠職人になるという夢は捨てていませんか？

英虞の青い海、静かな入り江で、貞夫さんといっしょに世界一の真珠を作る夢、いまでもよく見ます。夢の中で、貞夫さんは昔のままの笑顔です。

この手紙は長男に託しました。優しくて、頭のよい子です。一度でいいから、会ってもらいたかった。

これでようやく願いが叶いました。もう、思い残すことはありません。さようなら。いつまでもお元気で。　　トシコ〉

函館港に霧雨が舞い降りている。遠くの船の引き波が岸壁を撫でる音が聞こえる。手紙の中身をいくら反芻しても、頭の中は混乱するばかりだった。龍哉は濡れたベンチに座り、大きく深呼吸した。最大の謎、それは差出人だ。母・李淑姫《イスクヒ》と、文末に書かれた「トシコ」が同一人物かどうかだ。

〈息子が二人います〉

〈手紙は長男に託しました〉

この二つのポイントで、手紙の差出人「トシコ」が母であることは間違いなさそうだ。母はかつて神林貞夫と真珠を作っていたことがあり、しかも恋愛関係にあった。

理由は分からぬが、母は神林に内緒で鹿児島県吹上町に行った。〈麻子おばちゃん〉という人物の計らいで知人の家に居候をしていたようだ。

問題はこのあとだ。なぜか母は共和国に渡ることになった。手紙では〈思わぬ長旅〉〈神様が私の人生に与えた罰〉と表現しているのだから、意に反した渡航だったのだろう。

さらに〈こちらで結婚して家庭を持つことができました〉とあった。ここで龍哉の認識は覆される。「在日朝鮮人だった父の帰国について共和国に渡った」という、これまで龍哉が説明されてきたストーリーは崩壊する。母は意に反して共和国に渡った後、父と〈愛のない結婚〉をしたのだ。

母に一体何があったのだ——。

思考が臨界点に達したとき、背後に忍び寄る人の気配があった。

「よお、龍哉。ここで何をしているんだ」

男の声に弾かれたように立ち上がり、身構えた。

黒いパーカーのフードの下からぎらついた目が光っている。

「アツシ……。なぜここが」

やはり偵察総局の監視は甘くない。東京からずっと尾行されていたのだ。

「東京に戻っている約束だろう。ここで何をしているのか聞いているんだ」

糾弾するかのような、冷たい響きがあった。

「個人的な問題だ。おまえに答える必要はない」

「これを読め……。俺たちが平壌にいる間に、日本でこんな報道が出ていた」

アッツシが放り投げた新聞を受け止めた。


〈バングラデシュ・ダッカで誘拐され、切断遺体で見つかった神林貞夫さんが今年三月、「行方不明になっていた知人の女性が平壌にいる」として、警察に捜査を依頼していたことが分かった。事情聴取に対して神林さんは「自宅を訪ねてきた北朝鮮人にこの事実を知らされた。知人女性は北朝鮮に連れ去られたに違いない」と説明したという。警察は神林さん宅を訪問した北朝鮮関係者と見られる男の似顔絵を作成、その行方を捜したが、現在まで見つかっていないという。

神林さんを巡っては、遺体の頭部を在バングラデシュ日本大使館の館員が自宅に隠し持っていたとして、警視庁の事情聴取を受けていた。しかし、この館員が帰国後、行方不明になっており、真相解明が滞っている。警視庁は、神林さんの誘拐殺人と、生前の神林さんが警察に相談していた内容が関係している可能性もあると見ている〉

龍哉はその場に崩れ落ちそうだった。神林貞夫は半年前に龍哉の訪問を受けた後、警察に行き、母が北朝鮮に連れ去られたと訴えていたのだ。

「おまえは神林に正体を晒すという大失態を犯した。俺が始末しなければ、おまえは今頃、逮捕されていたんだ」

アツシは静かに言った。

「始末？　どういう意味だ？」

「ダッカで神林を殺したのは俺だ。師範の指示だ」

「な……なぜ」これ以上言葉が出なかった。

「あの日も俺は、無許可で単独行動をとったおまえを尾行していた。神林がおまえと会ったあと、警察に行くのを俺はこの目で確認した。工作組が一網打尽にされる芽を摘《つ》み取ったんだ」

ぐらぐらと湯が沸き立つように、頭に血が上った。母の恋人を無惨に殺した仲間に対して、殺意を覚えた。

「殺してやる」低い声で唸りながら、殴りかかった。

徒手で勝負を挑むには、相手が悪すぎた。簡単に右の拳をかわされ、鼻梁《びりょう》に掌底《しょうてい》を打ち込まれた。体勢を立て直すと、今度はアッシの腰のあたりにタックルを仕掛けた。太腿を両手で取ろうとしたとき、顎にアッシの左膝がカウンター気味に入った。頸《くび》が捻《ね》じれ、前のめりになったとき、背中に強い衝撃を受けて、息が止まった。

気付くと、濡れた地面に突っ伏して、呻いていた。殺人撃術の訓練を受けた戦闘工作員に歯が立つわけもなかった。髪の毛を摑まれて引き起こされ、喉元に鋭利な刃物があたった。朦朧としたまま首を振ると、首筋に鋭い痛みが走った。

「動くんじゃねえ。神林みたいに首が飛ぶぜ。いいか、龍哉。もし公安に逮捕されそうになっても服毒自殺する必要はない。その前に俺が躊躇なくおまえの首を掻き切って楽にしてやるからな」

アッシはこう言いながら、刃先を龍哉の頸動脈に突き立てた。

咳《せ》き込むと鼻と口から鮮血が零《こぼ》れた。

「殺せ……いま、ここでナイフを引けよアッシ……。偵察総局に密告したのはおまえなんだろう」

龍哉は振り絞るように声を出した。

「失敗は自分で取り返せ。おまえは共和国の革命戦士だ。まだやれることがあるはずだ。でなければ俺たちは一網打尽だ」

アッシが髪の毛から手を離すと、龍哉の頭は地面に転がった。鈍色《にびいろ》の空から降り注ぐ水滴が龍哉の顔を濡らした。いつの間にかアツシの姿が消えていた。


夜の新宿歌舞伎町は猥雑な喧騒に包まれていた。行き交う人々から漏れ出した欲望が、汚泥のような臭気を放っている。

「二次会のお店決まっていますか？」午後十時、客引きの男に筒見は声をかけられた。

「いや、まだだ。どこの店だい」

「この先のスナックです。若い女性もつきますよ」

狐眼《きつねめ》の客引きは筒見の背中を押した。

「この店でいいか？」筒見は隣にいる鴨居に尋ねた。

「おい、兄さん、ババアばかりじゃないよね」

鴨居は買ってきたばかりの量販店の背広を着て、似合わない銀縁眼鏡をかけている。

「なにおっしゃいますか。全員、ぴちぴち、十八歳から二十四歳の美女揃いすよ。実際に見て確認してくださいよ。すぐそこですから」

「料金いくらだい？」

「二時間三千五百円です」客引きは薄い眉を持ち上げて笑って見せた。

案内されたのは区役所通りを新大久保方面に向かったところにある雑居ビルだった。エレベーターを三階で降りると、四つの店があり、客引きは一番奥の木の扉を押し開けた。

「お客様二名様ですぅ」

グラスを拭いていた金髪男が「いらっしゃい」と言うと、三人の女がわらわら出てきて、筒見と鴨居の上着を脱がせ、一番奥のソファ席に案内した。他の客はおらず、案内してきた客引きは姿を消していた。

「ご注文どうぞ」赤い革表紙の仰々しいメニューを渡された。

どこにでもありそうな飲み物と軽食が並んでおり、価格の記載はない。

鴨居が「水割りを二つ」と注文すると、太った女が「私たちも頼んでいいですかぁ」と青黒い歯《は》茎《ぐき》をみせた。

確かに年齢は若いのだが、どの女も肌が荒れ、不健康に痩せているか、脂肪がのりすぎているかのいずれかで、荒んだ生活感を漂わせている。

女たちはウエイターに手を挙げ、慣れた様子で注文した。

「ワイン二つに、ビール一本、あとフルーツ盛り合わせとミックスナッツお願いします」

女たちはよく飲んだ。

鴨居はカラオケで美声を披露し、女たちの奇声にのって英語の歌を歌ってみせた。筒見は適当に拍手しながら、店の出入り口に時折目を走らせた。

やがて二人組の男が入ってきて、カウンターに座った。

筒見はこのタイミングを見計らって、

「会計を頼む」と女に言った。

「たくさん飲んだので、ちょっと高くなっちゃいましたね」

金髪男が紙片を銀の皿に載せて持ってきた。

〈¥280，150〉

「高いね。計算機が壊れてるでしょ?」鴨居が目を丸くして言った。

「この金額ですよ。いちゃもんは勘弁してください」

金髪が眉間に皺を寄せた。

「明細をくださいよ」

鴨居が言うと、金髪が舌打ちをして、カウンターに戻った。二人組となにやら話していたが、やがて明細を持って戻ってきた。

〈サービス料　¥20,000、カラオケ　¥30,000、水割り×5　¥50,000、ビール×3　¥15,000、フルーツ盛り合わせ　¥40,000……〉

「面白い明細だなあ。悪い冗談だよね。はい、約束の七千円ね」

鴨居が財布から千円札を七枚取り出して、テーブルに置いた。

金髪が明細を取り上げ、鴨居の鼻先に押し付けた。

「お客さん、持ち合わせがないのでしたら、前のコンビニで現金をおろしてきてくださいよ。ぐちゃぐちゃ言ってないでさあ。そっちのお客さんも黙ってねえで、一緒に行きましょうよ」

金髪が筒見を顎で指した。

筒見はピスタチオをもてあそびながら鼻で笑った。

「俺たちは持ち合わせがないわけじゃない。金を払う気がまるでないんだ」

中指で弾いたピスタチオが、カウンターにいる男の頭に命中した。

二人がゆっくりこちらにやってきた。ひとりは四十過ぎ、細い口髭を生やし、肌は黒光りしている。もう一人は三十代半ばで坊主頭、小柄だが筋肉質で、右眉の真ん中が傷跡で分断されていた。ふたりとも裏社会の住人の臭いを「これでもか」と放ちまくっている。女たちが段取りよく奥に引っ込み、代わりに二人が向かい合わせに座った。

「自分らはこの店の治安を守っている者です。秩序を乱す客は困りますね。飲み食いしたものは払う、これが社会のルールだよ」

　口髭がもっともらしいことを言った。

「飲み放題でひとり三千五百円と聞いていたんだ。こんな請求は常識外だな」

　筒見はこう言いながら、小さいほうの拳、首、耳の順に視線を走らせた。

「誰が言った？」口髭が煙草に火をつけた。

「表にいた客引きですよ」

「そいつはどこにいる？」紫煙が筒見の顔に吐き出された。

「さあ、いなくなりましたね」

「そんな与太話は社会では通じない。奥で話しませんか。……まずそっちのハゲだ」

　口髭が鴨居を指さした。

「え？　ボク？　お金ないですよ」鴨居は大げさに手を振った。

「いいから来いよ」

「いや、あの……。ちょっと待ってください」

　おびえた様子の鴨居は、金髪と口髭に引きずられるようにして出て行った。

　店内は筒見と、眉に傷跡のある男の二人だけになった。

「さて、おじさん。お金がないのなら免許証を出してください。裁判にするのなら、ご自宅に訴状を送らねばなりませんからね」

　男は組んでいた短い脚を解き、身を乗り出した。

「木崎利一《きざきとしかず》だな」筒見は低い声で言った。「前橋のお袋さんを泣かすなよ。妹の由美《ゆみ》ちゃんも、銀行員と結婚したばかりだろう」

　木崎と呼ばれた男は目を丸くした。

「なんだ、てめえ……何もんだ」

そのとき店の入り口の扉が開き、鴨居がひとりで戻ってきた。カウンターにあったお絞りで両拳を拭うと、鼻歌交じりでカウンターを物色した。そして何かを摑んで上着のポケットに入れた。

「おい、二人はどこ行った」木崎が言った。

「あいつらは急用を思い出して帰ったよ。俺たちはおまえに用があるんだ」

木崎の隣に腰を下ろすやいなや、鴨居は目にも止まらぬ速さで木崎の右手を摑み、テーブルに押し付けた。そしてポケットに入れてあったものを、その手に叩きつけた。

「ぎゃあぁぁ」裏返った悲鳴が響き渡った。

木崎の手の甲にアイスピックが突き刺さっていた。

「ゴキブリの標本ができましたよ、アニキ」鴨居は残酷な笑みを浮かべた。

アイスピックは手の甲を貫通し、テーブルに突き刺さっている。

「……が」木崎はアイスピックを左手で摑んで引き抜こうとした。

「待てよ。アニキの話が終わってからだ」

鴨居がテーブルの脚を蹴っ飛ばすと、木崎は苦悶の表情を浮かべた。

「坂東篤志って男を知っているだろう」筒見はゆっくり腕を組んだ。

「……ああ。それがどうした」

「おまえたちは仙台の高橋という病院経営者から、一億二千万円をだまし取ったそうだな。高橋に見せた金地金はどこで手に入れたんだ」

鴨居は勤務先の法律事務所の名刺を使って、坂東篤志の地下活動を調査していた。坂東の顧問先を中心に人脈を辿るうちに、仙台で医療法人を運営する高橋義和という医師に行き当たった。鴨居が訪ねると、高橋は「坂東との間で進んでいた金地金取引の商談が進まない。資金証明のために預けた一億二千万円の返還を請求したい」と訴えた。だが、高橋は警察への被害届は出したくないのだと言った。鴨居がその理由を問いただすと、高橋は医療費の架空請求で坂東の世話になっていたことを明かした。しっかり弱みも握られていたのだ。

この高橋医師と坂東を引き合わせたのが、大成会寺島連合羽黒《はぐろ》組の木崎だった。

「なんのことだ……」木崎の額には脂汗が浮かんでいる。

「素直にしゃべれば、警察に被害届は出さないよう交渉してやる。坂東は金地金をどこで手に入れたんだ？」

筒見は再び訊いた。

「知らねえ……」

筒見が目で合図すると、鴨居がアイスピックの柄《え》を摑んでぐりぐりと回した。再び木崎が絶叫した。

「答えろ。さもねえと、左手も標本にするぜ」筒見は言った。

「よく知らねえんだ。どっかでカネを手に入れて、香港で金地金を……」

痛みを堪《こら》えきれぬのか、木崎はテーブルに頭を突っ伏した。

「なんのカネだ」

「よく分かんねえけど、代金の受け取りだと言っていた。その金を使って香港で二十五億円分の金地金を買い付けるから、日本への運搬を手伝えと」

ダッカのボスティの線路を、重そうなトランクを持って走る坂東の姿を思い出した。やはり、あれは現金だったのだ。犯罪収益を足がつかぬよう金地金に替えるのは裏社会の常套手段でもある。

「マネロンのためか？」

筒見の問いに、木崎は頭を横に振った。

「違う。マネーロンダリングじゃねえ。香港で金地金を買って、日本に無申告で持って来れば消費税分上乗せしてさばける。八パーセントだと二億だろ。それがヤツのシノギだ。俺たちは香港から手分けして……。頼む、アイスピックを抜いてくれ」

掌が酷く痛むらしく、木崎は命乞いをするかのような目で懇願した。固定された右手の指先が小刻みに震えていた。しかし、筒見はそれをまるで無視した。

「金地金を日本で現金化する前に、それを見せ金にして医者からカネをだまし取ろうと、なったわけか？」

「そうだ……坂東のスキームはいつも完璧だ。シノギの天才だ……もういいだろ。抜かせてくれ」

木崎の呼吸は激しくなり、全身が震えている。

「もう少し我慢しろ。おまえたちが高橋を騙した時に、天津市の副書記の息子がいたそうだな。周秋白と名乗っていた男だ」

「ああ。中国人じゃねえ。坂東のツレの倉本だ」

「その倉本のことを知りたい。調査に協力してくれるな？　万が一断れば、前橋にいる俺の仲間が十分後に妹さんの家のインターホンを押すことになるがな」

「わ、分かった。協力するよ」

木崎が何度も頷くのを確認して、筒見はアイスピックを引き抜いた。


一週間後、木崎は最初の調査結果を報告してきた。

〈倉本は銀座の『ダイヤモンドラウンジ』という店でバイトしている。ラウンジって言うけど、上品なホストクラブみたいなものだ。ここで毎回、倉本を指名する常連客のアヤコって女がいる。苗字はわからねえ。ただ、この女は銀座に行く前、新宿二丁目の『ビストロ花』に顔を出すそうだ。

毎週木曜だ。『ビストロ花』の店主にはあんたのことを話してある。あとは勝手にやってくれ。いいか、これでお袋や妹にちょっかいは出すな。約束だぜ〉
木崎はまくしたてるように言うと、一方的に電話を切った。

「あら、いらっしゃい」太った女店主が良く通る声で筒見を出迎えた。

四人掛けのカウンターの後ろに、二人掛けのテーブルが二つあるだけの小さな店だった。カウンターには三人の客が座っていた。

「ああ、ケイさん。お久しぶり」

『ビストロ花』の女店主は、筒見をテーブル席に案内した。ここは紹介制のビストロで、閉鎖空間を好む客は互いを紹介されることで気を許す。

「お腹《なか》は？」

女店主が渡そうとしたメニューを遮って、

「ラフロイグのロックと牡蠣《かき》のアヒージョを」と言った。

女店主はカウンター席の客たちと雑談を交わしはじめた。

筒見はカウンターの左端の席にひとりで座っている女の客を背後から観察した。女はスマートフォンを左手に持ち、右手の人差し指で画面を操作している。LINE《ライン》か、メールの画面を見ているようだ。

小一時間たったころ、カウンターにいた男二人は河岸《かし》を変えると言って、店を出て行った。

筒見は携帯電話を取り出し、

〈1220〉

と番号だけを書いたメールを送り、右の口角をわずかに持ち上げた。

「ケイさんもカウンターに来ませんか？」女店主の誘いに応じた。

「こんばんは」筒見は隣の客の女に会釈した。

「牡蠣とラフロイグなんて、面白い組み合わせですね」

女は筒見の前にあるグラスに目をやった。

年の頃は三十代半ば、時折見える横顔は息を呑むほどの美人ではないが、間接照明に浮かぶ白い肌と、少し乱れた栗色の髪が、なんともいえない色香を作り上げている。

長い髪を掻きあげた時、右の耳の下に青い痣が見えたが、筒見はすぐに視線を外した。

「この癖の強さはあなたのような若い人には理解不能でしょう。本来はエポワスチーズとあわせるとベストですけどね……ママさん、彼女にもラフロイグを」

筒見は強引に女の酒を注文した。

彼女は拒否する様子もなく、出されたグラスに口をつけて、舌を出した。

「薬を飲んでいるみたい。口がしびれるわ。ケイさんはシングルモルトしか飲まないのですか？」

「ああ、アイラモルトだけだ。混じりけのない気高さがあるからね」

筒見は酒の蘊蓄《うんちく》で時間を引き延ばした。女もワインには一家言あるらしく、店主も交えて話は盛り上がった。聡明な女だった。「ケイ」という名前や注文した料理、酒の銘柄まで把握していたのだから、店主と筒見の会話を聞いていたのだろう。観察力のある女は状況に応じて的確な判断を下す素養がある。

だが、その表情に微かな陰翳《いんえい》があるのが筒見は気になった。

筒見の携帯電話にメッセージが入った。

〈完了しました〉

彼女と会話を始めて三十分が経《た》とうとしていた。

「そろそろ出なきゃ」女が時計を見た。

椅子の下の荷物籠からハンドバッグを取り出したとき、女の顔色が変わった。

「財布がない」

ただ事ならぬ雰囲気で、女と店主が床をくまなく探し始めた。

「ママさん、先ほどここに座っていた男性客は馴染みの客ですか？」筒見が割って入った。

「いえ、前に貸し切りパーティーで来たことがあるって言うから、予約を受けたのよ」

「年配の客がトイレ行って戻ってきた時、ここにしゃがんで靴紐を結び直していました。あの隙にスッた可能性があります。とりあえず、あなたは銀行とカード会社に連絡しなさい」

筒見に言われた女は、慌てた様子でバッグの中に手を入れた。

「あ、携帯電話もない……」

「私の電話を使ってください」筒見は自分の携帯電話を女に渡した。

「ありがとうございます」

女は電話番号を検索しながら、銀行とカード会社に電話をかけ、盗難届を出した。

「警察にも通報するわね」

店主が言うと、女は激しく首を振った。

「やめてください。警察には連絡しないで」その顔に怯《おび》えの影が走った。

「被害届を出さないと、どこかで発見されても戻ってこないわよ」

女は頑《かたく》なだった。ややしばらく押し問答があった末、店主のほうが折れた。

筒見は場の緊張をほぐすように、穏やかに言った。

「ここの支払いは私がやっておきます。きょうのところは帰って休んだほうがいい。スリは現金にしか興味はない。財布やカードはきっと見つかりますよ」

「お金は明日必ずお返しします」

女は筒見の電話番号を書き取ると、何度も礼を言って帰っていった。

丸岡と鴨居の共同作業は見事だった。鴨居が大声で店主につまらぬ冗談を言っている隙に、丸岡はものの数秒で、財布と携帯電話を籠の中のバッグから抜き取ったのだ。

丸岡は外事二課に在職中、筒見の指示で香港に渡り、裏社会で運営されている「スリ専門学校」に入校し、盗みの特訓を受けていた。諜報員《ちょうほういん》の手の内を知り、最後の手段で使うための技術研修だった。

筒見が店を出ると、黒いワゴン車が後ろから走ってきた。徐行しながらスライドドアが開き、筒見は周囲を確認しながら飛び乗った。

車内で、丸岡たちが待ち構えていた。

「携帯のデータはすべて抜き取りました。電話帳データ、通話履歴、メール、ＬＩＮＥ、スケジュール、それとパスモも入っていたので過去一年の行動はすべて分かりました」

筒見は背後の席から、携帯電話の画面操作をする女の指先を盗み見て、パスコード解除の暗証番号〈１２２０〉を、丸岡たちに知らせていた。

「財布の中はどうだ？」

「現金は四万三千五百二十円ありました。ＡＴＭカードの暗証番号も携帯のパスコードと同じだったので、残高照会してみましたが、銀行の残高は百五十円です」

「百五十円？」

「はい。どうやら、原因はこの電話番号ですよ」

丸岡が女の携帯の画面を指した。

〈０３－××××－[redacted]〉同じ電話番号からの着信が、今日の午後だけで十二回もある。

「この電話番号は『栄《さかえ》キャッシング』という、歌舞伎町のブラックサラ金です。サラ金で金を借りてまで、若い男と遊んでいる。彼女はどこか壊れているのかもしれません」

丸岡は眉を下げ、軽く息を吐いた。

「……女の名前は?」

「名前は瀬戸口……。瀬戸口綾子です。住所は大田区山王……」

丸岡の声を聞きながら、筒見は背筋を何かが這いまわるのを感じた。


綾子は約束の午後三時より十分早く、外苑前のカフェにやってきて、テラス席に腰かけた。まだ九月末だというのに、首に綿のマフラーを巻いている。

十分ほど、周囲の人の動きを確認した後、筒見は背後から近づいた。

「こんにちは」

「ケイさん、すみません。お忙しい時に」

「いえ。この近くで仕事があったものでね。こちらこそ申し訳ない。出てきてもらって」

筒見は綾子と斜《はす》に向かい合う形で腰かけた。

「カードの再発行の手続きは終わりましたか?」

「はい。おかげさまで」

「警察へは届け出たのですか?」

「いえ……」

綾子は俯いたまま、カフェラテのカップに口を付けた。

電話があったのは午前十時だった。スリ被害に遭った割には、努めて明るい声を出しているように聞こえ、それが逆に不自然だった。そもそも財布と携帯は、丸岡が四谷署管内の交番の前に置いていた。警察から電話がいっているはずだ。

「これ、ありがとうございました」

綾子が頭を下げながら、両手で封筒を差し出した。中には二万円が入っていた。

「多すぎます。代金は一万三千円でしたよ」

筒見が財布から七千円を出すと、綾子は頑なに受け取りを拒否した。サラ金からの督促《とくそく》が来ているのだから、百円でも惜しいはずだ。

「じゃ、ここは私が払います。綾子さん、ちょっと歩きませんか？」

「はい」小さく頷いて、綾子は立ち上がった。

神宮外苑では新国立競技場建設の工事が続いていた。平和の祭典まで三年を切っている。綾子は立ち止まると、巨大なクレーンをぼんやりと見上げた。

「綾子さん」筒見は隣に立った。

「はい？」

「嫌なら答えなくて結構です。マフラーの下にある、その痣はどうされたのですか？」

右耳の下、ちょうど下顎骨の付け根のあたりを指した。

綾子は素早く耳のあたりを手で隠した。

「あと、ここにも」

筒見はその手もつかんだ。右手首、袖口のあたりの痣はどす黒くなっている。

「それは……」

「誰かに暴力を振るわれているのではありませんか？」

「やめてください。転んだだけです」

綾子は手を振り払い、眉間に皺を寄せて筒見を睨んだ。私生活に踏み込まれた怒りなのか、言い当てられた驚きなのか、口元が震えている。

「すみません。よけいなおせっかいでしたね」

「ごめんなさい。なんか私……」

「いいんです。じゃ、ここで」

筒見は軽く手を挙げると、綾子に背を向けて歩き始めた。

「待ってください。あの……」綾子は自分を落ち着かせるように唾を飲み込んだ。「実はきのう、自宅の近くで怪しげな男に呼び止められて、写真を……」

「写真？」

「ある写真を見せられたのです。その男は何も言わずにどこかへ行ってしまったのですが、なんだか、財布を盗んだ男たちの一人に似ているような気がして……」

「落ち着いてください。男の特徴は覚えていますか？」筒見は穏やかに言った。

「帽子をかぶった目つきの悪い男で、眉が薄くて……。夫に知られたらまた、私……」

綾子の眼から涙がこぼれた。

近くの公園に彼女を連れていき、ベンチに座らせた。

「どんな写真を見せられたの？」

「ある男の子とホテルから出てくる写真で……。ホテルか何かの、防犯カメラで撮られた写真です。一瞬見せられただけだからよくわからなかったけど」

「一緒に写真を撮られた男ってどんな人だい？」

「銀座のラウンジで働いている子です。最近、店で親しくなって……」

筒見が把握している通りのことを、綾子は説明した。

「これはよくある手口です」

筒見は綾子の隣に腰かけた。

「どういうことですか？」

「恐喝ですよ」筒見は大げさにため息をついた。

「その男には自宅を知られているのかい？」

「はい。実は何度かうちに来たことが」綾子はうつむいた。

「いいですか。彼とは、私が言うまで連絡を一切とっちゃだめです。信じたくないかもしれないけど、写真を持ってきた男とグルだった可能性があります」

「そんな……」綾子は口に手を当てた。

綾子に写真を見せて脅したのは鴨居だった。綾子と倉本龍哉の関係を破壊し、不信感や憎しみを抱かせる、一種の離間工作だった。

「また自宅に脅しがくる可能性もある。そのときは毅然《きぜん》と対応して、警察を呼びなさい」

「警察は……呼べません」

「なぜ？」

「実は……。夫が警察に勤務しているのです」

筒見はそっと息を吐いた。やはり綾子の夫は、警察庁外事課理事官の瀬戸口大河だったのだ。


龍哉はベッドにひっくり返って天井を眺めていた。函館でアツシにこっぴどく痛めつけられてからずいぶんたったが、全身の痛みは引かない。特に顔面に膝蹴りを食ったときの後遺症が、首から肩にかけての重苦しい鈍痛となって残っている。しかしアツシへの怒りや屈辱よりも、龍哉の胸の中ではひとつの謎のほうが膨らんでいる。

仰向けのまま一枚の紙を広げた。「倉本龍哉」の戸籍謄本だ。倉本龍哉は偵察総局が工作員・李東植に与えた、行方不明の日本人青年の名前だ。この人物に背乗《はいの》りして以来、この戸籍謄本を幾度となく見たものだ。今はこの世にいないであろう、この青年の人生に思いを巡らせ、同情したりしたこともあった。

出生地は三重県志摩市大王町。戸籍の父の欄は空欄、母の欄には「俊子」とある。

神林宛の手紙で、母は「トシコ」と名乗っていた。これが母の日本名であることはほぼ疑いがない。珍しい女性名ではないから、この発音の一致は偶然なのだろう。

起き上がって机からノートパソコンをとった。ワープロソフトを開いて「としこ」と打ち込み、漢字変換した。

敏子、利子、世子……俊子
様々な漢字が表示される。母の日本名はどんな漢字を書くのだろう。日本での母の苗字はなんだろう。もし、「倉本俊子」が母だったら。そんな想像が頭に浮かぶ。

耳を触ってみる。大きな耳、少し起き上がって丸くなった形は、母の耳とそっくりだ。幼少期はこの耳のおかげで「象《コキリ》」とからかわれたこともある。自分が母の実の子供であることに疑いはない。それだけは確信が持てる。

母はなぜ神林宛の手紙を託したのだろうか。単純に手紙を届けたいだけなら、「住所を調べて郵送してくれ」と言えば済むはずだ。だが母は「直接渡してほしい」と言った。封筒の中に入っていたあの桜色の真珠が、よほど重要なものだったのだろうか。それとも龍哉と神林の対面こそが大事だったのだろうか。

いますぐ問いたかったが、平壌にいる母と連絡を取ることは許されていない。でも、龍哉にとって重大なことのような気がしてならなかった。

「龍哉君、お客様です。綾子様がいらっしゃいました」

店長に呼ばれた時、龍哉はトイレの鏡の前にいた。

「今すぐ参ります」

買ってきた液体のファンデーションを人差し指に載せると、口角と鼻の傷に重ねた。つけないよりはマシだろう。だが、左目の赤い内出血は消しようもなかった。

ホールに戻ると、綾子がカウンター席に座っていた。

「綾子さん、こんばんは。今日は早いですね」

「お久しぶり。どうだった？　京都は」

「はい。大学院時代の仲間と連日飲み会になってしまって」

「お酒弱いのに？」

「飲んだふりしていました」龍哉は困ったように笑った。

「そう……」

綾子は龍哉の顔の怪我に気付いたようだが何も言わなかった。少し疲れているように見えた。会話も途切れがちで、笑顔も無理に作られているようだった。注がれたワインに口をつけようともしない。

「あの、綾子さん、何かありましたか？　久しぶりに会ったら雰囲気が違うような気がして……」

「いろいろあってね」

「どうされたのですか？　差し支えなければ教えてください」

「スリの被害にあったの。財布や携帯電話を盗られちゃって」

「スリ?」龍哉は思わず声が高くなった。「どこで?」

「新宿の店よ。それからいろんなことがあったものだから」

綾子はこういって、龍哉の顔をじっと見た。困惑というより、張り詰めた面相だった。

龍哉は黙って、その先を促したが、綾子は視線をグラスに戻した。なんだろうこの表情は。龍哉の全身の皮膚がざわついた。だが、次の言葉で緊張は解けた。

「今晩、うちに来ない?　夫が海外出張に行っているの」

「海外? ご主人は何の仕事をしているのですか?」

当然、知っていたが、話の流れからすると、聞かないほうが不自然だった。

「警察庁の役人よ」

綾子はこう言うと、龍哉の反応を窺った。

「そうだったのですか。偉い方だったのですね」龍哉は目を丸くし、恍《とぼ》けてみせた。

「食事まだでしょう?」

「ええ、仕事を終わったらしようかと……」

「私は先に帰って食事の準備をしているわ。仕事が終わったら来てね。絶対よ」

綾子の言葉に抑揚はなかった。


タクシーで綾子の家に到着したのは、午前一時だった。任務としては好都合だ。しかし他人の妻と寝るために夫の留守宅に入るのは、獣性剝きだしの醜悪な行為のような気がしてならない。綾子のほうからなぜ、こんな背徳的な誘惑を繰り返すのか、龍哉にはまるで理解できなかった。

室内は良い香りに包まれていた。綾子は魚介のパスタを用意して待っていた。食卓に着いたが、やはり綾子の様子がいつもと違う。表情が乏しく、時折、龍哉のことを視界の隅で捉えている。

「ごめん……飲み物買うの忘れちゃった。買ってくるね」

綾子が力なく言って、ハンドバッグを摑んだ。

「いらない。水でいいよ。どうせ酒は飲めないし」

「そこのコンビニに行くだけよ。私がビールを飲みたくなったのよ」

龍哉はひとり食卓に残された。拍子抜けするほど簡単に絶好の機会が訪れたのだ。

玄関の扉が閉まるのを確認するや、行動を開始した。鞄を持って二階に駆け上がった。パソコンを開くと、認証画面が表示された。

鞄からゼラチンの偽指を取りだして、センサーに押し当てると、ロック画面が解除された。自分のスマホをパソコンに接続し、片端からファイルをコピーしていく。

コピーの間に、ドライバーを使って部屋のドアの脇にある電灯のスイッチのカバーを外した。スイッチの本体を引き出す。ケーブルの付け根の金属部分に、UHF電波式盗聴器のクリップを挟んで、マイクの位置を確認しながら元通りに戻した。同じ作業をAC電源ソケット、目覚まし時計にも施した。

パソコンデータのコピーが終わると、龍哉は偵察総局が開発した遠隔操作ソフト「アングリーバード」のインストール作業を開始した。

綾子の夫・大河は警察庁外事課理事官、つまり日本警察の防諜捜査の参謀だ。北朝鮮、中国、ロシアの工作員を摘発するのが最重要任務だ。龍哉の工作任務はその手の内を知り、弱みを握ること。工作組に捜査の手が迫ろうとしている今こそ、成果を出す時だった。

「アングリーバード」のダウンロードが完了し、パソコンの再起動を知らせる電子音が鳴った。ソフトを起動させ、パスワード設定画面に「angrybird」と打ち込んで、パソコンのIPアドレスを書き取ると、ハードディスクをつなぐケーブルを引き抜いて、パソコンを閉じた。

一階に駆け下りて、食卓に座るや、スマホの中に写し取ったデータを確認した。ほとんどは目的のワードやエクセルのファイル。だが、画像ファイルのフォルダが気になって、ひとつを開いた。その瞬間、龍哉の体がかっと熱くなった。

玄関の扉が閉まる音が聞こえ、綾子がコンビニの袋を下げて部屋に入ってきた。

「どうしたの？　食欲がない？」半分しか食べていないパスタを見て、綾子が言った。

「綾子さん、これ……」龍哉はリボンがかかった小箱をテーブルに置いた。

「え、何？」

「開けてみて」

綾子は手に取ってリボンを解いた。小箱の蓋を開けて目を見開いた。

「同じ財布……これ、私に？」

グッチのエナメルの財布。綾子が使っていたのと同じ財布を、深夜営業のブランド店で探してきたのだ。

「うん。使ってよ」

「ありがとう」

綾子は財布を胸に当てて、大粒の涙を流し始めた。龍哉は立ち上がって、綾子を後ろから抱きしめた。

「ご主人に言いたくないんだね？　財布を盗まれたこと」

綾子は震えるように頷くだけだった。龍哉は続けた。

「僕はずっと不思議だった。なぜ、綾子さんが僕を夫婦のベッドに招き入れるのか。僕はやっとわかったよ。これはご主人への復讐だ……」

綾子の体が強張った。

「このまえ、綾子さんを裸にして、手錠をかけたのは、強盗じゃない。ご主人だろう。綾子さん、あなた、ご主人から酷い虐待を受けている。そうなんだね」

龍哉はスマホの画面を綾子の目の前に突き付けた。先ほど夫のパソコンからコピーした画像データだった。

女の悲鳴、ガラスが割れる音がスピーカーから聞こえる。鼻血を流す女の顔がアップになった。綾子だった。

夫のパソコンには、妻を虐待する様子が大量の動画ファイルとして保存されていたのだ。

「これをどこから……」綾子が口を押さえた。

「あなたのご主人を僕は許すことができない。一緒に復讐しよう」

「復讐……？　そんなことできない。あの人は警察幹部よ」

「できる！」

龍哉は強い力で綾子の肩を摑み、自分のほうを向かせた。いきなりブラウスの胸元を思い切り引き裂いた。

「脱いで！」龍哉が叫んだ。

綾子は震えながら全裸になった。

これまで幾度となく見た裸だった。だが龍哉は唾を飲み込んだ。全身は痣だらけだったからだ。

顔以外の部分、胸や太腿、背中、あらゆる部位を激しく殴打されている。

龍哉はスマートフォンの画面を操作して綾子に向けた。

「……何するの？」

「すまない、綾子さん」こういって、録画ボタンを押した。

「やめて。撮らないで！」綾子が叫んだ。

「あなたのご主人、瀬戸口大河さんがやったのですね？」

「お願い……やめて」

哀れみも、微かな愛情も、跡形なく消失していた。人の心を失った龍哉の中には、工作員の本能だけが残っていた。綾子の髪を摑み、スマートフォンで全身の痣、手首に掛けられた手錠の痕まで舐めるように撮影した。

「これは復讐のためだ。協力してくれ」龍哉は声を低くした。「もう一度聞きます。あなたを裸にし、暴行を働いて監禁したのは瀬戸口大河さんですね」

「は、はい」

「なぜ、こんなことをされたのですか？」

「理由はないの。いつも突然怒りだして……」

「いつから虐待を受けるようになったのですか？」

「十年前……。結婚直後からです。あの人はお兄さんが自殺してから、おかしくなってしまいました。殴られて、手錠をかけられて、監禁されて……」

消え入るような声だった。細い体が震えていた。

龍哉は録画を停止し、大きく息を吐いた。罪悪感は芽生えない。これがもう一つの人格、いや自分の本質だったのだ。

「……あなた何者なの？」

綾子の質問に我に返った。龍哉の中に、暴力的衝動が芽生えていた。目的達成を前にして、龍哉の理性は消失していた。

綾子の家を出て住宅街を歩きながら、夜空を見上げた。空気が澄んでおり、満天の星が輝いていた。この半年間、朝鮮男子の誇りを捨て去って実行した包摂工作が成就しようとしている。胸の中は満足感で満たされている。

公園の池のほとりに差し掛かった時、カチッ、カチッと石を打ち鳴らす音を聞いた。立ち止まる。今度は三回、石を打つ音が聞こえた。この先の神社の方角だ。

接線《ジョブソン》の信号だった。

朱塗りの鳥居を抜け、狛犬の陰の暗がりに人影が見えた。

「よう龍哉、体売るのも楽じゃねえな」アッシは残忍な笑いを浮かべた。

「なんだと？」

「得意の色仕掛けで、いい情報は摑めたか」

龍哉は唇をかんで怒りを堪えながら、携帯電話を放った。

「この画像を見ろ」

アッシは虐待画像を見ながら、鼻で笑った。

「夫婦喧嘩に首を突っ込んで仲裁でもするのか？　こんなことは日本では珍しいことじゃねえよ。うわべは裕福で、笑顔に溢《あふ》れていても、実態は不信感と憎しみ、狂気に支配されている。それが日本の家庭だ」

「これはドメスティックバイオレンスだ。これを瀬戸口大河に突き付ける」

工作対象を包摂するには、家庭内の秘密は最強の材料だ。龍哉は成功を確信していた。

「そんなにうまくいくかな。女の工作対象は一筋縄ではいかねえぞ。女相手の色仕掛けはリスクが高い。常に疑ってかかるんだな」

アッシは歯を見せた。

「証拠は完璧だ。瀬戸口を脅せば俺たちは捜査対象から外れる」

「敵対組織の力学をもっと学べよ。神林殺害事件は警視庁刑事部と公安部の合同捜査だ。警察庁キャリアとはいえ、瀬戸口は警備局の理事官にすぎない。警視庁の捜査の方向性を変える権限はない。その前に、もうひとつ奥の手を使う必要がある」

「どうするつもりだ」

「報道によると、神林殺害の捜査対象は、筒見慶太郎ルートと北朝鮮ルート、二つの捜査班に分かれている。その捜査の方向性を筒見ルート一本に絞らせる」

「絞る？　捜査の方向を？　どうするつもりだ」

「筒見本人を使う。そのうち、おまえにも協力してもらうことになる」

「まさか筒見を……始末するのか」

龍哉の頭には、涙を浮かべる七海が浮かんだ。

「まだ殺さない。奴は利用価値があるからな。師範の指揮下で、俺が工作をかける。おまえは、普段通り、光栄学園で先生をやっていればいい」

「工作って何をするんだ」

「気にするな。そんなことより、おまえはこれを見ておけ。二十二ページを開いてみろよ」

アツシは脇に抱えていた大きな冊子を、龍哉の前に放り投げた。


〈大分県立上野丘高校・二〇〇二年卒業アルバム〉

この高校名に覚えがあった。ずっしりと重いアルバムを開き、街灯の光をあてた。六組の卒業生たち。眼で追っていく途中、龍哉は「あっ」と声をあげた。

〈坂本楓〉

一重まぶたに金髪に近い茶髪、小太りな女子生徒。現在の楓とは似ても似つかぬ風貌だった。龍哉の家にアツシが来たとき、楓に卒業高校を尋ねたことを思い出した。

「整形じゃねえぞ。耳の形を見ろ。まったく違うだろう。耳だけは整形じゃ変わらねえ。いまの坂本楓は別人だ」

「そんな……」

「このアルバムの坂本楓は五年前、行方不明になっている。ちなみに親父は大分県警のOBだ。あの女は別人に成りすました公安の密偵だ。つまり、捜査の手はすでに俺たちに迫っているということだ」

「楓さんが公安の密偵……」

「まさかおまえ、あの女に籠絡されてないよな」

「どこまで俺を見下すつもりだ」龍哉は拳を握った。

「この失態は師範には報告しないでおく。おまえは隣に住んでいる女密偵を早く始末しろ。一ヵ月以内にやらねえと、師範に報告をあげる。そうなればおまえは粛清だ」

こう言い残してアツシは暗闇に消えた。

「ただいま戻りました」

鴨居は拠点に戻ってくるなり、上着も脱がずにパソコンを開き、画面を筒見と丸岡に向けた。詳細な人間相関図が画面に表示されている。

「もうチャートを作ったのか?」丸岡が目を丸くした。

「新幹線に乗っている間に作りました。まったく驚きの調査結果です」

神戸市から滋賀県大津市へ三泊四日の情報収集の旅に出ていた鴨居の眼は、興奮でぎらついていた。

「カモちゃん、もったいぶるなよ」丸岡が先を促した。

「坂東篤志は神戸市灘《なだ》区出身で、一九九五年、八歳の時にあの震災で両親と弟、家族全員を失っています。篤志は瓦礫《がれき》の中から救出されて、助かったそうです。その後、大津市にいた父親の弟、つまり叔父宅で育てられることになったのですが、叔父が経営していた会社が倒産してしまったそうです。結局、坂東は一九九六年から二年間、大津市内の児童養護施設に入所していました」

筒見と丸岡は食い入るように相関図を見つめた。死者の名前には×印がつけられ、児童養護施設の設立年月日から代表者名、職員や入所者の数まで表示されている。

「二年間って……。一九九八年以降はどうしたんだい?」丸岡が先を促す。

「行方不明です。中学校に入学した直後の一九九八年五月、学校から帰ってきませんでした。施設は警察に捜索願を出しましたが、手掛かりはなかったそうです。これが中学入学直前、失踪二ヵ月前の坂東です」

鴨居はテーブルに写真を置いた。

痩せた少年。長袖シャツの左腕は肩の部分から垂れ下がっている。

「片腕じゃないか……」丸岡が呟いた。

「震災で自宅が倒壊して救出されるとき、瓦礫に左腕が挟まれていたので、医師が現場で切断したそうです。ところが、今の坂東篤志は義手を使用している様子はありません」

「……背乗《はいの》りか」筒見の眉間に力が籠もった。

「はい。今の坂東は別人による成りすましです」

頭のどこかで想定していた答えが、いま目の前にある。

他人の戸籍を乗っ取って、成りすます「背乗り」は、ロシアと北朝鮮の非公然機関員の伝統的な手口だ。彼らは日本人として社会に溶け込み、結婚して、子供を育てながら、諜報活動を行うこともある。

三人は腕を組んだまま沈黙した。

「これ、茶道の碗《わん》だね」沈黙を破ったのは丸岡だった。

写真の中の坂東少年は緊張した面持ちで、右手で碗を持っている。茶碗はやや茶色がかっており、底のほうがやや張った形をしたものだった。

「食事の時の姿でしょう。ご飯の茶碗じゃないですかね」鴨居は言った。

「いや。これは茶道で使う抹茶茶碗だよ。しかも……萩焼《はぎやき》だ」

「茶道……」筒見は呟いた。

「施設に電話して確認してみます」

鴨居はその場で施設に電話をかけ、園長を呼び出した。しばらくやりとりして電話を切った時の鴨居の顔は紅潮していた。

「マルさんのおっしゃる通り、当時、この養護施設では茶道の稽古がありました。週に二度、外部の先生を呼んでいたそうです」

「ボランティアかい?」

「はい。坂東の後ろに写っているのが先生です。名前は花田《はなだ》麻子です」

茶碗を持つ坂東の後ろに、和服姿の初老の女がいた。笑っているのか、うつむき加減で、手で口元を押さえているので、正面からの顔ははっきりしない。

「彼女は今もボランティアに来ているのか?」筒見が写真を見ながら尋ねた。

「坂東が行方不明になる一ヵ月くらい前に、花田は『故郷に帰る』といって、施設に来なくなったそうです。しかも、子供たちに別れも告げずに」

「別れも言わずに?」丸岡が眉を顰《ひそ》めた。

「花田は一時、坂東と養子縁組したいと園長に相談していたほど可愛がっていたそうです。だから、その花田が来なくなって、坂東は酷くショックを受けたそうです。坂東の失踪も、それが原因ではないかと、園長は話しています」

「ちょっと待てよ」丸岡が老眼鏡をかけながら写真に眼を落した。「……この女、浅草で茶道教室やっている倉本雅恵に似ていないか?」

丸岡はシステム手帳を開き、秘撮した雅恵の写真を横に並べた。十九年前の写真の女は髪が黒く、かなり若く見えるが、現在の倉本雅恵と耳や眉の形状はよく似ていた。

「本当だ。どちらも同じ富士額《ふじびたい》だ」

鴨居の言う通り、二枚の写真に写る女の額の生え際が見事な弧を描いている。どの写真を見ても両者は酷似していた。

「って、ことは……」鴨居が紙に向かって鉛筆を動かし始めた。

坂東篤志←X（背乗り）
倉本雅恵＝花田麻子（背乗り?）
倉本龍哉（すべて知っている?）

「坂東はXという謎の男が背乗りしている。倉本雅恵も別人の成りすましだとすれば、孫の龍哉もその事情を知っているはずです。それどころか龍哉だって本物かどうか怪しいものです」

鴨居がこう言って鉛筆を置いた。

「生前の神林が警察に話した通り、倉本俊子が平壌にいるのだとすれば、この三人は北朝鮮の工作員である疑いが濃厚です。だから、岩城ちゃんたち外二《ソトニ》が動いていたのですね」

丸岡が同意を求めるように筒見を見た。

花田麻子――。

その名を聞いた時から、筒見の頭の片隅で明滅するものがあった。それは倉本龍哉が持って来た神林貞夫宛の手紙に書かれた一文だった。


〈……私は夜逃げしたあと、麻子おばちゃんの知り合いがいる鹿児島県吹上町に身を寄せていました〉


筒見は立ち上がって言った。

「俺はもう一度、志摩に行ってくる。倉本俊子を連れ出したのが、花田麻子だった可能性がある」


志摩の漁港前でレンタカーを降りたとき、午後五時を回っていた。秋の黄昏《たそがれ》は早くも暗幕を引き下ろし始めている。英虞湾の細波《さざなみ》が岸壁を洗う音だけが聞こえた。

丸本商店のシャッターは固く閉まっていた。

筒見が商店の裏手に回ると、線香の匂いが微かにした。玄関のドアを叩く。

「はい……」女の声がした。

「ご主人はいらっしゃいますか」

「どなたさんですか?」

ドアを開けたのは老女だった。

「先月、ご主人にお話を伺った者です。昔、この町に住んでいた倉本さんの件で……」

「主人は亡くなりました」老女は鼻にハンカチを当てた。

「亡くなった?　ご病気ですか?」

「三日前、レジの椅子に座ったまま事切《こと き》れていました。お客さんが見つけて救急車を呼んでくれたのですが、心臓発作だそうで」

冷たい風が背中を撫でた。

「心臓発作?　もともと心臓が弱かったのですか?」

老女が弱々しい笑いを浮かべながら、首を横に振った。

「健康だけが取り得の主人でした。ところで主人にどんなご用件だったのでしょう」

「こんなときに申し訳ない。花田麻子さんという女性に覚えはありませんか?」

筒見が花田麻子の名前を出した瞬間、老女の眼が泳いだ。

「その件でしたらもう……」

老女が扉を閉めようとしたが、筒見は足を挟んだ。

「この女性です」坂東と一緒に写っている写真を示した。「……ご主人は以前、こちらの店員だった方が倉本雅恵さんの茶道教室に通っていたとおっしゃっていました。その店員の方が花田さんだったのではありませんか?」

老女は写真に眼を落とした。そして顔をあげて筒見を見つめると、黙って頷いた。

「あなたもご家族がいるのなら、気をつけて……」

老女は小声で言って扉を閉めた。

ぞわっと足元から冷気が立ち上ってきた。室内の足音が遠ざかり、呼びかけても老女が戻ってくることはなかった。

筒見は車に戻り、もう一度、丸本商店を振り返った。夕闇に包まれた店は物音ひとつせず、静まり返っている。波が奏でる規則的な音が、胸の中をざわめかせた。

倉本俊子が失踪した鹿児島県旧吹上町は薩摩半島の西側、朝鮮半島のほぼ真南に位置する。花田麻子は、自分の親戚の家に匿《かくま》うと言って、俊子とその乳飲み子をこの吹上に連れて行った。

レンタカーの鍵を開けて、運転席に座ったその時、首筋に鋭い痛みが走った。

「動くな」野太い声が背後から響いた。

筒見は身を強張らせ、眼玉だけを動かしてルームミラーを見た。

後部座席の暗がりで獣のような青白い眼がふたつ光っていた。右の頸動脈にサバイバルナイフが食い込んでいる。僅かにでも動けば刃先が横に引かれる。そんな緊張が漲っている。

「坂東か……」筒見は掠れ声で言った。

「久しぶりだな。ダッカで会って以来だ」坂東は耳元で囁いた。

「そこの店の親父さんもおまえが殺ったのか」

「筒見さんよ。死体が増えるかどうかは、あんたの心がけ次第だぜ」

坂東はこう言って、ルームミラーに四角く光るものを映した。携帯電話だ。画面に人の写真が映し出されている。

「な……七海」

見開かれた筒見の眼球に狼狽《ろうばい》の色が走った。

画面の中に、制服姿の少女が座っている。

怒りが咽喉を突き抜け、腹の底から震えが湧き起こった。

二時間目の英会話の授業で二年A組に入ったとき、窓際の七海の席が空席なのに気付いた。ダッカ事件の報道が落ち着いた夏休み明けから、七海は登校しており、剣道部の練習にも欠かさず出ていると聞いていた。

父親の筒見慶太郎は、いまだに警察の追跡から逃れている。神林殺害の嫌疑を晴らそうとしているに違いない。そのために筒見がやることはただ一つ。真犯人を突き止めるしかない。しかし、もしアツシの存在を割り出して、工作組の正体を暴こうとしても、龍哉が七海の傍にいる限り、筒見は手出しができない。七海はいわば心理的人質なのだ。

だが、きょうは七海の姿が見えない。授業中、生徒たちの心のざわめきのようなものが教室内に漂っているのを感じた。

「筒見さんはどうした？」授業が終わった時に最前列の生徒に尋ねた。

「倉本先生知らないんですか？」

「何を？」

「七海のこと……」女子生徒はこう言って口をつぐんだ。

龍哉は妙な胸騒ぎを覚えながら職員室に戻ると、ただならぬ空気に包まれていた。教頭の机の周りに、二年生の学年主任と担任教師たちが集まっている。

「ああ、倉本先生、こちらに……」教頭が手を挙げた。

教師たちの目がいっせいに、龍哉に注がれた。

「どうされました？」

「二－Ａの筒見七海さん、ご存知ですよね？」

「はい。お休みのようですね」

「ええ、そうです。昨日から帰宅していないのです」

聞いた瞬間、全身に鳥肌が立った。

「帰ってない？　昨日は確か……」

「ええ、昨日は放課後の剣道部の練習も出ていました。紅葉台《こうようだい》の駅前で、同学年の部員とバスを降りた後、いなくなったそうです」

「誘拐の可能性があるのですか」

「わかりません。ただ……」教頭は声を低くした。

「どうしました？」

「昨日の夕方、紅葉台の駅前のドラッグストアで万引きをして捕まったようなのです」

「万引き？」思わず声が大きくなった。

「千五百円のリップグロスを鞄に入れて店を出ようとしたところを捕まったそうです。謝罪してお金を払ったので、警察には通報しなかったそうですが、今朝になって店長さんが学校に連絡してきました。その事件のあと家に帰っていないので、もしかすると……」

「万引きがばれたので家に戻れなくなったというのですか？　あんな真面目ないい子が、信じられません」

「近くにいた男性客が盗むところを見ていたそうです。知らされた店長が手提げバッグの中を検《あらた》めたらリップグロスが出てきたそうです」

「男性客……」龍哉は繰り返した。

「筒見さんはご両親が離婚したうえ、別れたお父様があのような疑惑をかけられて、しばらく学校を休んだという経緯もあります。この年頃の女の子は、真面目とか、不真面目という言葉では語り尽くせませんよ」

「お母様はなんと……」

「大変混乱されていて、しっかりお話ができない状況です。ところで、倉本さんにお聞きしたいことがあります」

教頭の言葉が急に詰問の色を帯びた。

「何でしょう」龍哉は心の中で身構えた。

「筒見さんの家をたびたび訪問していたそうですね。筒見さんとは、どのような関係だったのでしょうか？」

「関係って……」龍哉は言葉を一瞬のみ込んだ。教師たちから観察するような視線が一斉に向けられたからだ。「お父さんの件で、筒見さんが長期欠席していましたので、教材を届けていたのです。ＣＤを聴いて自習するようにということで……」

無理に笑顔を作ったが、頬が引き攣ってはいないかと、不安だった。

「当校では、教師が生徒の自宅を訪ねる家庭訪問制度はありません。このご時世、共稼ぎの家庭も多いし、プライバシーの問題もあります。それなのに、非常勤講師のあなたが、担任教師にも言わずに訪問するとはどういうことですか」

教頭の声が高くなった。

Ａ組担任の年配の女教師の視線が突き刺さった。

「はい。出すぎた真似をしまして申し訳ございません。私は少しでも授業の遅れを取り戻してほしいと思って……」

龍哉は深く頭を下げた。

「筒見さんの行方に心当たりはありませんか?」

「私にはまったく見当もつきません」龍哉は強く首を振った。

「これから港北警察の刑事さんが来るので、何か相談を受けてなかったか、行き先に心当たりがないか、説明してください」

「なぜ、私に……」

「警察の事情聴取にお母さんが、倉本先生が家庭訪問していたことを伝えたそうです。当校としては把握していないと警察に伝えたところ、あなたに話を聞きたいと」

「いつ来るのですか?」

「午後一時半です。倉本先生の午後の授業は休講とします。刑事さんが来るまで、必ず職員室にいてください」

龍哉は時計を見た。刑事が来るまで一時間しかない。「売店で食事を買ってきます」といって職員室を出た。

教師が欠席した生徒の家を訪ねるのは共和国では当たり前のことだ。だが、日本の教師の文化からすれば、疑念を招く行為になってしまうのだろう。

廊下を歩く龍哉のうしろを、A組担任の女教師と体育担当の若い男の教師が付いて来た。龍哉には監視しているようにしか見えなかった。

教員用の男子トイレに入り、個室に入って鍵を閉めた。追ってくる様子はない。呼吸を整えるために、一度大きく息を吸い込んだ。全身が脂汗でべったり濡れている。

アツシの仕業だ——。

七海のバッグに商品を忍ばせて、ドラッグストアの店長に通報するなど、アツシなら朝飯前だ。

家出を偽装するために、万引きをでっち上げたのだ。「筒見を使う」というのは、こんな卑劣なやり口だったのか。しかも龍哉に何も知らせることもなく。

再びアッシへの怒りが頭をもたげた。

トイレの個室にはちょうど顔の高さに、押し開くタイプの小窓があった。龍哉は足首のベルトからドライバーを出して、螺子《ねじ》を四つ外し、窓を枠ごと取り外した。

外は学校の裏手にあたり、畑が広がっている。予め非常時の脱出ルートに決めていた場所だった。下半身から窓の外に出て、二階からぶら下がった。目の前に葉が色づき始めたソメイヨシノの大木がある。

壁を蹴って、目の前の太い枝に飛び移った。


下北沢のマンションに戻ったとき、午後一時四十分になっていた。今頃、刑事が学校に来て、教員たちが龍哉の行方を探しているだろう。

もうここにいることはできない――。

そのとき、インターホンが鳴った。龍哉は弾かれたように立ち上がり、まず窓を開けた。脱出経路を確保するためだった。そして冷蔵庫の上から、万年筆型の銃を手に取った。後端の小さなボタンを押せば、火薬に点火して毒針が飛び、標的に突き刺さる仕組みで、命中すれば一分以内に絶命するという恐ろしい代物だ。

「龍哉君、帰ってきたんでしょ？　隣の坂本ですよー」

龍哉は万年筆銃をポケットに忍ばせたまま、ドアを開けた。

「じゃーん。ビーフシチュー作ったから、おすそ分け。熱いからどいて、どいて」

両手に鍋を持った楓は勝手に上がりこみ、キッチンのコンロの上に鍋を置いた。

「……ありがとう」

目の前の女の耳を見た。小さな丸い耳。卒業アルバムの「坂本楓」の大きな福耳とはまるで違う。ポケットの中の万年筆銃を握りしめたまま、女の動きを目で追った。

アツシの言うことを聞くのなら、今、ここで始末するしかない。でなければ、アツシが師範に報告をあげ、龍哉が粛清の対象になってしまう。

「今日は久しぶりの休みだから、朝からずっと頑張っていたんだよ。食べきれなかったら冷凍しておけばいいからね。ネットでレシピ見て作ってみたの。絶対おいしいから。じゃあね」

楓は小さく手を振って、玄関に向かった。

「待って……」龍哉は左手で楓の手を摑んだ。

「ん？」楓の瞳はいつも通り、無警戒で正直だった。

そのまま両腕で抱きしめた。衝動的な行動だった。思ったより華奢で、いい香りがした。冷え切った胸の中に熱いものが広がった。

楓が公安でも構わない――。

危険な考えであることは理解している。だが今は愛情を欲していた。

「一緒に食べようよ」抱きしめたまま言った。

「駄目」楓が突き放すように、龍哉の胸を押した。

「なぜ……？」

「いまは駄目。せっかくシチュー作ったのよ。まずは鍋の中を見て、ね」

楓は諭すようにあとずさっていった。部屋の出口まで行ったところで楓は、コンロに置かれた黄緑色の鍋に視線を誘い、片目をつむった。

楓が出て行ったあと、ひとり残された龍哉は感情のもって行き場をなくしたまま、しばしその場に佇《たたず》んだ。

楓のあの仕草はなんだったのだろう。

黄緑色の鍋に近づいて、重い鉄蓋を持ち上げた。牛肉や人参がとろとろに煮込まれていて、普段なら食欲をそそるであろう香りが立ち上った。

蓋を戻そうとした、そのとき、龍哉の手が止まった。

なんだこれは……。

蓋の裏に、折り畳まれた白い紙がテープで貼りつけられている。指で剝がした。


〈大至急、部屋から逃げて〉


楓の字だった。

手が震え、頭の中が混乱した。なぜ楓が逃亡を指示するのだ。公安のスパイじゃないのか。慌てて ガスコンロの火を点《つ》け、台所の流しで紙を燃やした。

なぜ、楓は口頭で伝えなかったのだろう。部屋を見渡しているうちに、龍哉は猛烈な不安に襲われた。

ベッドのマットをひっくり返し、絨毯をはがす。テーブルの下、照明、電話機、テレビの裏側、エアコンの蓋を開け、中を覗き込んだ。家中を引っ掻き回すように手がかりを探した。

最後に手に取ったのが、ベッドサイドに置いた目覚まし時計だった。乾電池で動く三針式のアナログ時計。大学院に入った時に、京都で買ったものだ。

手に取ってみると、手触りに違和感があった。いつもと重さが違うような気もする。黒い文字盤を隈《くま》なく見たとき、反射的にのけぞった。

文字盤の「6」の丸の部分に小さな穴が開き、何かが光ったからだ。机の引き出しからドライバーを取り出して、裏蓋の螺子をはずし、そっと開けた。

あった。

ピンホールレンズが文字盤に据え付けられ、超小型マイクロフォンと送信機が裏蓋に両面テープで貼り付けられていた。

工具箱から金槌を取り出して、送信機を粉々に叩き壊した。

椅子にのぼって天井裏に手を突っ込むと、乱数表と暗号翻訳冊子を取り出した。風呂のバスタブに水を張りながら、すべてを中に放り込んだ。水溶紙で作られた冊子はどろどろに溶けていった。

続いて携帯電話を五つ、電子レンジに入れ、「あたため」ボタンを押した。レンジの中でバチバチと火花が散って、扉の隙間から黒い煙が出てきた。

鞄を摑んで、電気とテレビをつけたまま部屋を飛び出した。


車外に出ると秋の深まりを知らせる、冷たい風が吹いていた。筒見は腕時計に目をやった。擦り傷で白く曇ったガラスの下で、針が午後五時半を指している。

かつての我が家は静まり返っていた。七海が戻らない家は、生気を失ったように沈んでいる。僅かにリビングのカーテンが動き、女の影が見えた。

沙織――。

心の中で妻の名を呼んだ。

家の中には、神奈川県警の刑事がいる。筒見が訪問すれば、その場で身柄を拘束され、警視庁に引き渡されるであろう。焼け付くような苛立ちが全身に広がった。

そのとき隣家から男が出てきた。首に検針メーターをぶら下げ、ガス会社の制服を着ている。男は帽子の鍔《つば》に右手をやると、停めてあった軽ワゴンに乗って立ち去った。

筒見は「興和運輸」と書かれた白い大型ワゴンに乗り込んだ。カーテンを閉め切った視察用車両の中は、作戦基地のように改造されている。簡易テーブルに二台のタブレットパソコンが設置されており、その前で丸岡がヘッドホンをつけて座っていた。

「音はしっかり、拾っています。カモちゃんがリビングの通風口にマイクを設置できました。中に刑事が三人います」

二時間ほど経ったとき、タブレットパソコンの画面に表示された音量メーターの針が大きく振れ始めた。筒見家のリビングの通風口に仕掛けた盗聴器が拾う音声を記録し続けていた。

「どうぞ」丸岡がヘッドホンを差し出した。

刑事らしき男の声が聞こえた。

〈お母さん、何度もお聞きして申し訳ありません。七海さんはこれまで無断外泊などはしたことがありませんか?〉

〈一切、ありません〉

沙織の声は低く沈んでいた。別人のように冷たかった。

〈少年少女の行方不明事案というのは、神奈川県内では山のようにあります。事件性があるのはごく僅かで、九十九パーセントはどこかで遊んでいるところを保護されています。我々としては公開捜査に踏み切る方向で考えています〉

〈七海も自分でいなくなった、と?〉

〈お嬢さんは行方不明になる前、駅前のドラッグストアで万引き事件を起こしています。店長とはお話しになったのでしょう?〉

〈ええ。先ほどお電話でお話ししました。娘は泣きながら、『商品をバッグに入れた覚えはない』と否定したと言うじゃないですか。万引きを店長に通報した男の人を探してください〉

〈万引きはでっちあげだというのですか? お母さんのお気持ちはわかりますが、善意の通報者を疑うのは難しいですよ〉

〈そもそも娘はリップグロスなんて使ったこともありません〉

沙織が撥ねつけると、刑事の溜息が聞こえた。

〈それに同級生の話では、七海さんはご家庭のことで長い間悩んでいたそうです。特に行方不明になっているご主人との……〉

〈元夫の話はしないでください〉沙織は刑事の話を遮った。


筒見は釘《くぎ》で胸を貫かれたように身じろぎもしなかった。万引き事件は坂東の罠だろう。七海が自ら失踪する動機を作ったうえで、連れ去ったのだ。

沙織の言葉はあまりにささくれ立っている。十年前のあの事件での警察の対応に、沙織は強い不信感を持っている。そして、その不信感は夫に対しても向けられている。

そう思ったとき、十年前の記憶が筒見に襲い掛かってきた。

〈拓海が学校から帰ってこないの。学校の先生と近所の方が探してくれている。すぐ帰って来て〉

沙織の切迫した声が、筒見を回想の迷路に引きずり込んでいった。

当時、筒見は中国のスパイを強制尋問した責任を問われ、左遷の危機にあった。起死回生を狙った別のスパイ事件の捜査を指揮している最中だったため、息子を探しに戻ることを拒んだ。

この家に戻ったのは午前一時。筒見はそこから朝方まで探し回り、自分で拓海の亡骸《なきがら》を発見することになった。発見現場は、休日には必ず父子で遊びに行っていた、近所の自然公園の池だった。

当時の神奈川県警の捜査では、筒見の自宅前で日本語のできない外国人らしき不審人物が目撃されていたことが分かった。刑事の中には、筒見が内偵中だったスパイ事件との関連を疑った者もいた。しかし筒見が捜査上の秘密を盾に事情聴取を拒否したので、捜査は頓挫《とんざ》した。

このため神奈川県警はわずか二週間で「拓海の死因は事故死だ」と結論付けた。食って掛かった沙織に腹を立てたのだろう。主任刑事はこう言い放った。

「事故当日、近所の防犯カメラを調べると、拓海君は学校から一度、家に戻っていた可能性が高いことが分かりました。その時間に、お母さんは買い物に行っていた。お母さんが自宅にいらしたら、この事故は起きなかったと思います」

その言葉を聞いた直後、沙織は卒倒した。意識が回復したあとも、震えが止まらず、やがて心の崩壊を招いたのだった。

〈お母さん……〉刑事は声を低くした。〈何かを隠していませんか?〉

警察への恨みを隠さない沙織の対応に、刑事は苛立っているようだった。

〈いえ、何も〉

〈光栄学園高校の倉本という非常勤講師の所在が分からなくなりました。奥様からよく家庭訪問に来ていたとお聞きしたので、学校に照会したところ、学校は家庭訪問を把握していませんでした。七海さんとの関係は……〉

〈教師と生徒の関係です〉沙織は刑事の言葉を封じた。

〈わかりました。では、私たちも考えを改めなくてはなりません。家の中をこまかく見せていただ

いてよろしいでしょうか。少々、建物が壊れてしまうかもしれませんが、七海さんのためと思って、ご理解ください〉

〈どうぞ。かまいません〉

〈よし。みんな始めてくれ。まず天井裏と床下だ〉

刑事たちはこのときを待っていたのだろう。一斉に動き出した。乱暴に家具を動かしたりする、騒々しい音が聞こえてきた。

〈主任、原状回復は難しいとおもいます〉若い刑事の声。

〈構わん。許可は頂いた。天井はチェーンソーでくりぬけ。床は絨毯をすべてはがして、床板を点検しろ。台所の床下収納から床下に入ってくれ〉

主任刑事の指示が飛ぶ。

〈私を疑っているのですね〉沙織が言った。

〈これは行方不明者が出た時のお決まりの作業です。不愉快かもしれませんが、勘弁してください。過去には自分で床下にもぐり込んで死んでいたケースもありましたのでね。あ、そうだ……。車の鍵もお借りできますか。トランクを見せてもらいます〉

〈どうぞ。車の鍵はそこのテーブルにあります〉

しばらく会話は途絶えた。そのうち、チェーンソーで何かを切断する音が聞こえてきた。刑事の言うとおり、家族の誰かが行方不明になったとき、自宅内をくまなく探すのは、珍しいことではない。だが、主任刑事の言い方には棘《とげ》があった。

捜索は四十分ほど続き、刑事の声が聞こえた。

〈お母さん、特に異変はありませんでした。我々は撤収しますが、電話対応に備えて、自宅前の車に二人配置します。電話が鳴ったら判るようにしてありますので、電話に出る前に、必ず玄関の鍵をあけてください。二日間、ほとんど寝ていないでしょう。長期戦に備えて、食事を摂ってゆっくり休んでください。七海さんが帰ってきたとき、お母さんが倒れていてはまずいですからね〉

主任刑事は取り繕うように言った。

大勢の足音が遠ざかり、玄関ドアを閉じる音が聞こえたあと、室内は静まり返った。沙織はリビングにいるのだろうか。足音や息遣いすら聞こえない。完全に無音だ。

筒見はひとり取り残された沙織の姿を想像し、胸苦しさに身悶えた。静寂が十五分続いた。居《い》た堪《たま》れなくなった筒見が、ヘッドホンに手をかけたときだった。

〈慶太郎さん……?〉沙織が囁くように言った。〈さっき、家の前にいたよね。あなたのことだから私の声を聞いているよね。犯人は倉本先生じゃないわ。彼は他人を傷つけることなんてできない優しい人よ。拓海が大きくなったら、あんな青年になるんじゃないかとも思った。彼を利用している誰かが、七海を連れ去ったのよ〉

ここまで言うと沙織は、洟を啜りあげた。

〈私、七海まで失いたくない。十年前のことを、拓海のことを後悔しているのだったら、あなたが絶対に助けて。お願いよ〉

沙織は泣いていた。娘と亡き息子への深い愛、元夫への怒り、積年の思いが爆発していた。

筒見はヘッドホンを置くと、ワゴン車を降りて、冷たい空気を吸い込んだ。

頭上には、薄綿で包まれたような月が浮かんでいた。陥穽《かんせい》の底から、夜空を見上げている自分がいる。静まり返った住宅街を歩き、突き当たりにある大きな公園に入った。遊具がある広場の向こうは、深い林になっている。

広場のベンチに腰掛けた。風が無精髭を撫で、あたりの草木がざわめいた。林の奥を見つめる。

街灯の灯りを吸い込むかのような深い闇が広がっている。

突然、背筋を冷たいものが走った。手足が震え、歯の根が合わない。背中を丸め、両手で顔を覆った。

どぼん。遠くで水音が聞こえた。

筒見は弾かれたように立ち上がり、音のしたほうへ駆け出した。ランニングコースを外れ、鬱蒼と茂った林の中に入った。体が重く、息が上がる。

十年前、拓海の名前を叫び続けながら、この雑木林を走った。あの時と同じく、走っても、走っても、どこまでも闇が続いている。

木々の向こうに、光るものが見えた。

「拓海」力の限り叫んだとき、足元に何かが引っ掛かり、もんどりうって転倒した。

起き上がると、眼前に漆黒の沼が広がっていた。どす黒い油のような水を湛《たた》えている。十年前の光景が蘇った。あの日、最後にたどり着いたこの池で、筒見は拓海の亡骸を見つけた。そう。あの沼の中央付近。拓海は月光を浴びて白く浮かんでいた。

目を閉じ、頭を振った。

筒見は我が目を疑った。対岸の縁《ふち》に小さな子供が立っている。それは髪の長い少女だった。こちらには気づいていない。足元の水面をじっと見つめている。

七海……？　待て、そこで、じっとしてろ。

筒見の足は鉛のように重い。

女の子の片足が水に入った。ゆっくり、ゆっくり進んで、首まで浸かった。

七海――。

喉を引き絞られたように声が出ない。

頭だけ水の上に出した少女がこちらを見て笑った。十年前の記憶の中にある七海の笑顔だった。

次の瞬間、水紋を残して、七海の顔が消えた。

沼に飛び込んだ。ずぶずぶと沼底に靴が沈んでいく。

七海。どこだ。

腰まで水に浸かったまま、七海が消えた辺りを両手で掻き回す。指に真っ黒いヘドロが絡みついた。獣のような自分の息遣いだけが聞こえる。やがてそれは悲鳴のような喘《あえ》ぎに変わった。

雲間の月光が木々の間から漏れ、沼の縁に青白いものが浮かんだ。両手を前に伸ばしたまま、ゆっくり歩いた。青白い光に手を伸ばす。百合の花束だった。

筒見は大きな深呼吸をして目を閉じた。

そうか。きょうは拓海の命日だ。沙織が遺体発見現場に供えたのは、拓海が好きなカサブランカだった。

泥まみれの足を引きずるようにしながら、広場に戻った。

ベンチには白髪の男が背中を丸めて座っていた。

「マルさん」

「係長……」丸岡はずぶ濡れの服を見やると、自分のコートを脱いで、筒見の肩にかけた。「大丈夫です。私たちは絶対にあきらめません。一緒に七海ちゃんを取り戻しましょう」


たっぷり時間をかけて消毒した。

龍哉は自宅を出た後、下北沢駅から京王線の電車に乗った。発車直前の飛び降り、飛び乗りを繰り返しながら西に向かう。変装用道具、電子レンジで破壊した携帯電話を、車窓から次々と投げ捨てた。そして偽名を使って高尾のビジネスホテルに泊まった。

翌朝、電車で銀座に向かった。雑踏を歩き、三越と松屋のエスカレーターで上り下りを繰り返した。さらに築地場外市場の人ゴミの中を歩いたあと、バスで葛西臨海公園に行った。水族館や公園内をぶらつきながら背後を点検し、新宿歌舞伎町にやってきた。

尾行はいたのだろうか。もしいたとしても、完全に撒いたはずだ。だが、龍哉の気分は晴れない。土曜の午前零時半、アジア最大級の眠らぬ街は、高揚した酔客の集団が行き交い、資本主義の狂人たちであふれていた。

龍哉は歌舞伎町ゴジラロードにある和光ビルに入った。エレベーターで八階に上ると、香の匂いが漂っている。安全を知らせる合図に背中の強張りが解けた。

いつも通り虹彩認証で扉を開け、屋上に出た。〈金剛山《クムガムサン》〉の管理人室から薄明りが漏れている。扉の脇にある静脈認証の鍵を開けると、室内は同じ香の匂いがした。六畳ほどの四角い部屋。何もない部屋だが、天井の真ん中に半球状の監視カメラがついている。

龍哉は、突き当たりにある小窓を叩いた。

「管理人さん、お久しぶりです」

「ああ」嗄《しわが》れた声が聞こえ、小窓ががらりと開いた。

「師範《スソン》からあんた宛の指令がある。道具箱を見なさい」

管理人は窓から、ケーブルにつながった電卓のようなものを差し出した。

記憶していた十二桁の暗証番号を打ち込むと、床下でパチンと弾けるような音がした。絨毯をはがし、窓下の床板を外すと、鉛色の箱が見えた。ずっしりと重い箱を持ち上げ、床に置いた。

蓋を持ち上げると、アサルトライフルと自動式拳銃が三挺ずつ、鈍い鉛色の光を放っている。大量の弾丸の箱と携帯電話、煙草、その下には一万円札の束が敷き詰められていた。

自動式拳銃のグロック19は小さな割に、ずしりとした重みがあった。四角いボディに刻まれたシリアルナンバーはすべて削り取られている。マガジンを外して弾丸を装塡した。

箱から煙草を手に取ると、頰のあたりに緊張が貼り付いた。何の変哲もない日本製の煙草だが、ここには元帥様の信任を得た潜入工作員としての覚悟が秘められている。龍哉は決意を眉に集めると、革ジャンのポケットにねじ込んだ。

最後に右端の百万円の札束を手に取った。決められた通り、上から三枚目に紙片が挟まっていた。

〈連絡は六の倍数の時刻にゴールデン街花園一番街『バー・マルク』前。水仙《スソン》からの情報を請う〉

師範の達筆が躍っている。

水仙とは瀬戸口綾子の暗号である。つまり、夫の大河の捜査情報を報告せよということだ。接線時刻の「六の倍数」とは、つまり零時、六時、十二時、十八時、二十四時を指す。次の接触時刻は午前六時だった。

龍哉はパソコンを開いて遠隔操作ソフト「アングリーバード」を立ち上げた。暗闇に羽ばたく不死鳥のグラフィックスが画面いっぱいに広がる。その上にパスワード要求ボックスが表示された。〈angrybird〉とタイプすると、瀬戸口大河のパソコン画面が表示された。ストレージに保存された文書ファイルを順に読み、携帯電話を接続して、ダウンロードしていった。

作業中、新たな文書が保存された。

タイトルには〈91外二報告1〉とある。「91」というのは、警察内部の隠語で「警視庁」を意味すると聞いたことがある。

種類：マイクロソフトワード
作成者：瀬戸口大河
サイズ：18・８ＫＢ
更新日時：２０１７年10月28日01：28

いま現在、瀬戸口本人がパソコンを操作しているようだ。龍哉はこのファイルをダブルクリックした。文字列を眼で追った瞬間、顔が上気するのが分かった。

〈９１外二報告：ＭＫ事案について〉
台東区浅草在住のＭＫの背乗り容疑事案に関する情報提供があり、外事二課第六係が内偵捜査を行っている。情報提供の内容は以下の通り。
①　ＭＫは三重県志摩市に居住していた真珠養殖業の女性に成り済ました北朝鮮工作員であり、日本人を偽装して対日工作活動を遂行中である。
②　ＭＫの配下で、ＴＫが活動している。ＴＫは戸籍上、ＭＫの孫となっているが、実際の血縁関係はなく、指揮官と部下の関係にある。
③　ＭＫは現在、台東区浅草の自宅で茶道教室を運営。ＴＫは横浜市の光栄学園高等部の英会話の非常勤講師として勤務している。ＴＫは月に数回、ＭＫの茶道教室での稽古を偽装して、工作活動に関する指令を受けている。

両手の指が震えた。唾を飲み込もうとしたが、喉を通らず、激しく咳き込んだ。

間違いない。「ＭＫ」は倉本雅恵、「ＴＫ」は倉本龍哉だ。すべて日本の公安警察に知られている。このままでは工作組が一網打尽ではないか。

さらに最後の一文を読みながら、背筋が寒くなった。


以上の内容は、刑事部捜査第二課がＴＫとＡＢによる金取引詐欺容疑事案を捜査中、ＡＢ本人より情報提供の申し出があった。外事二課が聴取したところ、ＭＫ及びＴＫについて「北朝鮮工作員である」旨、証言したものである。このため詐欺容疑事案の捜査を中断して、ＡＢをチヨダ登録の特別協力者Ａ５５２－３６２５として運用することを了とした。


特別協力者になった「ＡＢ」とは誰だ。まさか……坂東篤志か。アッシが公安の密偵になったということなのか？

恐怖に襲われ、胃のあたりが捻じれるような痛みを感じた。

金取引詐欺といえば、仙台の医師から残高証明作成の名目で一億二千万円を騙し取った、あの案件だ。アッシはその罪から逃れるために、密偵になることを申し出たのか。だとすれば、坂本楓を公安のスパイだと言ったのも、龍哉たちを攪乱《かくらん》するためだったのか。七海を拉致したのも、龍哉を嵌めるための工作なのか――。

頭の芯がちりちりと音を立てはじめた。腹の底から熱いものが込み上げた。ゆっくり眼を閉じて、心の平静を取り戻そうとした。

壁の向こうからはテレビの音が聞こえてきた。音楽番組だろうか。人気のポップグループの曲が流れている。管理人は耳が遠いのだろう。老人によくありがちな大音量だ。

小窓ががらりと開いた。管理人の手が伸びてきた。泥か、油かはわからないが、汚れが染みこんだような黒ずんだ肌をしている。

「腹は減ってないか？　食事を買ってきてやるから、金をくれ」管理人が言った。

朝から何も食べていないことに気付いた。龍哉は千円札を握らせた。

「ありがとう」

いったん引っ込んだ手がまた伸びてきて、手招きのような仕草をした。アル中なのだろう。指先が震えている。

「一万円」管理人は言った。

がめつい人だ。だが龍哉は従うことにした。とてもじゃないが、外に出る気にならないからだ。

管理人は金を受けとると、小窓をぴしゃりと閉めた。壁の向こうでテレビの音量がさらに上がったとおもったら、ドアを強く閉じる音が聞こえた。

龍哉は床の絨毯に寝転がった。

アッシは本当に公安の密偵に成り下がったのか。師範に報告すべきか、自らの手で本人を追及すべきなのか。だが、これが真実なら、アッシは龍哉を消すことで口封じをするだろう。

このとき龍哉の中で奇妙な感情が湧き起こった。母の恋人・神林貞夫を殺したことへの怒りとともに、つまらぬ野望が胸の中で膨らんできたのだ。組織内に入り込んだ敵の密偵を探し当てるのは最も困難な作業だ。瀬戸口のパソコンから盗んだこのメモを、師範に渡せば、偵察総局内での龍哉の評価は一気に跳ね上がることになる。いまこそ、劣等工作員の汚名を返上し、反動分子の疑いを晴らすときだ。龍哉は胸を掻き回された。

ドンという衝撃とともに、小屋が揺れた。龍哉は跳ね起きて、グロックを摑んだ。管理人の部屋から聞こえた。壁の向こうに何か固いものがぶつかったような音だ。

龍哉はそっと壁に耳を当てた。相変わらず音楽番組が大音量で流れており、聞き覚えのあるダンスユニットの曲のイントロが聞こえた。床を擦る音が微かに聞こえる。続いて、がりがりと壁に爪を立てるような音がはっきりと聞こえた。動物的な音だ。管理人は犬でも飼っているのだろうか。

そう思ったとき、壁の向こうで扉が軋み音をたてながら開き、強く閉じる音が聞こえた。

龍哉は小窓に向けてグロックを構え、引き金に指をかけた。がらっと、小窓が開き、おにぎりとサンドイッチが投げ込まれた。龍哉は軽いため息をついて、床に転がったおにぎりを見つめた。

午前五時四十五分、龍哉は〈金剛山〉を出発した。空はわずかに白み始めていた。手にぶら下げたコンビニの袋には管理人が買ってきた、おにぎりがひとつ入っている。

この時間でも歌舞伎町から猥雑な空気は消えていない。新宿区役所裏の風俗街を抜け、ゴールデン街の方向に足早に歩いた。ビルの陰で男女が絡み合っていたり、泥酔した男が路上に寝ていたりするが、背後をつけてくるものはなかった。

ゴールデン街はほとんどが店仕舞いしており、閑散としていた。花園一番街の右側に「バー・マルク」という看板が浮かんでいる。茶色いダウンを着た男が、コイン式駐車場の車の陰に立っていた。師範が雇った男だ。目で合図すると、男は周囲を見回しながら近寄って来た。

「甲州街道が混んでいたので遅くなった。すまないな」

龍哉が符牒を言うと、男は安心したようにヤニだらけの茶色い歯を見せた。

「じゃ、俺は電車で行くことにするよ」

これが運び屋の符牒だった。

「これを頼む」龍哉はコンビニの袋を渡した。

「なんだよ、これ。おにぎり運んで一万円かよ」

男は顔の左側だけで笑った。社会の底辺を這いつくばってきたような、荒んだ目をしていた。

「黙って運んでくれ。じゃあな」

「おい、危ねえものじゃねえよな。俺、闇サイトの仕事は初めてなんだ」

男は顔を卑屈に捻じ曲げた。

師範は運び屋を、インターネット上の闇サイトで探す。掲示板上で、「金になる仕事。簡単。短時間」などと謳《うた》って募集するのだ。互いに顔も合わすことなく、メールで金額交渉をし、運搬ルートと最終受け渡し場所を指定する。無論リスクを回避するためだ。万が一、運搬役が途中で逮捕されても、発注主の顔も名前も知らないのだから捜査の手が及ぶことはない。ただ、金に困って手っ取り早く裏社会の仕事で稼いでしまおうという輩《やから》が相手なので、金目のものなら持ち逃げされるリスクがある。これを防ぐために、どこかで監視している者がいるはずだ。

そのとき、靖国通りのほうからパトカーが入ってくるのが見えた。赤色灯をつけていないので、単なるパトロールだろう。

「危ないものじゃない。見ての通り、おにぎりの配達だ。ほら、パトカーが来たから、ゆっくり立ち去るんだ」

龍哉が男に手を挙げ、背中を向けた時のことだった。

「やべえ」背後で男が呟いて、走り出すのが分かった。

龍哉は振り向かずに、ゴールデン街の奥に向かって歩いた。パトカーがけたたましくサイレンを鳴らし、急加速した。

「おい、逃げるな。止まれ！」拡声器から警官の怒鳴り声が響いた。

心の中で舌打ちして、男とパトカーが走り去ったほうを覗く。男は行く手をパトカーに阻まれ、飛び出してきた二人の警官に取り囲まれていた。

「なんで逃げたんだ！」年配の警官が運び屋の耳元で怒鳴りつけた。

別の警官は男のボディチェックをして、所持品をあらためている。酔った野次馬たちが遠巻きになりゆきを見つめている。龍哉もその中に混じった。

運び屋に渡したコンビニの袋は、警官の足元に落ちている。おにぎりの白飯の中には、マイクロSDカードが埋め込まれている。無論、その中には瀬戸口のパソコンから盗んだファイルが入っている。これは危機的な状況だ。

龍哉は革ジャンの右ポケットからそっと取り出したものに、左手のライターで点火した。バ、バ、バ、バン。火薬音とともに、色とりどりの紙が弾けた。大量の爆竹だった。ここは歌舞伎町だ。すわ発砲か、と動転した野次馬たちが蜘蛛の子を散らすように駆け出し、警官が腰の拳銃に手を当てて身構えた。

その隙に、龍哉はすばやく駆け出すと、路上に落ちていたコンビニの袋を摑んだ。そして混乱する人だかりの中に飛び込んだ。袋の中の握り飯に指を突っ込んで、マイクロSDを取り出して、口に咥えた。

「何をやっている」

うしろから野太い声が聞こえ、革ジャンの首根っこを摑まれた。体を捻って腕を払おうとしたが、猛烈な握力を振りほどくことができなかった。

龍哉を捕まえたのは、警官ではなく、野次馬の中にいた野球帽の中年男だった。鍔《つば》の下に吊り上がった凶暴な目が光っている。

龍哉はその顔面に、右のストレートを見舞った。拳の下で男がにやりと笑った次の瞬間、腹に強烈な一撃を喰らった。

刑事が大きな欠伸《あくび》をした。またか。これで十五回目だ。新宿署の取調室に緊張感はまるでなかった。歌舞伎町では喧嘩など日常茶飯事だ。衆人環視の中での出来事だったので、連行せざるを得なかったというだけのことかもしれない。

だが、あの男を殴ったのは大失態だ。神奈川県警の事情聴取から逃れてから、二日が経っている。警視庁に手配が回ってきていれば、このまま傷害容疑で逮捕されるかもしれない。別件逮捕の材料を自らくれてやったようなものだ。

龍哉の胸には、不安が渦巻いているのだが、取り調べの二人の若い刑事たちは、時折つまらぬ冗談を言いながら、パソコンを叩いたり、メモを書いたりしている。

いったい今、何時だろう。刑事の腕時計は午前八時を指している。宿直の刑事が気付かなくても、上司が出勤して、机の上に置かれた手配書のような紙を見つけるかもしれない。

さまざまな想像が頭を駆け巡る。

そのとき、取調室の扉が開き、年配の刑事が顔を覗かせた。龍哉が身構えると、その刑事は事務的な口調で言った。

「倉本、釈放だ。被害者が被害届を撤回した。ま、感謝するんだな」

龍哉は救われた気分になり、机に額を擦りつけんばかりにお辞儀をした。

「ご迷惑おかけしました」

取り調べを担当した若い刑事はさっさと書類の後片付けをはじめた。

「おばあちゃんが身柄を引き受けに来ているぞ」年配の刑事が言った。

「え？　祖母が？」背筋が冷たくなった。

「いい大人が年寄りを心配させちゃだめだ。自分の口で説明しなさい」

刑事課の大部屋の片隅にあるソファに、師範が背中を丸めて座っていた。

「お婆様……」

龍哉が恐る恐る声をかけると、師範はかっと目を見開き、杖を突いて立ち上がった。

「あんた何やったんだ。この大馬鹿者が」

師範は杖を振り上げ、龍哉の頭を思い切り殴りつけた。その一撃に、不甲斐ない工作員への懲罰がこめられているのは、龍哉にしかわからなかった。

「人様を傷つけて！　就職前の大事なときに！」

杖での殴打は一回では飽き足らず、二回、三回と続いた。

年配の刑事が苦笑いしながら割って入った。

「お婆ちゃん。ちょっとした喧嘩ですから。お互いにたいした怪我もありませんし、お孫さんも反省していますからね」

「ほんとうに申し訳ございませんね。うちの馬鹿な孫が……。被害者の方にも謝りたいのですが、どちらに？」

師範は平身低頭だった。

「被害者の方はお帰りになりましたから」

「いえいえ、そんな訳には……。お名前と連絡先だけでも教えてくださいませんか？」

「連絡先を勝手にお知らせするわけにはいかないのですよ。お婆ちゃんのお気持ちだけでも伝えておきますよ」

「せめてお名前だけでも」

師範は食い下がった。何か目的があるなと、龍哉は察した。

「それも、先方に教えていいか、確認してからにさせてもらいます。さあ、龍哉君、預かった君の持ち物を返すから、一階の受付に行きなさい」

年配の刑事は困り顔を浮かべながら、年寄りを連れていくよう促した。

警察署の受付で、腕時計と煙草、現金三万円が入った財布を受けとった。その様子を見ていた師範は、龍哉をじろりと睨みつけると、さっさと先に出て行ってしまった。

杖を突く師範の後ろを三十メートルほどの距離をあけて歩いた。師範は西新宿の高層ホテルに入っていく。ロビーにはチェックアウトの客や待ち合わせの人々がいた。エレベーターホールで師範に追いついた。

上階行きのエレベーターには、龍哉たちのほかに五人が乗り込んだ。背広姿の若い男が二十五階、中年女が十九階、続いて入ってきた男二人がそれぞれ十一階と十三階のボタンを押した。

エレベーターが動き出したそのとき、師範が四階のボタンを押した。高速エレベーターはあっという間に四階に止まり、師範はするりと降りた。龍哉も後に続く。振り返ると、閉まる扉の隙間から、背広姿の白髪の男が階数ボタンを素早く押すのが見えた。

「尾行じゃ。消毒するぞ」師範が目を細めた。

四階のホールでは、見知らぬ若い男がエレベーターの扉を押さえて待っていた。

「ご苦労さん」

師範が乗り込むとき、すれ違いざまに男に折りたたんだ一万円札を渡すのが見えた。階数ボタンはすでに地下二階が点灯していた。

到着したのは駐車場の階だった。師範の後をついて歩くと、駐車場の突き当たりに、足立ナンバーの白い国産セダンが止まっている。運転席には、これまた知らない若い女がいて、二人が近づくとトランクを開けた。

「ちょっと待ってください」

龍哉は車の陰に入ると、喉に右手の指を二本突っ込んだ。

うげえっ。

吐瀉物《としゃぶつ》がコンクリの上に広がった。その中に、黒いプラスチック片が混じっていた。あの混乱の中で飲み込んだマイクロＳＤだった。

師範は眉をひそめて汚物を見ていたが、トランクによじ登って、狭いところに丸くなった。

「おまえも乗りなさい」

龍哉も中に潜り込むと、女がトランクを閉じ、暗闇になった。

見事な消毒作業だった。老いた不自由な体ながら、表情一つ変えず、あっという間に尾行を撒いた。さすが、「牡丹の花小隊」の元隊長だ。

「龍哉。おまえが殴った被害者は何者だ？」師範の声が聞こえた。

「わかりません。法律事務所に勤務する四十代の男ということだけしか教えてもらえませんでした」

「取調べは刑事だけか？　公安はいないだろうな」

「当直の刑事でした。私の身分に何の疑いも抱いていません。大丈夫です」

「じゃ、なぜ、尾行がついておるんじゃ！」師範が声を荒らげた。

「それは……」

「警察に預けたものをよく確認しろ。ちょっとでもおかしいと思ったら捨てろ」

「はい」

師範は公安の罠に嵌められて、身柄を拘束されたのではないかと疑っている。それを確かめるために、警察署に来て、刑事から被害者の連絡先を聞きだそうとしていたのだ。

「師範、これを……」龍哉は吐き出したマイクロＳＤカードをハンカチに包んで差し出した。

「なんだ。これは」

「アングリーバードを水仙の夫のパソコンに仕掛けました。パソコンのハードディスク内に保存されていたファイルです。我々に捜査の手が迫っています。それから……」

龍哉は言葉を飲み込んだ。

「それから、なんじゃ？」

「ファイルを分析した結果、工作組の中に密偵がいることがわかりました」

「密偵だと？」

「アツシが……アツシが敵に取り込まれています」

龍哉は心の迷いを吹っ切るように、最後は力を込めて言った。

「そうか」師範はこういったきり暗闇で押し黙った。やがて大きく息を吐いた。

「……処刑しろ。痕跡を残すな」

死刑を宣告するように、厳かな響きがあった。

わずかに芽生えていた龍哉の達成感は、深い罪悪感へと変わっていった。


千切ったパン屑を水面に落とすと、水鳥たちが先を争って食べ始めた。筒見は拳ほどのパンの塊を高く放り投げた。急降下してきたカモメが赤い嘴《くちばし》で見事にキャッチし、飛び去って行った。獲物をせしめたカモメをカラスの群れが追う。観念したカモメは咥えていたパンを落とした。パンの塊は水面に落ち、カラスたちは急降下していった。

次の瞬間、「がぼっ」と音がしてパンの塊が消えた。黒光りした頭が水面から見えた。

「不忍池《しのばずのいけ》で巨大化した鯉です。ブラックバスやティラピアのような外来魚が増えていますが、鯉は生き延びています。それどころか増え続けています」

岩城が両手にコーヒーを持って、うしろに立っていた。銀縁眼鏡の奥の小さな眼は、静かな池面を見ている。

「この黒い水の底で、鯉は獰猛な外来魚たちと生存競争を繰り広げているというわけか」

「この国と同じですよ。誰も熾烈な戦いの真相を知りません」

岩城は同意を求めるように筒見を見た。

「真実は俺たちが知っていればいい」筒見は右の口角を持ち上げた。「……そういえば、岩城は外《ソト》二《ニ》に来る前は上野署にいたんだな」

コーヒーを受け取って、筒見はベンチに座った。

「外事係のころ、よくここで昼食をとっていました。よく中国の機関員が利用していたのです。あそこのベンチです」

岩城は池を横切った先にあるベンチを指した。

二十年前、岩城は初めて外事二課に異動してきた。上野署の外事係で中国の非公然機関員と東京大学工学部の助手の接触を一年間も記録し続けたことが評価されたのだ。無口で、辛抱強く、目立たないが、国家への忠誠心が強い。岩城はスパイハンティングに向いていた。

「マルさんに聞きました。七海ちゃん、何か手掛かりは……」

筒見は首を振った。「倉本の捜査は進んでいるのか?」

岩城は困ったような笑いを浮かべた。

「今日はすべてお話しします。この事件の捜査の端緒は、本物の倉本雅恵が五月に保護されたことだったのです」

「本人が出て来たのか……」筒見が呟いた。

「浅草駅前交番です。認知症の症状があったので当初は相手にされていませんでした。でも会話の断片に出てくる情景が三重県志摩市と一致するものですから、捜査に着手しました」

「なぜ、俺にこの話をする気になった？」

「先日、交番で応対した女警に当時の状況を再聴取したら、妙なことを言うのです」

「妙なこと？」

「倉本雅恵を交番に連れて来た男が、ダッカで殺された神林貞夫とよく似ているというのです」

「神林が？」筒見の眼に力が籠もった。

「若い女警なのですが、芸能人のことをあまり知らないらしくて、そのときには気づかなかったそうです。でもダッカの事件のことがテレビで繰り返し報じられているのを見て、気付いたということです。私が神林の写真で面割りしたので、間違いありません。……もしかして、七海ちゃんの失踪には、神林殺害事件と倉本雅恵背乗《はいの》り事件が絡んでいるのではありませんか？」

筒見は黙って頷くと、コーヒーを一口啜った。

「外二は背乗りの捜査を続けろ」

「警察庁から捜査中止命令が出ました。志摩市に何度も部下を派遣して、保護された倉本雅恵の写真で面割りをしたのですが、一番よく知っているはずの人物が別人だというのです。本人性の裏付けが難航したのが原因です」

「一番よく知っている人物？　誰のことだ」

「倉本家と親しかったキミジマパールの君島社長です。真珠養殖組合の同業者たちも異口同音で、覆《くつがえ》すことができませんでした」

「口裏合わせだ。君島は三十年前、真珠の発色技術を倉本母娘から盗んでいる。キミジマパールが受注した東京五輪の記念ブローチは、倉本家の技術が使われている。だから、この問題が発覚しないように君島は同業者に圧力をかけているんだ」

「技術盗用ですか。でも、それだけじゃありません。もっと大きなことを隠蔽しようとしています。君島と長嶋総理が高校の同級生なのはご存知ですか？」

岩城は池の鴨を見つめたまま言った。

「総理と？」

「これはチヨダで機密扱いにされている情報ですが、長嶋総理は五十年前、大学時代に名古屋のホステスに子供を産ませています。女の子だったそうですが、その後処理をしたのが、キミジマパールの先代でした。長嶋総理の父親・武治《たけはる》は当時、農水大臣でした。これは五年前にチヨダが裏付けた事実です」

岩城は声を低くして言った。

「チヨダ」とは、警察庁警備局警備企画課指導係。全国公安警察の協力者獲得工作と、そこから得た情報を管理している秘密部署だ。その情報は精査され、確度は高い。

「背乗りが事件化して本物の倉本雅恵の存在に光が当たれば、隠し子問題が明らかになる。長嶋家と君島家との黒い関係が表沙汰になれば、東京五輪の記念品の選定経緯にも疑義が出る。だから長嶋官邸が捜査に圧力をかけた……」

筒見は呟いた。

「はい。それにこの背乗り事件を担当している警察庁の担当者は、あの瀬戸口顕一の弟です。十年前のスパイ事件の捜査に関わった私も目の敵にされている。官邸の圧力以前の、実に感情的な問題も混在している。とても複雑ですよ」

岩城の言葉は、諦念《ていねん》に満ちていた。

「岩城、忘れるな。事実がすべてだ。政治ではなく、事実がすべてに勝る」

「はい。倉本雅恵と龍哉をこの半年間、行動確認してきましたが、普通の市民生活を送っています。北朝鮮との繋がりは一切見えてきません。非合法活動の一端でも見えれば、糸口は開けるのですが……。本当に残念です」

「このままじゃ北の工作員は野放しか。公安警察も堕《お》ちたものだな」

筒見は立ち上がると、軽く手を挙げて歩き始めた。

「真実を突き止めるのは筒見さんたちしかいません。私は側面支援します。何でもお申し付けください」

岩城が言うと、筒見は背を向けたまま立ち止まった。

「では、ひとつ教えてくれ。本物の倉本雅恵はいまどこにいる」

「台東区の老人ホーム『駒形清花園《こまがたせいかえん》』にいます。身元不明老人として、『浅草花子《あさくさはなこ》』という名前で入所しています」

「そうか、ありがとう」筒見は再び手を挙げると、岩城の前から姿を消した。


ＪＲ上野駅から御徒町《おかちまち》駅に向かう線路の高架下は、入り組んだ商店街を形成している。アメヤ横丁、通称「アメ横」だ。ここには多国籍食品や靴、服、宝飾品などの店が不規則にひしめいており、どことなくダッカのバザールを想起させる光景だった。

筒見は複雑怪奇な細い路地を右へ左へとジグザグに歩き続けた。その一角は閉店した店が並ぶシャッター街だった。

〈高架工事のため一時閉店します〉

こう書かれた紙が貼られたシャッターが、膝の高さまで開いていた。筒見はその下をくぐって、真っ暗な店内に足を踏み入れた。古着独特の饐《す》えた臭いに満ちている。

眼が慣れてくると、暗闇の中に人影がぼんやり浮かび上がった。

「倉本雅恵の所在は分かったのか？」低い声が響いた。

筒見は反応を示さなかった。

「倉本雅恵はどこだ？　昔の部下から聞きだしたのだろう？」

乾いた金属音とともに、ジッポーの小さな炎が灯った。煙草を咥えた坂東篤志の顔が橙《だいだい》色に照らされた。刃のような視線が紫煙の向こうから筒見に据えられている。

「……居場所は分からないそうだ」

筒見が低い声で言うと、残忍な薄笑いを浮かべた。

「それがお前の結論か」

坂東は歪んだ嘲笑を貼り付けたまま、携帯電話の画面を翳《かざ》した。画面の中に再び、目隠しをされた少女が映し出された。紛れもなく七海だった。

「いま、スカイプで繫がっているぜ。話をしたらどうだ？」

眼前に携帯電話が突き付けられた。画面の中で、七海が顔をあげた。

〈お父さん？　……私のことが見えてる？〉

スピーカーから聞こえる七海の声が震えていた。

筒見は口を動かしたが、言葉を発することが出来なかった。父を呼び続けるか細い声が喉を締め付けている。

携帯電話の映像は、七海から離れ、床に置かれた黒いまな板のようなものを映し出した。紙の裁断機だ。大きな刃の把手に体重を乗せ、分厚い紙の束を切断するものだ。

その裁断機の台に、華奢な右手が押し付けられた。携帯電話から、耳を裂く悲鳴が響いた。

「何をする……」筒見の全身が沸騰した。

「いまから指を一本ずつ切り落とす。両手の指がなくなったら、生きたまま池に沈めてやる。おまえの長男と同じようにな」

「やめろ」

筒見は声を振り絞った。こめかみの血管が脈打ち、全身の産毛が逆立っていた。

「もっと大きな声で言え。聞こえねえぞ」坂東が叫んだ。

画面が激しく揺れ、救いを求める悲鳴が筒見の胸を掻き乱した。

「止めてくれ。ひとつ情報を提供する」筒見は叫んだ。

すると坂東の携帯の画面が、ぷつっと音を立てて黒みになった。喘ぐような筒見の息遣いだけが暗闇に響いた。

「いいか、お前は俺の家畜だ。意志も、信念も、誇りも、すべて捨てて、従順になるんだ」

坂東が尖った歯を見せた。悪鬼のような形相だった。


メルセデスベンツS500の車内は、重い沈黙に包まれていた。鴨居は運転席で、丸岡は助手席で、タブレットの地図画面を食い入るように見つめている。

後部座席の筒見はといえば、窓枠に頰杖をついて、橙色に輝く東京タワーを薄ぼんやりと見あげていた。

「倉本が動き始めました」午後九時、助手席の丸岡が呟いた。

「ああ……」筒見はわずかに視線を動かしたが、再び窓の外に視線を戻した。

タブレットの地図上で点滅する赤いドットは、倉本龍哉のGPS信号の現在地を示している。それによると龍哉は北千住の駅前からゆっくりと移動を開始している。もどかしいほどの徒歩のスピードだ。しばらく国道四号を南下すると、脇道に逸《そ》れ、隅田川の河川敷に留まった。

「こんなとこで何やってんだ?」鴨居が地図を拡大しながら呟いた。

一時間ほどすると、赤い点滅は近くのコンビニに移動した。

「ん？　速度が上がりました。南下してきます」

丸岡の声に、筒見の意識がようやく現実世界に戻った。

龍哉が突然、猛スピードで南下を始めた。途中、入谷《いりや》から清洲橋《きよすばし》通りに入り、昭和通りに合流した。

「これは車に乗ったな。かなり急いでいる。カモちゃん、銀座方面に向かってくれ。待ち受けよう」

「了解っす」鴨居がメルセデスを発進させた。

新宿歌舞伎町での倉本龍哉の現行犯逮捕は仕組まれたものだった。あのとき龍哉に殴られたのは鴨居だった。新宿警察署の刑事課長は、鴨居のマル暴刑事時代の後輩で、預かっていた龍哉の私物に、二時間だけという条件付きで、触れることを許可してくれたのだ。

プリペイド式携帯電話、煙草、腕時計、財布。丸岡がそこにいくつかの細工をした。狙いを定めていたのが龍哉の腕時計だ。かつて協力者だった中国人時計師を呼び、中のクオーツムーブメントをそっくりそのまま入れ替えた。新しいクオーツには、ＦＢＩの研究機関が試験中の、一円玉ほどの大きさのＧＰＳが仕込まれている。

北朝鮮工作員を物理的に尾行すれば、あっという間に気付かれる。だからＧＰＳによって地図画面上で龍哉の行動の軌跡を追えば、七海の居所が分かるはずだ。

これは丸岡の発案だった。

「ＧＰＳに電気を食われますから、クオーツの電池の消耗は早くなります。電池が切れて倉本が時計屋に修理に持ち込めば、ＧＰＳの存在がばれてしまいます。それまでが勝負です。係長、我々の本領発揮はこれからです。十年前のことは絶対に繰り返しません」

丸岡が珍しくその言葉に力を籠めると、ハンドルを握る鴨居も大声をあげた。

「そうっすよ、アニキ。なにせ、俺たちは外二《ソトニ》史上最強の裏作業班だったんですからね」

「そうだな……」筒見は窓の外を見たまま生返事をした。

「近づいてきたぞ。カモちゃん、昭和通りに入ってくれ」

タブレットの地図を見つめながら、丸岡が叫ぶ。

鴨居が急ハンドルを切った。後輪のタイヤが鳴る。白いメルセデスS500が迫ると、前を走る車が面白いように飛びのいていく。

地図上で点滅する赤いドットとの距離は徐々に狭まっている。

「車の流れより速い。様子が変です。直近追尾に切り替えます」

丸岡が振り向いたが、筒見は流れてゆく景色を眺めているだけだった。メルセデスは東銀座あたりでUターンして、鼻先を品川方面に向けた。

「よし、先回りできた。うしろから抜かしてくるぞ」

丸岡が画面を見つめながら言ったとき、甲高い排気音とともに、黒い中型バイクが追い抜いていった。

「あれだ。バイクだったのか」鴨居がアクセルを踏んだ。

黒革のつなぎ、フルフェイスヘルメットをかぶったライダーはその体形から男であることしかわからない。バイクは海岸通りに入り、品川方面に向かっている。

「カモ、前に立ちふさがって止めろ」筒見が初めて口を開いた。

「了解」メルセデスのエンジンが唸り声を上げた。

「係長、いいのですか？」

丸岡が驚いたように振り返ったが、筒見は軽く頷いただけだった。

メルセデスが時速百十キロでバイクの横に並んだ。鴨居が床までアクセルを踏み込んで追い抜くと、ハンドルを切りながら急ブレーキを踏んだ。メルセデスはバイクの目の前でドリフト状態のまま横滑りした。そして百八十度回転して停止した。バイクは激突寸前で止まった。

車を降りると、白煙と焼けたゴムの臭いが立ち込めていた。筒見はライダーに駆け寄り、フルフェイスヘルメットの顎の部分を摑んで強引に引きはがした。

別人だ。倉本龍哉ではない。茶髪で狐眼の男。その顔は血の気を失っていた。

「危ねえよ。こ、殺す気かよ」男の声は震えていた。

「時計を出せ」

筒見は男の左腕を摑んだ。手首に革バンドの時計が巻かれていた。

「誰に頼まれた」

「千住大橋のコンビニで声をかけられて、一万円で頼まれたんすよ。品川埠頭に行ってこの時計を海に放り込めと。終わってから、もとのコンビニに戻ってくれれば、あと一万円やるって。見たこともない女ですよ」

「女……。そうか。驚かせてすまなかったな。約束通り、品川埠頭に運んでくれ」

筒見はヘルメットを男の頭に被せ、肩を叩いた。

バイクの音が彼方に遠ざかった。

「くそっ！　なぜ気付《ッ》かれたんだ」鴨居がガードレールを蹴飛ばした。

「こんなに早くヅかれるとは想定外です。倉本たちが我々の動きを何らかの手段で察知したのかもしれません」

丸岡が視界の端で、筒見を見たような気がした。

龍哉が北千住駅近くのラーメン屋に入ったのは、午後九時前だった。カプセルホテルに潜伏したまま一歩も外出しなかったので、四日ぶりの食事だった。

店に入ると先客にすばやく視線を走らせた。餃子《ギョーザ》をつまみにビールを飲む者、ラーメンのどんぶりにしがみつくように啜る者。店は七割の客の入りだ。

龍哉は券売機で買った醬油とんこつのチケットをカウンターに置いて座った。注文の品が出てきた後も、龍哉はじっとラーメンを見つめていた。麵は絡み合い、半濁のスープに沈んでいる。動物臭さに食欲が失せた。箸もつけずに席を立った。

冷たい風が頰を撫でる。あてもなく歩くうちに隅田川の河川敷に出た。ゆったりとながれる川面がオレンジ色の街灯を映していた。

一時間くらい経っただろうか。甲高いブレーキ音を立てながら、目の前に自転車が止まった。中学生くらいの少年だ。午後十時半。こんな時間に何をやっているのだ。

「甲州街道が混んでいたので遅くなった」

少年がぶっきらぼうに呟いた。

また、工作組が伝令に託す符牒だ。龍哉は虚を突かれ、ぎこちなく返した。

「俺は電車で行くことにする」

「伝言です。腕時計を捨てろ。遠くに捨てろ。以上です」

少年は自転車に跨《また》がり、暗い夜道に消えて行った。

龍哉は左手首の腕時計を街灯の光にあてた。金メッキが施された、黒革ベルトの時計。金日成総合大学に合格が決まった日、両親にプレゼントしてもらって以来、十二年間、肌身離さず身に着けてきた思い出の品だ。

腕時計を外し、ズボンのポケットに突っ込んだ。

河川敷から道路に出たとき、目の前に古いラングラージープがとまった。

「龍哉君、乗って！」女が運転席の窓から叫んだ。

「あ……」

坂本楓だった。

走って逃げることもできた。なぜそうしなかったのかは、自分でもよくわからない。実際に話して真相を確かめたいという気持ちのほうが大きかったのだろう。言われるがまま、助手席に乗り込んだ。

ジープが唸りをあげて急発進した。

「楓さん……。なぜここに？」

龍哉はハンドルを握る女に聞いた。

「今はあなたを助けている。それでいいでしょ」楓は前を見たままだった。

「君は、いったい誰だ。公安なのか？」

龍哉の問いを、楓は強い視線で跳ね返した。

「想像に任せる。嫌だったら降りて」

アツシに見せられた卒業アルバムを思い出した。目の前の楓は、耳の形も、目、眉、すべての部品が別物だ。やはりアツシの言うとおりなのか。

「河川敷で何をしていたの？　話していた子は誰？」

「知らない子だ。この時計を捨てろ、って言われたんだ」

龍哉はポケットから腕時計を出した。

「見せて」楓は車を走らせながら、奪うように時計をとった。

「遠くに捨てろって、訳が分かんないよ」

楓が急ハンドルを切って、コンビニの駐車場にジープを突っ込んだ。

「ここで待ってて」

楓はドアを叩きつけるように閉めると、コンビニの前で缶コーヒーを飲んでいるバイクの男に駆け寄っていった。

龍哉は車の中から、その光景を呆然と眺めているだけだった。俺はなぜ、彼女を拒絶しなかったのだろう。蛇蝎《だかつ》のごとく憎むべき、公安の女密偵だというのに。なぜか楓の顔を見た瞬間、抱擁された気持ちになり、尖りきった心がゆっくりと溶けていった。

楓は五分ほどで戻ってきて、ジープを発進させた。互いに無言だった。

首都高速に乗ったところで、楓がバックミラーを見ながら言った。

「うしろにある私のバッグから財布だけ出して……」

龍哉は後部座席にある、黒いトートバッグを手に取った。中には携帯電話や化粧道具、小型無線機などが入っている。言われた通り、赤い財布を取り出した。

すると、楓はボタンを押して助手席の窓を開けた。冷たい風が車内で暴れた。

「バッグを捨てて」

「えっ？」

「いいから、捨てて」楓は叫んだ。

龍哉は勢いに押されるように、高速道路上にバッグを投げ捨てた。助手席の窓が閉まった。

「なんだよ、一体」

「あの時計にはGPSが仕掛けられていたのよ。こういう時には複数の装置を仕掛けられている。私にもその危険があるわ」

「俺の部屋に盗聴器が仕掛けられていた。公安がやったのか」

新宿警察署から釈放された後、師範から「預けたものを確認しろ」と言われたことを思い出した。腕時計に細工をされたとしたら、あの時しかない。ということは、さっきの中学生は師範の伝令だったのだ。

「私と一緒に逃げようよ」楓の言葉に、胸がざわめいた。

「そんなわけにはいかない。俺にはやらなきゃいけないことがあるんだ」

逆賊のアッシの居所を突き止め、七海を解放させなければならない。

最後はこの手でアッシを――。師範の指令が重く心にのしかかった。楓の誘惑がなくても、既に逃げ出したい気持ちでいっぱいなのだ。

「すべてを捨てなきゃダメ。殺されるわ」

「誰に殺されるんだよ」

「龍哉君は何もわかってない。三月に、あなたが函館の神林貞夫の家を訪ねて以降、いろんなものが動き出したのよ。あのときボタンが掛け違ったの。私は龍哉君をずっと見守っていた。だから分かるのよ」

なぜ、函館の神林宅を訪ねたことを知っているんだ。まさか、これまでずっと尾行されていたのか。そういえば、平壌から戻って京都で消毒作業をしていた時、楓から電話があった。あの時、鴨川沿いのレストランを紹介したのも、所在を摑むためだったに違いない。

龍哉は自分の太腿を摑んで両足の震えを押さえつけた。

車は箱崎ジャンクションを通過していた。

「本当に一緒に逃げてくれるのか？」龍哉は楓の横顔を見つめた。

「うん。あなたは生きなきゃいけないわ」

楓はハンドルを握ったまま、龍哉に柔らかい笑顔を向けた。

「分かった。じゃあ、高速出口で降ろしてくれ。けじめをつけて、すべてを終わりにする」

龍哉が強い口調で言うと、ジープは神田橋出口を降りた。

龍哉はニット帽を目深にかぶり、新宿通りから裏通りに入った。角を曲がるたびに、背後を振り返る。ブロックを三つほどぐるぐると回って、靖国通りの車道に出た。これを渡れば歌舞伎町に到着する。神田橋から一時間半、念入りに消毒しながら、ここまで歩いてやってきた。いくら技術を使っても不安は消えない。無数の黒い視線が全身を這い回っているようだった。

靖国通りは車が猛スピードで行き交っていた。走ってきたタクシーに向かって手を挙げた。タクシーがハザードランプを点滅させてスピードを落とした瞬間、龍哉は車道を反対側に向けて突っ走った。急ブレーキとクラクションの音が交錯する。中央分離帯を飛び越え、無事渡り終えた。

歌舞伎町ゴジラロードの和光ビルに入ったのは、午前一時過ぎのことだった。安全を知らせる香の匂いを確認したあと、二つの生体認証で解錠し、ようやく〈金剛山《クムガムサン》〉に入った。管理人室からは相変わらずテレビの大音量が漏れてきている。観客の笑い声が聞こえるので、コント番組でも見ているのだろう。

龍哉が小窓をノックすると、がらりと窓が開き、管理人が万事承知とばかりにテンキーを差し出した。十二桁の暗証番号を打ち込むと、床の鍵が解除された。床下から鉛色の箱を取り出し、蓋を開けた。手入れの行き届いた銃器が鈍く光っている。前回見たときは三挺だった拳銃が一つ減っていた。

龍哉は銃身が一番短いグロック19を手に取ると、マガジンに9ミリ弾を十七個装塡し、ズボンの腰に突っ込んだ。そして百万円の札束を革ジャンの内ポケットに入れた。

次に箱からステンレスの筆箱のようなケースを取り出した。中には銀色のペンと、替えのカートリッジが並んでいる。龍哉はペンの尻を捻って外すと、中に透明の液体が入ったカートリッジを差し込んだ。ペンのキャップを外し、光にかざす。ペン先からは一センチほどの針が突き出ており、カートリッジには、神経毒テトロドトキシンが入っている。

「遂にやる気になったのか」管理人が窓の隙間から言った。「……ひとつ教えてやろう。アツシは必ずある場所にやってくる。そこで待っていればいい。死体の処理は任せなさい。ただ、それが誰の死体になるかは、お前さん次第だ」

不気味なことを言って、管理人は手書きの地図を差し出した。


午前二時、筒見は下北沢の代沢ハイツ三階の廊下にいた。龍哉の部屋は電気が灯《つ》いたままだった。イヤホンを入れて、目を閉じた。龍哉が新宿署で取り調べを受けていた間に、鴨居が室内に侵入して盗聴器を仕掛けたのだが、室内からはテレビの音しか聞こえてこない。生活感を残したまま行方をくらますのは、追われる者の常套手段でもあった。

筒見はその手前の部屋、三十三号室の扉の前にしゃがんだ。古いタイプのディンプル錠だ。テンションを鍵穴に入れ、反時計回りに押しながら、ピックを水平に挿入した。指先でピックを回しながら前後に動かすと、ものの三十秒で開錠できた。

ドアをゆっくり引いた。女の匂い。１ＬＤＫの室内は静まり返っている。靴にビニルカバーをかぶせて、ペンライトで照らしながら、足を踏み入れた。

ライトの光をゆっくりと動かす。机の右袖の引き出しに反射するものがあった。顔を近づける。光っていたのはセロハンテープだ。

眼を凝らすと、長い髪の毛が引き出しを跨ぐ形で貼り付けられている。侵入者が開けたことが分かるようにする初歩的なトラップだった。

手術用手袋の指先で、テープを丁寧に剝がし、引き出しをそっと開けた。一段目はペンや消しゴム、修正液などの文具類、二段目にはセールの案内や公共料金の請求書、領収書がゴムで束ねてあった。一番大きな三段目には、ケーブルやプリンターのインクなどパソコンの周辺機器が入っている。パソコンの本体は見当たらないが、外付けハードディスクがあった。筒見は持ってきたパソコンにつないでみたが、中は空だった。

机の上に一眼レフカメラがあった。ニコン製の高級機、ずっしり重いプロ仕様のものだ。電源を入れ、再生ボタンを押した。

「これは……」言葉がこぼれた。

モニターに表示されたのは、夜、撮影された写真だった。感度を上げて撮っているが、鮮明な写真だった。

日付は〈二〇一七年六月一日〉とある。

黒いミニバンの前に、男が立っている。坂東篤志だ。険しい視線をカメラのほうに向けている。

次の写真は、同じミニバンから降りてくる老婆。倉本雅恵だ。杖を突き、坂東に支えられながら脚を伸ばしている。車の中に黒い人影が見えるのだが、顔の判別はできない。

三枚目は、撮影者の前を走り去る黒いミニバン。テールライトの形状からすると、トヨタのアルファード。ナンバーがくっきりと写っていた。

〈品川３３５　○×―△□〉

次の写真は、室内を撮影したものだ。この部屋の台所のほうを写している。

試し撮りか――。

この写真が最後だった。

カメラの電源を切ろうとしたとき、手が止まった。台所のほうにペンライトを向けた。銀色の大きな冷蔵庫。もう一度、最後の写真を見た。冷蔵庫に何かを書いた紙が貼りつけてある。「+」ボタンを押して、紙の部分を拡大した。

〈筒見慶太郎殿　獅子身中の虫を探せば、暗闇に一縷《いちる》の光が射す〉

大きく息を吸い、空気を丹田のあたりに溜めた。カメラの電源を切って、指先ほどのSDカードを取り出した。右足のブーツの紐を解き、ベロを引っ張り出した。表革と内貼りの縫い目を予《あらかじ》め解《ほど》いてあり、そこにカードを差し込んだ。机の引き出しに貼り付けてあった髪の毛を元通りに戻すと、音もなく、滑るように部屋を出た。

代沢ハイツの玄関を出て、携帯電話を操作しながら速足で歩いた。

〈岩城です。どうされました?〉岩城は寝ぼけ声だった。

「こんな時間にすまない。至急、ナンバー照会を頼む」

写真にあったアルファードのナンバーを伝えた。電話を切り、住宅街を二十分ほどジグザグに歩きながら、尾行者の有無を点検した。

大通り沿いに止めたミニクーパーに乗り込んだ時、携帯が鳴った。受話口から漏れてくる岩城の呼吸で、想定外の答えを予期した。

〈先ほどのナンバー、首相官邸の公用車です。現在使っているのは……〉

背中に風圧を感じた瞬間、猛烈な衝撃があった。

何だ——。

車ごと宙に舞っていた。上下が逆転し、二度目の衝撃を全身に受けた。首が曲がり、ガラス片が降り注いだ。

黒い服を着た男がこちらを見下ろしている。その両眼は金属質な冷たい光を放っていた。

既視感があった。

そう。ダッカのボスティ、あの線路上で見たものと同じだ。

「腕時計のＧＰＳの件では、仲間が助かったぜ。次の回答をもらいに来た」

坂東篤志が抑揚なく言った。

これは現実なのだろうか。自分が冷たいアスファルトに仰向けに寝ていることだけは分かった。

体が動かない。

「あ……」口を動かしたが、言葉は出てこなかった。

サバイバルナイフの先が右目に近づいた。

「倉本雅恵はどこにいる。俺があんたの眼を抉《えぐ》ると同時に、俺の仲間が娘にも同じことをする。片目で実況中継を見るか？」

目の前に、携帯電話の画面が差し出された。そこには泣き顔の七海がいた。

「な、七海……」声を振り絞った。

〈お父さん、頭から血が……〉七海が震えている。

「大丈夫だ」呻き声しか出ない。

坂東は白い歯を見せた。そしてサバイバルナイフの刃先を筒見の右眼の下に強く刺した。

〈やめて！〉七海の叫び声が聞こえた。

鋭い痛み。ごりっと骨に当たり、生温かい血が流れるのが分かった。

「ぐ……」

刃先は肉を切り裂きながら、ゆっくり横に右耳のあたりまで移動した。目の前の青年の瞳は憎悪を映していない。ガラスの作り物のような眼球だった。

「ラストチャンスだ。倉本雅恵はどこだ」

がらんどうのような黒い瞳が、こちらを見据えている。

「台東区……。駒形清花園……」

言い終わると、同時に坂東が視界から消えた。

救急車の音が遠くに聞こえ、眼前に赤黒い幕が下りていった。


白壁を無数の蟻がせわしなく這っている。統率の取れない集団は、餌を求めて右往左往している。蟻たちは湧いて出るように数が増えていき、視界を埋め尽くした。

ここはどこだ——。

手を伸ばした。手が傷だらけじゃないか。

眼球を覆う霞が晴れていくと、蟻だと思ったものは、天井に規則正しく開いた小さな穴だと分かった。視界の隅で、どんよりとした雨雲が流れている。

身を起こそうとすると、四十代くらいの白衣を着た女が立っていた。左腕に点滴の管がつながっている。

「お目覚めですか。頭痛や吐き気は？」

筒見はこの女が医師であることに気付いた。

「ああ、大丈夫だ」

女医はペンライトを筒見の両眼の瞳孔に当てた。

「舌の痺れはないですか？」

首を横に振ろうとしたが、動かなかった。下顎から肩までプラスチック製の大きなコルセットが装着されていた。

「……ない」

「お名前をおっしゃってください」

「ここは……」

「名前を言えますか？」まるで老人に聞くような話し方だった。

「ああ、筒見慶太郎だ。ここは？」

「北沢総合病院です。あなたは、世田谷の淡島通りで大型トラックに追突されて、今朝四時にここに救急搬送されてきました。頭の硬膜外に血腫の疑いがあります。時間が経ってから出血が広がることもあるので経過観察します。それから肋骨が二本折れています。胸をハンドルにぶつけたようですが、肺に異常はありません」

筒見は右目の下を触った。分厚いガーゼがあてられている。

「眼の下は十二針縫いました。鋭利な刃物で切ったような、かなり深い傷です。ガラスか何かで切ったのでしょう」

女医は午後一時からMRIの再検査を行い、結果が出るまで退院時期は分からないと言った。

「ぶつかってきたトラックの運転手について何か聞いていますか？」

筒見は無駄を承知で、女医に尋ねた。

「詳しくは警察の方から説明があると思いますが、トラックは環状七号に乗り捨てられていたと言っていました。盗まれたものだったようです。運転手はたぶん捕まってないと……本当に物騒な話です」

「持ち物はどこに……」

「ここです」女医はベッド脇の籠を指した。「コートに財布、携帯、時計と……あとはこのブレスレットくらいしかありませんけど」

神林からもらった桜色の真珠のブレスレットだ。神林は「幸運を呼ぶ龍の涙」と言っていたが、災厄しか招いていないではないか。しかし、十三個の真珠は上品な輝きとともにその存在を主張していた。

「鞄とパソコンは？」

「届いていません」

「靴はどこに？」

「こちらにあります。ただ、こんな状態に」

女医が床から持ち上げた茶色いマウンテンブーツを見て、心の中で舌打ちした。表革が無残に、切り裂かれている。手に取って感触を確かめた。

坂本楓のカメラから抜き取り、ブーツのベロの表革と内張りの間に差し込んだはずのSDカードがない――。

「誰がこれを……」

「先ほどいらした刑事さんです。二人がかりで、ナイフで切っていました」

「切った？　彼らの所属は？」

「警察手帳は見ましたが、名刺はくれませんでした。世田谷署ではなく、本部からいらした方のようでした。刑事さんは、筒見さんを警察のほうに連れて行って話を聞きたいと言っています。医師としては、許可できないと伝えていますが、かなり強引で……。とりあえずお引き取り頂きましたが、夕方にまた来ると言っていました」

女医は苦笑を浮かべた。

瀬戸口が指揮する公安部の追及部隊だ。ついに所在を特定されてしまったのだ。意識を失っているうちに、携帯電話の履歴も見られている。だとすると、最後に電話で話した岩城に追及の手が及ぶことになる。

「先生、申し訳ないが、携帯を貸してくれませんか？」筒見は言った。

「え？ 私のですか。筒見さんの携帯はここに」女医は籠を指した。

「早く」

女医は困惑の表情を浮かべながら、白衣のポケットから携帯を出した。

筒見は記憶していた岩城の携帯番号を押した。

〈はい……〉低い声だった。

「低気圧が来ている。傘を持って出かけたほうがいい」

咄嗟《とっさ》に口から出た言葉だった。

〈こちらは雨が降り始めています。思ったより強い低気圧です〉

「駒形の宴会を忘れるなよ」

〈ずっと会議が続いていて、宴会には行けそうもありません。雪に変わりそうですから、風邪をひかないよう気を付けてください〉

岩城はこう言って、一方的に電話を切った。

これはかつての四係の暗号だった。「低気圧」は危機的状況を指す。「曇」「雨」「雪」とリスク度は上がっていく。だが、時すでに遅し、である。警察官がナンバープレートから車の所有者を割り出す際には照会センターに電話をかけ、所属と名前、職員番号を伝えなければならない。その照会履歴を摑まれ、岩城は事情聴取を受けているのだ。

やはり、強大な力が公安警察を動かしている。

筒見は目を閉じた。ブーツから奪われたSDカードの画像には、ニセ倉本雅恵と坂東篤志が首相官邸の何者かと会っている姿が映し出されていた。暗闇での極秘接触だ。

坂本楓はあの画像で、どんな真相を筒見に伝えようとしていたのだろうか。

囚われた七海の姿が頭をよぎり、暗澹《あんたん》たるものが胸に広がっていった。爆発しそうな焦燥を覚えながら、筒見は起き上がった。首に装着されていたコルセットを外して、床に放り投げた。


隅田川沿いにある『駒形清花園』は四階建ての特別養護老人ホームだ。新しい建物の周囲は塀で囲まれ、玄関脇に防犯カメラを備えた事務室がある。受付には若い男女が二名座っていて、入居者の家族はここでバッジを受け取って館内に入り、談話室や食堂で面会するシステムになっている。

食材、飲料水、オムツの配送など様々な業者が出入りしている。大抵は昼頃までにやってくるが、リネンサービスのトラックは、毎日午後三時半から四時過ぎに到着する。若い配送員はトラックを玄関前に止め、洗濯されたシーツやタオルが入ったプラスチックコンテナを台車で下ろす。

この日は、午後三時三十五分、リネン業者のトラックが敷地内に入るのと入れ替わりに、その老婆は玄関を出てきた。

龍哉は園の前の幹線道路に停めた車の中から老婆の姿を眼で追った。

近くの公園への散歩の時間だ。老婆はヘルパーの手を借りず、杖を突きながらゆっくりと歩を進める。真っ白な髪、鰹節《かつおぶし》のような色をした顔に深い皺が放射状に広がる。それはまるで、人生の労苦を刻んでいるかのようだった。

倉本雅恵。

老婆は半年前のある日、浅草駅前の交番に現れ、こう名乗ったそうだ。

彼女の出現は、工作組にとっては、いかにも不都合なことだった。「倉本雅恵」は師範が背乗りしている身分だからだ。工作員が背乗りする日本人の身分は、偵察総局による厳重な審査のうえ、複数の候補から選択される。捜索願が出されることのない、天涯孤独の日本人で、北朝鮮に拉致された者、もしくは工作員によって殺害された者の身分が選ばれる。したがって、本物を名乗る者が現れることなど、共和国の工作史上あり得なかった。だが、その悪夢が現実になっている。

祖母が偽物となれば、当然、孫である龍哉も本人性を疑われることになる。だからこそ、公安は龍哉の腕時計にGPSを仕掛け、自宅に隠しカメラや盗聴器を仕掛けたのだ。

つまり、この老婆のおかげで龍哉自身も危機的状況にあるというわけだ。

龍哉は車を降りた。

中年男のヘルパーに連れられた老婆は、よちよちと公園に入って行く。公園の真ん中には大きな池があり、老婆はその畔《ほとり》に立った。龍哉は池の反対側のベンチに腰掛けて、周囲の様子を窺った。公園内には他にベビーカーの母子連れと犬の散歩をする女がいるだけだ。

ヘルパーの中年男は、そっぽを向いたまま、煙草に火をつけ、煙を吐いている。この男にとって、身元不明の認知症老人など厄介な存在なのだろう。

池の中ほどから勢いよく噴水が吹きあげ、水の粒がきらめいた。老婆は口をぽかんと開けて見入っている。曲がった腰から生えた首を、わずかに右に持ち上げ、細かい霧と太陽光が作り出す虹を眺めている。その姿は葉が落ちた枯れ木のようだった。

女が連れた柴犬が老婆にじゃれついた。老婆の顔じゅうの皺が深くなった。皺に埋もれた眼はどこを見ているかはわからない。だが、なんとなく、池の反対側の龍哉に視線が向けられているように思えた。

龍哉がここにきて、三日目になる。認知症の老人でも、毎日同じ時間にここにいる若者を記憶したのだろうか。その姿は老いさらばえているが、どこか、凛《りん》とした佇まいであるような気がしてならなかった。

龍哉は革ジャンのポケットに右手を突っ込んでペン型の毒針を握った。

どこだ、アッシはどこから来るつもりだ。

再び周囲に視線を走らせた。不審な人影はない。しかし奴はどこかからこの様子を見ているはずだ。


〈倉本雅恵を殺すためにアッシは駒形清花園に姿を現す。実行前にアッシを処刑せよ〉


金剛山の管理人はこう言った。

あの管理人は何者なのだ。工作員にも姿を晒さない謎の老人。武器や通信機器など機材を管理するロジスティクス屋と聞いていたが、末端の補助工作員とは思えない。

そのとき龍哉は全身に、何者かの視線を感じた。

アッシか――。

うしろを振り向いたが、誰もいない。

いや、古いマンション前に誰かがいる。背の高い男が壁に寄りかかり、コートに両手を突っ込んだまま佇んでいる。頭には包帯、口の周りの無精髭が、なんともやさぐれた空気を醸し、疲労感を漂わせたその目からは、反逆者のような光を射出していた。

その姿に、龍哉はなぜか記憶の奥底がちくちくと刺激された。その男は、通行人の陰に隠れた瞬間、蒸発したかのように消えた。幻でも見たかのような気分だった。

「お兄さん……」

背後から声をかけられた。振り返ると老婆がくっつきそうな距離に立っていた。

「あなた……名前は？」老婆は言った。

「龍哉……です」

「龍哉さんかい……」老婆は眼を細めた。「あたしはねえ。倉本雅恵。誰も信じてくれないの。いくら言っても」

「そうですか……」

「あたしは倉本雅恵。誰も信じてくれないの」

老婆はオウムのように繰り返した。警察に保護されて以来、何十回、何百回もこの言葉を発してきたのだろう。

いま龍哉の手でこの老婆を殺してしまえば、工作組はひとまず危機を脱する。もしかするとアツシは自らに密偵の嫌疑がかかっていることを察していて、この老婆を始末すれば忠誠心を証明できると考えているのかもしれない。アツシの一縷の望みすら潰してやろう、という残忍な目論見《もくろみ》が芽生えた。龍哉は毒針を握る右手に力を込めた。

「あぁもう、また話しかけてるよ」

背後で大声が聞こえた。ヘルパーの男が煙草を地面に放り投げると、苛立たし気に歩いてきた。

「やめなって。もういくよ。浅草さん」男は老婆の手を乱暴に引いた。

「浅草さん？　いま、お婆ちゃんは倉本雅恵さんとおっしゃっていましたが」

龍哉は毒針をポケットに戻しながら聞いた。

「ああ、それは自称だね。この人は浅草の交番で保護されたから、浅草花子さん」

「あたしは倉本雅恵だよ……」老婆が呟く。

「違うでしょ。お婆ちゃんは浅草花子なの。さて、散歩の時間は終わり。園に帰るよ」

面倒くさそうに言うと、男は公園の出口に向かって歩き始めた。

遠ざかっていくヘルパーの背中を見送っていた老婆も、やがてカタツムリのような速度で後を追い始めた。

「じゃあね。雅恵おばあちゃん……」

声をかけると、老婆は笑顔を返した。

龍哉は公園内の手洗い場に行き、冷たい水で何度も顔を洗った。車に戻り、シートを倒して天井を見つめた。

自分がアツシだったらどうやって殺害を実行するだろうか。拳銃は論外だ。痕跡を残さぬのなら、闇夜に紛れて、ホームに侵入し、雅恵に毒針を刺すだろう。老人ホームのベッドで、九十近い年寄りが死ねば、管轄の警察署は、検視官を呼ばず、心臓発作として処理するはずだ。

いや、駄目だ。龍哉は考えを改めた。倉本雅恵には特殊な事情がある。内偵捜査中の背乗り事件の被害者なのだ。変死体は徹底的に調べられ、毒物が検出されるだろう。こうなれば、嫌疑がかかるのは、師範と龍哉だ。明確な動機があるからだ。つまり、ホームに遺体を残してはならない。完全に消す必要があるのだ。


駒形清花園に張り込んで四日目になった。雨滴がフロントガラスを濡らしている。龍哉はシートを半分倒したまま清花園の玄関を見つめていた。

アツシはまだ来ない。管理人の誤情報だろうか。

午後三時、雨が止んだ。道路が乾き始めたころ、リネン会社のトラックが清花園にやってきた。

このトラックは毎日規則正しくやってくる。幾つもの老人ホームを回ってくるのだろう。配送の青年はいつも老人たちに笑顔で挨拶しながら、タオルやシーツが入ったコンテナを荷台からてきぱきと降ろしていく。

きょうはいつもと違う男だ。これまでの青年と同様、会社のロゴ入りの青いつなぎを着ているが、深くかぶった帽子の下からは茶色い長髪がのぞいていた。

龍哉は男の動きに違和感を覚えた。いつもの若者はトラックを降りると、まず通用口にカートを取りに行く。そのあと、荷台を開けて、自動昇降機でコンテナを下ろす。だが今日の男は荷台を開けた後、カートを取りに行った。玄関に出てきた年寄りたちに挨拶する様子もなかった。

男はカートをトラックの後ろに置くと、昇降機でコンテナを下ろし始めた。いつもの若者は、シーツやタオルが詰め込まれたコンテナを四つ配達する。コンテナはひとつ一・五メートル四方。これを二回に分けてカートで運び、使用済みのリネンが入ったコンテナを四つ回収する。

今日の男も、最初の二つをカートに載せて運んで行った。三分後、汚れたリネンが詰まったコンテナ二つをカートに載せて戻ってきた。これをトラックに積み、残る二つのコンテナを下ろすと、またカートで通用口に運んで行き、同じように使用済みのリネンが入ったコンテナを二つ戻した。

いつもならこれで終わりだ。しかし、今日は違った。男は五つ目のコンテナをトラックから降ろすと、カートで、通用口に運んで行った。五分ほど経っただろうか。また男はカートを押しながら戻ってきた。カートには、青いコンテナが一つ載っている。

いつもより多い――。

そう思った瞬間、龍哉は頭の中で電光が弾けた。コンテナに小さく書かれた「056」という番号は、最後に運んだものと同じだ。つまり、青年は園に運び込んだコンテナを、再びトラックに戻したことになる。訓練された工作員でなければ、気付かないほどの些細なことだった。

男は昇降機でコンテナを載せると、荷台のドアを閉めてロックした。そしてカートを玄関脇に立てかけると、トラックを発進させた。

車の横を、トラックが通り過ぎたとき、龍哉は頰のあたりに強い視線を感じた。シートを起こしてバックミラーを見た。トラックは黄色信号を突破して、小さくなってゆく。不吉な予感が隙間風のように吹き込んできた。

携帯電話が鳴った。「050」で始まるIP電話の番号が表示されている。

「はい……」

「アツシから今晩、予約が入った」管理人の声だった。

「予約?」

「死体の処理だ。あんた、出し抜かれたな」

これだけ言って、電話は切れた。管理人の声に怒気が籠もっているように感じた。

そのとき、運転席の窓ガラスを叩く音に身構えた。昨日、公園で雅恵を散歩させていた中年ヘルパーだった。

「兄ちゃん、うちの婆さん見なかったか?」

「婆さん?」

龍哉は窓を開けた。

「浅草花子だよ。昨日、公園で話していただろう」

「いえ……」

龍哉が首を振ると、ヘルパーの男は眉間に深い皺を寄せ、軽く舌打ちした。

「くそっ。また徘徊かあ」こう言って煙草に火をつけた。

「いなくなったのですか?」

「ああ。あの婆さんは徘徊癖があるんだよ。次はどこで保護されるのやら。仙台花子、いや、札幌花子かな」

ヘルパーはこう言ってにやりと笑った。

冷たいものが背中を伝った。腫れぼったい瞼《まぶた》、分厚い唇、太い首、鼻の頭に絆創膏を貼っている。数秒で記憶を辿った。

こいつ、歌舞伎町で龍哉が殴った男ではないのか。

興奮と恐怖がない交ぜになって全身の毛がぞわっと逆立った。車のギアをドライブに入れようとレバーに手を伸ばした瞬間、目にもとまらぬ速さで男の手がキーを引き抜いて、エンジンを切った。

「何をする」

龍哉は革ジャンのポケットに手を入れて、毒針を握りしめた。

「まあ、そんなに急ぐなよ。いま、ひとつ思い出したんだ。婆さんは、さっきリネン屋の兄ちゃんと話していたんだ。会社に電話して聞いてみるかな」

男は独り言のように言って、キーを龍哉の膝の上に投げた。

やっぱり、あのコンテナだ——。

龍哉はエンジンをかけると、タイヤを鳴らして車をUターンさせ、アクセルを床まで踏み込んだ。


歌舞伎町のゲームセンターには電子音が鳴り響いていた。

筒見が赤いボタンを離すとクレーンがゆっくり下りて行った。

クレーンのアームにクマのぬいぐるみが引っかかった。ゆっくりと持ち上がる。首輪がアームの爪の先に掛かっているだけだ。

クマは首を吊られたまま、力なく垂れ下がり、ぶらぶら揺れながら、回収口に向かってくる。

あと少し――。

すんでのところで爪の先から、首輪がするりと外れた。クマはぬいぐるみの山に落下して、谷間にころころ転がり落ちていった。

筒見は舌打ちをすると、UFOキャッチャーの箱を思い切り蹴飛ばした。

「難しいものを狙いすぎですよ」

隣に巨体があった。飯島外務事務次官が上質なカシミアコートに身を包んで立っていた。

「ここは未来が見えない人間の溜《たま》り場ですよ。外交官のトップには不似合いですね」

筒見はこういって機械に百円玉を入れた。

行くあてのないサラリーマンは競馬のメダルゲームに夢中になり、プリクラの前では金髪の女二人組が馬鹿騒ぎしている。店内はこの町の退廃的な空気を凝縮している。

飯島は眼を一層細め、汚物でも見るように店内を見やったが、すぐにその視線を筒見に戻した。

「どうしたのです？　その怪我は……」

筒見の頭には包帯が巻かれている。右目の下のガーゼは取り払われ、耳にかけての縫合痕がむき出しになっていた。

「ちょっとしたトラブルです」

「酷い怪我だ。頭の包帯に血が滲んでいますよ。それに、右目の下も腫れ上がっている」

飯島は捨てられた老犬でも見るような、哀れみの眼差しを投げかけた。

「そんなことより、形が見えてきました」

筒見はUFOキャッチャーを操作しながら言った。

「ほう、どんな」

「私の鞄の中にあるタブレットを開いてください」

飯島は足元の鞄を開け、タブレットを取り出した。

「これを?」

「開いてある動画の再生ボタンを押してください」

飯島は言われた通り、操作した。

「おお、これは総理主催の桜を見る会の映像ですね。私も行きましたよ。そうそう、今年は神林貞夫も来ていましたよ」

「そのまま見ていてください」

「あ、長嶋総理と神林さんが……何か話していますね。総理は神林さんのファンだと公言しておられましたからね。ダッカの事件についてご心痛の様子でした」

飯島はこう言いながら、細い眼の奥で筒見の表情を探っていた。

「そのとき神林が総理に何と言ったのか、解析しました」

筒見はクレーンを微調整しながら言った。

「ほう。読唇術ですか。神林さんは何と?」

「トシコヲミステルナ、です」

「トシコ……」

「三重県志摩市にかつて倉本真珠という小さな養殖業者がありました。代々腕のいい業者でしたが、三代目は子宝に恵まれなかった。そこで五十年前、養子縁組の話がありました。名古屋のホステスが生んだ女の子だったのですが、後継ぎが欲しかった倉本夫妻はその子に俊子と名付けてかわいがって育てました」

「で、その倉本真珠は長嶋総理や神林貞夫にどんな関係があるのです?」

「ホステスに女の子を産ませたのは大学生時代の長嶋総理です。ホステスはまだ十八歳で子供を育てられなかった。そこで農水大臣だった父親の長嶋武治が、有力後援者だったキミジマパールの先代に泣きついた。先代はホステスに金を渡して、子供の養子縁組を仲介したのです。その後、キミジマパールで働くようになったのが、神林です。当時はキミジマパールの番頭の松田家の婿養子で、松田貞夫と名乗っていました」

「神林さんは、何らかの形でその秘密を聞いていた、と」

「はい。倉本夫妻はその事実を成人した俊子に打ち明けた。そして俊子が、親しくなった神林貞夫にその話をしたと考えるのが自然です」

「俊子を見捨てるな……か。倉本俊子はどこにいるのですか?」

「行方不明です。ただ、ひとつ言えるのは、国家が動かなければ、助からない場所にいるということなのでしょう。だから、神林は長嶋総理に『見捨てるな』と迫ったのです」

ガラスの中でクレーンのアームが下降し始めた。その先には、またあのクマのぬいぐるみがある。アームがクマの胴体をがっちりと摑んだ。

「ではなぜ、神林さんは殺されたのですか……。まさか、筒見君……」

「そう。口封じです。長嶋総理の指示じゃない。総理の意向を忖度《そんたく》して動いている人物がいます。東京五輪を前に長嶋政権を崩壊させるわけにはいかない。それは国益を守るためなのだ、という論理なのでしょう」

「その人物が誰かを、もう特定しているのですか……?」

筒見は片方の口の端を僅かに持ち上げた。

「私は一線を越えてしまいました。飯島さんは私に何があっても、知らぬふりを通してください。

そうでなければ、飯島さんの身にも危険が及びます」

「危険……？」飯島の唇が震えた。

筒見は景品取り出し口に出てきたぬいぐるみを摑んだ。

「こんな私にでも、命に替えて守るべき大事なものがある。申し訳ないが、飯島さんまで守ることまでできないのです。……このクマ、あげますよ」

筒見はぬいぐるみを、飯島の胸に押し付けると、ゲームセンターを出て行った。


雨上がりの歌舞伎町はヘドロのような臭気が立ち込めていた。雨がアスファルトに染み込んだ生ごみの汁を溶かしているのだろう。

筒見は繁華街を抜け、新大久保方面に歩いた。酔客のように、足元がおぼつかない。途中、頭を押さえて立ち止まり、ビルの前に座りこんだ。しばらくすると、ふらふらと立ち上がり、再び歩き始めた。そして路地裏の古い二階建てアパートに入った。

〈はな診療所〉

一階の奥、朽ち始めた扉の消えかけた文字が、辛うじて病院であることを主張している。扉を引くと、机が置いてあり、金髪女が熱心に化粧をしていた。

「薬を取りにきた。木崎利一から連絡が来ているはずだ」

筒見は金髪女に告げた。

「ああ、オキシコドンね。三万円です」女は何も書かれていない紙袋を差し出した。

筒見は袋の中を見て、財布から一万円札を六枚出した。

「これじゃ足りない。倍の量をくれ」

「倍？　これ四十ミリグラム錠だよ。あんた、売人？」

「自分で使うだけだ」

「おじさん、そんなに飲んだら死ぬよ。利一の知り合いって言うから用意したけど、ジャンキーには渡せないよ。あんたが捕まったら、こっちも迷惑だ。先生に交渉してよ、呼んでくるから」

「待ってくれ」

筒見は一万円札をあと四枚出した。

「仕方ないね」

金髪女は札を自分のバッグにしまうと、机の引き出しから、錠剤のシートをわしづかみにして袋に入れた。

「水をくれないか」

女が蛇口で汲んだコップの水を、ひったくるように奪うと、筒見は黄緑の錠剤を四錠飲んだ。そして天井を仰ぎながら、大きな息を吐いた。

「あーあ、やばいよ、その飲み方。あんた立派な中毒だよ」女が薄笑いを浮かべた。


携帯電話が鳴ったとき、筒見は新宿駅西口近くのしょんべん横丁にいた。安い焼酎が胃袋を刺激する。すると、飲み込んでしまった重い塊が、腹の中で溶けていく感覚を味わうことができた。

〈坂東を捕捉しました〉

丸岡の声が、朦朧とした頭蓋内で反響した。

「捕捉？　……ダメだ離れろ」

鎮痛薬の大量服用のせいか、呂律《ろれつ》が回らない。しかし意識だけは現実に引き戻された。

〈大丈夫です。後ろには付いていません。坂東は駒形清花園から倉本雅恵を連れ去りました。雅恵にGPSを取り付けてあります。認証パスワードを送りますので、タブレットで居場所を確認して

ください〉

「雅恵をわざと拉致させたのか？」

〈坂東が雅恵を連れていく場所に、七海ちゃんがいる可能性が高い。これは賭けです。万が一、雅恵が殺されたときには、私が責任を取ります〉

「マルさん……」

〈七海ちゃんを助けるために、私も一線を越えます。もし、このＧＰＳの所在を敵に垂れ込む奴がいたら、今度という今度は許しませんよ〉

　こういって、丸岡は黙った。

「知っていたのか……」筒見の喉元に苦いものが込み上げた。

〈はい。坂東とのアメ横での接触は見ていました。不忍池で係長と岩城ちゃんが、どんな会話をしたのか検証すれば、坂東に何を伝えるのかは想像できます。でも係長、罪悪感に苦しまないでください。私もカモちゃんも理解しています〉

「すまなかった」筒見は携帯電話を握ったまま、頭を下げた。

〈何を言っているのですか、筒見係長。あなたの選択はいつも正しいのです。だから私たちはあなたを信じてついていっているのです〉

　丸岡の笑い声を聞きながら、筒見は腹の底から湧き起こる感情を堪えた。

　龍哉は金剛山で膝を抱えて座っていた。床に置いたグロック19が鈍い光を放っている。

「来たぞ」管理人が小窓の向こうで呟いた。

耳を澄ます。足音も、衣擦れの音もない。訓練された者の動きだ。アツシだ。

龍哉はグロックを手に取り、扉の脇に立った。

静脈認証の鍵が開き、扉がゆっくり開いた。アツシが金剛山に足を踏み入れた途端、こめかみにグロックの銃口を突きつけた。

「両手を挙げて膝をつけ」

「ここに先回りしていたのか。お前、駒形清花園に張り込んでいただろう」

アツシがゆっくり両手を持ち上げた。

「膝をつけ」

「おいおい、なんだよ。冗談はよしてくれよ、龍哉」

アツシは鼻で笑った。余裕の態度に見えるが、全身の筋肉が緊張しているのが分かる。

「動いたら頭が吹き飛ぶぞ」

「やめようぜ。俺たちは仲間だろう?」

アツシはこう言いながらも、両手を軽く持ち上げたまま、ゆっくりと膝をついた。

龍哉は銃口を向けたままアツシの後ろに回り、距離を取った。アツシの上着に隠されている拳銃を奪いたかったが、殺人撃術を身につけたこの男に接近するのは危険だった。

「仲間？　公安の密偵になったおまえが言うセリフか？」

「密偵だと？　俺が、か？」

「金取引詐欺の捜査を逃れるために、おまえは祖国を裏切った。自分が助かるために、仲間を売った。目的はカネか？」

アツシが噴き出した。大口を開け、嘲笑交じりの甲高い笑い声だった。

「誰に踊らされているんだ？　あの女密偵か？」

「ふざけるなよ」

心の動揺で銃口がぶれた。

その瞬間、アッシの体が目にも止まらぬスピードで反転した。気付いた時にはグロックがアッシの手に移っていた。龍哉の鼻先に銃口が突きつけられている。引き金にかけていたはずの、右手のひとさし指が、逆に折れ曲がり、手の甲にくっついていた。

龍哉が激痛にこらえながら、膝をつく番だった。

「公安の女密偵はどうした。始末したのか！」

顎を蹴り上げられ、ひっくり返った。

「女密偵におまえが籠絡されたことを、俺は師範にも伝えていない。無断で神林貞夫に会ったことも、俺の胸の中にとどめてきた。その恩返しがこれか？」

腹にもう一撃くらった。悶絶して、床の上に丸くなったまま、血の混じった胃液を吐いた。

「筒見七海を……さらうのを、なぜ……俺に知らせなかったんだ？　おかげで俺は警察に追われている。俺を公安に差し出すつもりだったんだろう」

龍哉は口の周りを拭いながら、床に手をついた。

「逆に聞こう。おまえにやれたのか？　娘をさらって、父親を操ることができるのか？　おまえには出来っこねえよな。時計にGPSが仕込まれていたことも、倉本雅恵の居場所も、おまえに任せちゃ、何ひとつわからねえまま、今頃、刑務所行きだ」

「そうか……。俺を信用していなかったということか。だから、倉本雅恵の殺害計画も言わなかったのか」

龍哉がこういった瞬間、アッシがはっとした顔をした。

「それは違う……」何かを言おうとして、言葉を飲み込んだように見えた。

「何が違うんだ！」

龍哉はポケットに突っ込んでいた左手をアッシの太腿にぶつけた。衝動的な行動だった。

ペン型の毒針がアツシの太腿部の内側に突き刺さって、ぶらぶらしていた。

「龍哉……おまえ」

アツシは驚愕の表情で眼を見開き、太腿に刺さった毒針と、龍哉の顔を交互に見た。そしてゆっくりとグロックを持ち上げた。

グロックの銃口が、龍哉の顔に据えられた瞬間、背後で「カシュッ」という乾いた音がした。アツシの体がぐらりと傾き、グロックが床に落ちた。

カシュッ、カシュッ。

「うおおぉ……」

アツシが腹を押さえ、呻きながら膝を突いた。真っ赤に染まった両手を見つめながら、仰向けにひっくり返った。

振り向くと管理人室の小窓から、サプレッサー付きの銃口が覗いていた。

「アツシ！」龍哉はアツシに覆いかぶさった。

太腿に刺さった毒針を引き抜いて、セーターを捲り上げ、血に染まったシャツのボタンを引きちぎった。胃のあたりに三つ穴が開き、心臓の鼓動とともに間欠泉のように血が噴き出している。

「い、痛てえよ」

「じっとしてろ」両手で噴出孔を押さえた。

「このやろう……何言ってんだ。お前が毒針を刺したんだろう……」

アツシは力なく笑った。

そのとき、扉がゆっくりと開き、金剛山に冷たい風が吹き込んだ。

入り口に老婆が立っている。老人ホームから連れ去られた倉本雅恵だった。龍哉に場違いな微笑を投げかけている。

「殺してなかったのか……」龍哉の声が震えた。

外にキャリーカートに載せられたコンテナがあった。コンテナで運ばれてきた老婆は自力で脱出したのだ。

龍哉はグロックを右手で拾った。だが折れた人差し指がトリガーに掛からず、左手に持ち替えた。どちらの手でも撃てるよう訓練は受けている。ゆっくり銃口を雅恵に向けた。照星の向こうで老婆はまだ笑っていた。

銃を持った手首を強くつかまれた。

「やめろ……。おまえがやるな……」身を起こしたアツシが喘ぎながら言った。

「なぜ……?」

「やれば……おまえは後悔する。やめるんだ。だから俺が……やることに……。龍哉、おまえは婆さんを隠せ。師範には内緒で隠すんだ」

アツシはこう言うと、再び床に横倒しになった。喉が笛のように鳴っていた。

「内緒で……?」

「龍哉……飢餓訓練……覚えているか」

「ああ、よく覚えている。二人で山の中で暮らした」

最も過酷な工作員訓練で、一袋のメリケン粉だけ渡されて、十日間、山中で生き延びるサバイバル訓練だった。なぜ、アツシがそんなことを回想しているのか分からない。天井を彷徨《さまよ》う瞳は穏やかで、地獄の訓練を思い出しているようには見えなかった。

「あの時のお前は強かった……。ネズミも、蛇も殺したくねえって言って……草ばかり食っていたよな。そのつまんねえ正義感と優しさ……忘れるな。俺は殺戮ばかりの、腐った人生だった。俺はおまえの大事なものまで……すまなかった。知らなかったんだ」

見開かれたアッシの両眼に涙が浮かんでいた。

「大事なもの？　なんのことだ？」

「神林だ。俺は……何も知らなかった」

何を言わんとしているのか、龍哉には分からなかった。

呼吸のたびにアッシの口から血があふれ始めた。蠟燭の炎のように命は揺らめいている。

「教えてくれ。七海ちゃんはどこにいるんだ？」

アッシの右手がゆっくり持ち上がった。人差し指で空を掻くようにして何かを訴えている。口が酸素を求めるように開閉し、胸が上下し始めた。やがて体を激しく痙攣させながら、棒のように体を伸ばした。そして白目を剝いたまま動かなくなった。

「アッシ……」

龍哉はアッシの頰を両手で挟んだ。アッシの目尻に滲んでいた涙が筋を引き、龍哉の両手を濡らした。

「ごめん。本当にごめん」

両目から涙がはらはらと落ちた。

気付くと目の前に、老婆の顔があった。四つん這いになって、龍哉をじっと見つめている。皺に埋もれた瞳が輝いている。

「龍哉君、泣いちゃだめ」雅恵は言った。

「え……」

公園で一度会っただけなのに覚えているのか。

「龍哉君、泣いちゃだめ」雅恵はもう一度言い、龍哉の顔を胸に抱き寄せた。

どこか郷愁を誘う響きがある。龍哉は老婆の行動を抵抗することなく受け入れた。凍てついた心がゆっくりと溶けていく。

「龍哉……」管理人の低い声が現実に引き戻した。「アツシの所持品を探りなさい」

ズボンの尻のポケットに鰐革《わにがわ》の長財布があった。龍哉は中にあった五十万円ほどの札束と領収書、カードの類を革ジャンのポケットに突っ込んだ。腰のベルトについている銀の鎖を引っ張ると、前のポケットから鍵の束が出てきた。鎖ごと外した。

「その金は置いていけ。婆さんの運搬代と死体処理の代金だ」

管理人の嗄《しわが》れた声が響き、窓から手が伸びてきた。思いのほか、華奢な手だった。龍哉はポケットから札束を取り出し、管理人に手渡した。

暗殺には実行役と死体処理役がいる。死体処理には様々な方法がある。切断や焼却、溶解、自殺の偽装……。師範が暗殺のプロなら、管理人は死体処理のプロなのかもしれない。

龍哉はもう一度アツシを見下ろした。その亡骸は、生前よりひと回り小さくなっているように見えた。胸の中にどす黒い自己嫌悪を抱きながら、ドアを開けた。

「龍哉よ。自分の声を聞け。自分がやるべきだと思うことを信じて動きなさい。そうすれば罪の重圧は消えるはずだ」

管理人が押し殺すような声で言った。


歌舞伎町ゴジラロードにある和光ビルは八階建てで、築三十年を超す、細長いペンシル型の雑居ビルだ。一階は風俗案内所、二階より上には居酒屋が四店舗、漫画喫茶、カラオケスナック、キャバクラと、各フロアにテナントが一店舗ずつ入居している。

昨夜十時すぎ、コンテナをカートに載せた坂東篤志がここに入っていくのを筒見は雑踏に紛れて見ていた。倉本龍哉が出てきたのは午前零時のことだ。丸岡と鴨居が尾行についた。

その後、客や従業員の出入りはあるが、坂東篤志とコンテナに入っていたはずの倉本雅恵は出て来ない。雅恵の足首に取り付けたＧＰＳの信号は、午前一時すぎに途絶えた。何らかの理由で電源が落ちたのだ。

午前四時、ゴジラロードに残っているのは、始発を待つ酔客と後片付けの飲食店の従業員だった。和光ビルの前はゴミの集積場になっており、飲食店から出されたバケツとゴミ袋の山ができ始めていた。その周囲を子猫ほどの大きさのドブネズミが這い回っている。四階の洋風居酒屋の制服を着た男が台車に載せたゴミバケツを叩きつけるように置いた。驚いたドブネズミが、筒見が立っている道の反対側に走ってきた。

しばらくすると、薄汚れたトラックがゴジラロードに入ってきた。トラックを降りた男二人が、集積場に頭を突っ込むようにして選別し、古紙や空き缶を荷台に放り込んでいく。膨大な事業系ゴミが出る歌舞伎町は、自治体の委託を受けていない業者にとって天国なのだろう。間隙を縫って持ち去る、その手際は見事だった。男たちは最後に、居酒屋の店員が先ほど出したばかりのバケツを、二人がかりで荷台に載せて立ち去った。ものの三十秒の出来事だった。

空が薄白くなり、カラスが飛び交いはじめた。和光ビル前のゴミ山は、艶やかな黒い羽に覆われた。筒見が空を見上げて息を吸ったとき、カラスたちが一斉に舞い上がった。

和光ビルから女がひとり、出てきたのだ。ベージュのコートに膝丈《ひざたけ》のスカート。年齢は四十代に見えるが、目元に強いメイクを施して、素顔を隠している。その女が黒いキャスター付きバッグを引きながら靖国通りに向かって歩いて行った。

この女が出てきたのは二度目だ。午前三時頃にも同じ黒いキャリーバッグを引っ張りながら出てきて、二十分ほどで戻ってきた。

筒見は吸い寄せられるように女のあとを追った。車輪の音が低く、かなりの重量感があったからだ。女は靖国通りを渡り、早足でアルタ前から新宿駅東口に向かった。引いているのは縦六十センチ、横四十センチくらいの布製の車輪付きのバッグだった。

駅構内は通勤客と帰宅の酔客が入り混じって、混沌を作り上げている。女はJRの券売機の前で路線図を見上げ、機械に千円札を入れた。券売機は混雑していて、幾人かが後ろで待っていた。女が三百八十円のボタンを押し、切符と釣り銭を取って自動改札に向かった。定期やICカードを使わないのは、痕跡を残したくない者の特徴だ。

そのとき、筒見の聴覚が違和感を訴えた。キャリーバッグの車輪の音が変わったのだ。切符を買う前より音が軽くなっている。

後ろを振り返った。女の隣で切符を買っていた男が、東口方面に歩いていくのが見えた。右手で黒いキャリーバッグを引いている。全く同じバッグが二つだ。

フラッシュコンタクト――。

筒見は迷わず、男を追うことを選択した。

鼠色《ねずみいろ》のコート、黒革靴、堅実な会社員風だ。三十メートルほどの距離を取りながら、慎重に追った。間違いない。こちらのバッグの車輪の音に重量感はある。この男女は券売機前でバッグをすり替えたのだ。

東口を出た男は新宿通りを足早に歩いて、コーヒーショップに入った。筒見も店内に入り、カウンター席についた男の背後のテーブル席に座った。

年齢は四十くらいだろうか。黒いキャリーバッグを足元に置き、サンドイッチを食べる男の姿は、出張中のサラリーマンといった風情だった。男は周囲を気にする様子はまったくなく、バッグを置いたまま、レジでおかわりのコーヒーを注文した。

その弛緩ぶりが、逆に筒見の疑念を掻き立てる。

男はコーヒーを二杯飲んだ後も、同じカウンターにいた。これは点検だ。入店時に店内の客を眼に焼き付け、出口を見ながら店内に残っている客を数えている。

筒見は一時間ほどで店を出て、外張りに切り替えた。

男は三時間、店に居座った。その後は新宿通りを歩いたあと、地下通路に入り、混雑した地下鉄丸ノ内線に乗った。赤坂見附駅で降りると、今度は永田町駅まで地下通路を歩き、半蔵門線の下りに乗った。男が降りたのは、神奈川県との県境に近い二子玉川《ふたこたまがわ》駅だった。

開店したばかりのデパートに男が入っていく。筒見は横断歩道を渡りながら、ポケットに手を突っ込み、錠剤を二粒口に運んで、がりがりと嚙んだ。

男は五階の紳士靴売り場をぶらついたあと、地下一階の食料品街を素通りして、地下通路から薄暗い駐車場棟に入った。筒見が距離を取ったそのとき、後ろから黒いワゴン車がタイヤの軋みを響かせながら走って来た。

ワゴン車が横に止まると、男は後部のハッチを開けて、キャリーバッグとともに荷台に乗り込んだ。自動でハッチが閉まると、ワゴン車は走り去った。わずか数秒の出来事だった。

〈花沢ペットメモリアル〉

筒見はワゴン車の後ろに書いてあった文字を、携帯電話で検索した。

〈ペットの火葬、葬儀、霊園のことなら花沢ペットメモリアル（横浜市金沢区）。創業以来三十年にわたって、ペットの火葬、葬儀、納骨を承っています〉

筒見は公衆電話に走った。

「情報提供です。横浜市金沢区の花沢ペットメモリアルの車両、横浜な31××、黒いトヨタのワゴン車が、黒いキャリーバッグを運んでいます。中身は覚醒剤で……」

受話器を置くと、筒見は両手で頭を押さえ、公衆電話に倒れ込むように額をつけた。頭蓋を締め付けられるような激痛に歯軋りをした。ふらふらとトイレに駆け込むと、ポケットから錠剤を五つ取り出して口に含み、両手で水道水をすくって飲み込んだ。個室に入って、便器に座り込み、大きく息を吐いた。

結果を知らせたのは、テレビの夕方のニュースだった。


〈神奈川県横浜市のペット用の葬祭場で、人の体の一部が見つかり、警察は死体損壊、遺棄の疑いで葬祭場の職員から事情を聞いています。今日午後、横浜市金沢区にあるペット専門の葬祭場「花沢ペットメモリアル」に運ばれてきた鞄の中に、切断された人の頭部と胴体が入っているのを、情報提供を受けて駆けつけた警察官が見つけました。車で鞄を運んできた葬祭場の職員は「中身は犬の死体だと思っていた。鞄は都内で依頼人から預かったもので、鞄ごと火葬したあと、遺骨を共同墓地に入れるように頼まれた」と供述しています。切断された遺体は男性で、年齢は二十歳から三十五歳。死後間もないとみられています。警察は遺体の身元確認を急いでいますが、歯がすべて抜かれており、身元の確認は難航しそうです〉


死体は倉本雅恵ではなかった。殺されたのは坂東だ。

筒見が仕掛けた罠は、血なまぐさい結果をもたらした。導火線となったのは瀬戸口家の自宅のパソコンだ。綾子が倉本龍哉を自宅に誘いこみ、夫・大河のパソコンに触れる機会を与えた。筒見はパソコンに遠隔操作ソフトが仕掛けられたことを解明するや、「ニセの報告メモ」を作成して保存したのだ。

……刑事部捜査第二課がTKとABによる金取引詐欺容疑事案を捜査中、AB本人より情報提供の申し出があった。外事二課が聴取したところ、MK及びTKについて「北朝鮮工作員である」旨、証言したものである。このため詐欺容疑事案の捜査を中断して、ABをチヨダ登録の特別協力者A552－3625として運用することを了とした。

このメモは偽情報によって工作員同士の疑心暗鬼を掻きたて、自滅をもたらす欺瞞《ぎまん》作戦だったのだ。その結果、逆賊とみなされた坂東は処刑され、ばらばらにされて遺体処理屋に引き渡された。筒見が気付かなければ、火葬に付され、遺骨は他の犬猫たちと一緒に共同墓地に入っていたのだろう。発見されていない手足は、第一便で運ばれ、焼却処理されたに違いない。焼いて細かく砕いた人骨は、犬のものと変わらないし、DNA鑑定も不可能だ。完璧な死体処理だった。

だが、坂東が消されたことで、七海との接点を失ったのも事実だった。殺人と遺体の解体が行われたのは歌舞伎町ゴジラロードの和光ビルだ。キャリーバッグで遺体を運び出したあの女が、すべての鍵を握っているに違いない。手慣れた手法の裏にとてつもなく深い闇が広がっているのだ。

陽はとうに落ちて、冷え込んでいた。筒見は大田区の多摩川沿いの小さな工場や平屋建てが並ぶ一角にいた。目の前のプレハブ事務所の庭先に、古い2トントラックが入ってきた。荷台の周囲にベニヤ板を立て、積荷が落ちないようにしてあるが、中は空だった。

筒見は降りてきた男の前に立ちはだかった。

「あんた、今朝、歌舞伎町に来たよな」

筒見は携帯電話で撮った動画を目の前にかざした。

「誰だ、おまえ」四十前後の眼の落ちくぼんだ男は訝《いぶか》し気な視線を投げかけた。

「トラックに載せた水色のバケツをどこで下ろした？」

「知らねえよ。何のことだ」男は背を向けて歩き始めた。

「余計な体力は消耗したくない。誰に頼まれて、どこにバケツを運んだんだ」

筒見は前に回り込んだ。

「どけよ」

男が胸を突こうとしたところを、体を捻ってかわし、そのまま脚を払って地面にうつぶせに倒した。右腕を背中に捻りあげ、膝で押さえつけた。

「痛い目にあわせて済まない。教えてくれればいい」

「……離せ。喋るから……」

手を放すと、男は肩を押さえて立ち上がった。

「知り合いの女だよ。あのクソ重いバケツを回収して、本駒込《ほんこまごめ》の富士神社の階段の上に置いてくれと言われた。古紙回収二ヵ月分の金をもらう約束だった。俺も生活が懸かっているからよ」

「何が入っていた？」

「知らねえよ。神社について、バケツの中を見たら空だった。載せるときには、すげえ重かったけどな」

筒見はトラックの荷台を見た。運転席の後ろにはベニヤ板が貼られ、運転中に荷台を確認することはできない。トラックの移動中に、バケツの中のものを何者かが盗んだか、自ら抜け出したか、のいずれかだ。

「依頼主は誰だ」

「前に俺がバイク便やっていた時の、得意先のカメラマンだ。名前は……」

そのとき背後で、カメラのシャッターの連写音とともに、フラッシュが焚かれた。

「私よ」坂本楓がカメラを持って立っていた。

「さすがですね、筒見慶太郎さん。公安部の狂犬がどれほどのものか、試させてもらいました。あのトリックを見破ったのは合格です」

楓は笑顔でカメラを構えると、もう一枚、筒見の写真を撮った。


一週間後の深夜、新宿御苑前駅近くの高層マンションにオートロック式の玄関から入った龍哉は、高速エレベーターで二十二階まで上がった。この階には二部屋しかない。資本主義社会を勝ち抜いた者だけが住むペントハウス、ここに革命戦士のアッシが住んでいたのだから皮肉なものだ。

アッシの腰にあったクロムハーツの銀の鎖には、三つの鍵がついていた。鍵穴の形状と見比べて、そのうちの一本を差し込むと、乾いた音を立てて錠が開いた。

扉の向こうは、白い大理石張りの玄関フロア。女もののローファーが一足置かれている。

ここにいたのか――。

龍哉はズボンの腰に差していたグロックを左手で抜き、靴のまま室内にあがった。

突き当たりの扉のドアノブを捻り、そっと押し開けると、眼前に夜景が広がっていた。優に四十畳はあるリビング。暖房が効いており、明らかに人がいた気配はある。

隣の寝室には大きなキングベッドがあり、掛け布団が乱れている。アッシらしく、バーベルやダンベルのセットがあった。その隣の十五畳ほどの部屋には、大きなグランドピアノがあった。バスルーム、トイレと銃口を向けながら覗いたが、誰もいない。

そのとき、ガタンという音が寝室のほうから聞こえた。扉をゆっくり押し開いた。

「七海さん？　いるのか？　倉本だ」声をかけた。

寝室の奥に扉がもう一つある。

上着の下に拳銃を隠して、扉を勢いよく引き開けた。

ウオークインクローゼットの奥で、女が顔を覆うようにして蹲《うずくま》っている。

「七海……さん？」女の肩に手をかけた。

龍哉はすっと身を引いた。七海より小柄だし、髪が短い。

「誰だ、君は」

女が顔をあげた。色白で、ふくよかな顔。肩までの髪。日本人形のような顔をした女だった。円《つぶ》らな瞳に涙を浮かべて、龍哉を見つめている。

「もしかして、倉本龍哉さん？」縋《すが》るような視線だった。

「ああ……。君は誰だ？」

「わたし……仁美《ひとみ》といいます。龍哉さんの話は、アッシさんから聞いていました」

「君はアッシと一緒に住んでいたのか？」

女は黙って頷いた。

頭の中が真っ白になった。日本の女との接近を繰り返し警告していたアッシが、この女と暮らしていたなど俄《にわ》かには信じられなかった。懐に入れたグロックから左手を離せない。だが、見れば見るほど、垢抜けていない女で、攻撃性は微塵《みじん》も感じない。

仁美と名乗る女をリビングに連れて行き、大きなソファに座らせた。

「アッシさんに何かあったんですか？　何日も帰ってこなくて。何も言わずに帰ってこないことなんて、いままで……」

仁美は今にも泣き出しそうだった。

「アッシとはいつから？」

「半年前です。歌舞伎町の風俗店で働いていたとき、逃げようとしてヤクザにつかまったんです。アッシさんに助けてもらって……」

「それで一緒に暮らすように？」

「行くところがないなら、うちに来いって言われて」

「いくつだい？」

よく見ると仁美は無垢で、子供っぽく見えた。

「十九です。私、親に捨てられて、施設で育ちました。でも十八で施設を出されて、就職もうまくいかなくて。結局、風俗に……。そんな話をしたら、アッシさん、自分も同じだって。親の顔も知らないで、路上生活しながら育ったけど、いまは国の発展を左右する重要な仕事を任されているって」

龍哉にとっては初耳だった。アッシは北朝鮮北東部の田舎育ちであることは聞いていたが、孤《コッ》児《チェビ》だったとは知らなかった。

仁美は龍哉を見て続けた。

「アッシさんはいつも言っていました。『俺に何かあったら、親友の倉本龍哉を訪《たず》ねろ。あいつはエリートで恵まれた人生を送っているけど、人の痛みは分かるやつだから』って。住所を渡されて……」

仁美はこう言って、財布からメモの切れ端を出した。

「あいつが……？」

紙片に書かれた下北沢の住所は、明らかにアッシの筆跡だった。龍哉の頭は、女に突き付けられた事実を拒絶しようとしていた。胸に熱いものが込み上げてきた。

「アッシさんに何かあったの？」

龍哉は質問に答えず、仁美の前にしゃがんだ。

「ひとつ確認させてくれ。アッシがこの部屋に高校生くらいの女の子を連れてきたことはない？こんな子を探しているんだ」

七海の写真を見せると、仁美は即座に首を横に振った。

「ありません。だって、ここには誰も来たことがないんです」

龍哉は大きく息を吐きながら立ち上がった。

仁美は大きな瞳で龍哉を見上げている。その姿はあまりに儚《はかな》げで、放っておけば消えてしまいそうだった。アッシが愛したのであろうこの女を、このまま見捨てるわけにはいかなかった。

「ここは危ない。君はすぐに出ていきなさい。とにかく東京を出て、このお金でしばらく身を隠したほうがいい」

龍哉は仁美の手を取って百万円の札束を持たせた。

「待って。アッシさんは？」仁美は手を引っ込めた。

「アッシはもう戻らない。面倒なことに巻き込まれたくなければ、すぐにここを出るんだ」

「無事なんですか？　それだけでも……」

仁美は食い下がった。その瞳には不安と絶望が張り付いている。

そのとき、こつ、こつと床を突く音が聞こえ、龍哉の全身に鳥肌が立った。リビングの扉がゆっくり開いた。

「かわいそうな子じゃのう」

和服姿の師範が杖を突いて立っていた。

「お婆様、なぜこちらに」龍哉はとっさに演じた。

「アッシの部屋の後片付けでもしてやろうかと思ってねぇ。まさかこんな可愛らしい子と同棲していたとはね。革命戦士が聞いて呆《あき》れるわな」

師範は正体をまるで隠そうともしなかった。

「あんた。家族は？」師範は仁美を杖で指した。

「誰もいません。施設育ちですから」仁美は首を振った。

「本籍はどこにあるのかい？」

「埼玉県川口市です。グループホームのある場所に本籍を置いています」

「マイナンバーカードやパスポートは持っているかい？」

「パスポートは持っていません。カードは財布の中に……」

「そうかい、そうかい。ここにマイナンバーカードの暗証番号を書きなさい」

師範はペンと紙を仁美の前に置いた。

「……はい」

龍哉は師範の狙いを察して、鳥肌が立った。偵察総局はいま、対日工作の道具をまた一つ手に入れようとしている。彼女が暗証番号を書き始めるのを制止したかったが、その勇気はなかった。

「あたしはこの娘に部屋を用意してあげなきゃいけないからね。それにしてもアッシは最後に素晴らしい成果を挙げたものだねえ」

師範は微笑みを浮かべたまま、布の手提げから、金属の箸箱のようなものを取り出して、テーブルの上に置いた。

「お待ちください、師範。アッシはそんなつもりでは……」

龍哉が言いかけると、師範は殺気立った目で睨んだ。

「黙りなさい。あんたは先に外に出ていなさい」

龍哉は葛藤を押し殺しながら、二人を残してリビングを出た。

「ああ、龍哉。ひとつ確認するのを忘れていたよ……」師範の声が追いかけてきた。

「はい……」

リビングに戻った龍哉が見たのは、ソファに座る仁美、そしてその背後に立つ師範の姿だった。

師範は右手に万年筆を握っており、手術前の医師のように無表情だった。

「アツシは私が言いつけた任務を実行してから逝《い》ったのだろうな？」

雅恵を暗殺する任務であることはすぐに分かった。やはり師範の指示だったのか。

「はい」悟られぬよう無表情で通した。

すると、師範はゆっくりと万年筆を光にかざした。ペン先から一滴の液体が零《こぼ》れ落ちた。

「アツシはあの任務を自分から志願した割に、迷いがあったように見えたのだがねぇ。万が一、婆さんが生きているようなことがあれば、あんたが探している少女も、この娘と同じ運命になるからね。わかったかい？」

師範はこう言った刹那《せつな》、力むことなく、ペン先を仁美の延髄《えんずい》のあたりに刺した。

雀蜂――。

偵察総局の工作員の間で伝説となった師範の暗号名を思い出した。

「あ……」仁美は小さな声を出して、手で首筋を押さえた。

悲しげな瞳が龍哉に向けられた。悶絶する姿を見る気はしなかった。

龍哉は目を伏せて、部屋を飛び出した。エレベーターに乗ると、壁を思い切り殴りつけ、そのまま崩れるようにしゃがんだ。

アツシは龍哉のことを親友と呼んでいた。この事実が心に重くのしかかっている。そして自分は親友が密かに愛した女すら救うことができなかった。全身の細胞が沸き立つような昂《たか》ぶりを覚え、邪悪な自分自身の体を切り裂いてしまいたい激情に駆られた。声にならない叫びをあげ、壁に頭を打ちつけた。

一階に到着する電子音が聞こえた。扉が開くと龍哉はふらふらとエレベーターを出た。そのとき、乾いた車輪の音とともに、入れ違いに乗る者があった。

香木の匂い――。

背筋を冷たいものが走り、龍哉は後ろを振り返った。

黒い大型のキャリーバッグを引いた老人が、こちらに背を向けたまま立っている。毛糸の帽子で、とっぷりと耳まで覆って輪郭を隠しているが、龍哉の頭の中で小さな火花が明滅した。

この人、もしや管理人――。

ズボンをはいているが、体の線が柔らかく、華奢だ。

もしかして女なのか?

そう思ったとき、エレベーターの扉がゆっくり閉まった。静まり返ったロビーに、モーターの作動音だけが響いていた。

龍哉は悟った。また管理人による死体処理が行われる。指導者を裏切ったとみなされた者は、その感情の欠片までもが、消し去られてしまうのだ。

龍哉は思考に没したまま足を運んでいた。

〈万が一、婆さんが生きているようなことがあれば、あんたが探している少女も、この娘と同じ運命になるからね〉

師範《ススン》の言葉が頭の中をぐるぐると回っていた。

七海は師範の指示の下で拉致され、監禁されているのだ。何か目的があるはずだ。いったい七海を使って何をしようとしているのだろうか。警戒すべきは管理人だ。師範に「倉本雅恵は生きている」と密告するようなことがあれば、七海は殺されてしまう。

〈やれば、お前は後悔する〉

死の間際のアツシの言葉を思い出した。いったい何を言おうとしていたのか。老い先短い雅恵を殺すことが、どんな後悔をもたらすというのだろう。

いろいろな思考が頭の中をめまぐるしく駆け回り、集中力を欠いていた。それは消毒を怠《おこた》ることにつながっていた。四ッ谷駅近くの飲み屋街でうしろから肩を叩かれたとき、龍哉は酷く狼狽した。

「倉本龍哉さんですね」

背後にコートを羽織った二人の男が立っていた。見知らぬ男たちだ。

「はい……」龍哉は身構えた。

短髪の男が警察手帳を開くと、金色の警察記章が街灯の光に輝いた。若いほうの男が龍哉の後ろに回って、逃げ道を封じている。

「神奈川県警のものです。光栄学園の筒見七海さんの件でお話を伺いたいのですが、ちょっとお時間頂けませんかね？」

年配の刑事がわざとらしい作り笑いを浮かべている。

「私は何も……」龍哉は後ずさった。

ズボンの背中にはグロックが入っている。ここで捜査車両に乗せられてしまえば、どさくさ紛れに身体捜検され、銃刀法違反の現行犯で逮捕されるだろう。

視界の中から逃走の手がかりを探した。午前二時、ほとんどの店は閉店して、飲み屋街は閑散としている。そのとき、五十メートルほど先でライトを一回点滅させた車があった。歩道沿いの路肩にとまっている濃緑色のラングラージープだった。

「お時間はとらせません。最近、学校も無断で休みだそうで、あなたをずっと探していたのですよ。何をしていたんですか？　さあ、行きましょう」

年配の刑事が龍哉の背中に手を回す。

ジープが動き出し、龍哉たちの前を通過して、後方に走り去った。

龍哉は視線の隅にそれを捉えると、刑事に向き直った。

「それは申し訳ございませんでした」龍哉は深く頭を下げた。

そのとき、脇道からふらふら歩いてきた中年二人組が、若い刑事にぶつかって地面に倒れこんだ。若い刑事が体勢を崩したと見て取るや、龍哉は頭を下げた低い姿勢のまま、膝をかがめ、正面の年配の刑事に体当たりした。

「うわっ」年配刑事はしりもちをついた。

龍哉は百八十度方向転換して駆け出した。若い刑事にぶつかった酔っ払いとすれ違う瞬間、視線が交錯した。

薄い眉に、鋭い三白眼、スキンヘッド。

全力で駆けながら、一瞬で記憶の糸がつながった。またこの男か。歌舞伎町で龍哉が殴り、そして、駒形清花園で雅恵を散歩させていた男だった。

「おい、待て！」若い刑事が叫ぶ。

新宿通りに飛び出すと、靴音が背後に迫ってきた。龍哉は左にフェイントをかけた直後、右に飛び、路肩に停まった車のボンネットを乗り越え、車道に躍り出た。クラクションに刑事の怒声が掻き消された。

車が行き交う新宿通りを渡りきると、路地の入り口に、あのジープが息を潜めるようにライトを消して停まっていた。後部座席のドアを開け、車内に飛び込んだ。

「ありがとう、楓さん」

「下に隠れて!」楓が叫んだ。

龍哉が座席の隙間に体をもぐりこませると、ジープはゆっくりと発進した。

ジープは新宿から首都高に乗り、八王子方面に向かって走った。午前三時、車は少なく、流れは順調だった。龍哉はこの四日間、ほとんど寝ていない。瞼は鉛のように重いのだが、覚醒した頭がまどろみすら許してくれない。

あのスキンヘッドの男は何者なのだろう。全身から発する空気は堅気のものではない。変幻自在に登場し、龍哉の行動を誘導している。ひとつの結論に向けて、遠隔操縦されているような不気味さを噛み締めた。

ハンドルを握る楓は押し黙っている。すべての事情を知っているのだろうか。なぜあの場にいたのか。疑問の泡が胸の中で、ぷつぷつと弾けては消えていく。

助手席のドアミラーを見つめていると、遥か後ろを走る車のライトが気になった。この三角形のライト、首都高に乗る前からついてきている。

「少し速度を落として」龍哉はドアミラーを見ながら言った。

楓は追い越し車線から左の走行車線に移り、時速六十キロにスピードを落とした。

「もっとゆっくり」

車の速度は四十キロになった。飛ばす車が多い未明の高速道路だ。白いメルセデスを先頭にトラックや乗用車、計七台が追い越していった。

「ちょっと、どうしたの？」楓がこちらを見た。

「いや、気のせいだ。スピードあげていいよ」

龍哉は助手席のドアミラーを見ながらつぶやいた。

極度の緊張が幻覚を見せているのか。常に誰かの視線が背中に張り付いているような気がしてならなかった。

再びスピードが乗ると、高速道路の継ぎ目を叩くタイヤの音が一定のリズムを刻み始めた。

「楓さん。独り言だと思って聞いてくれないか」

「何？」楓がミラー越しに龍哉を見た。

「俺、とんでもないことをしてしまった」

「どうしたの？」

「俺がやったことが、仲間の命を奪うことになってしまった」

「……うん」

アツシのことだと分かったのだろう。楓の声が震えているようだった。

「俺たちの間に友情なんてないと思っていた。でもそれは間違いだったことが今になって分かった。後悔で気が狂いそうだ」

「他に選択肢はあったの？　そうするしかなかったんでしょう？」

「ああ……」龍哉はミラー越しに楓の眼を見た。「俺はいま、どうしてもやりたいことがある。俺のことを信じてくれた生徒を救いたいんだ。俺自身が生きていくために、どうしてもやらなきゃいけない」

「信じてくれた……？」楓が繰り返した。

「こんな俺を信じてくれた。こんな最低な男をね。でも、そのためには、もうひとつ任務を果たす必要がある。またこの手を血で汚さなきゃいけないんだ」

「やればいいじゃない」突き放すような言いぶりだった。

「え？」

「やればいいじゃない。龍哉君がそれで胸を張って生きていけるならね。それが本当に祖国を救うことになるのなら、やればいいのよ」

龍哉はその言葉に唾を飲み込んだ。

「祖国……って。楓さん、俺のことどこまで知っているんだ？」

「知ってるよ。全部。あなたは朝鮮人民軍偵察総局第三局・李東植《イドンシク》工作員、でしょ？」

楓はさらりと言ってのけた。

「こ、公安はそこまで知っているのか……」

反射的に腰のグロックの銃把《じゅうは》に左手を回した。掌が汗でぬるついていた。

「怖いの？　怖いなら、その銃で撃っても構わないよ。でもね、あなたにとって大事なのは、工作員訓練で作られた人格じゃなく、生まれたままの自分の声をしっかり聞くことだよ。そうすれば二度と間違った判断をしないはずだよ」

楓は居酒屋で話したときのように、諭すような言いぶりだった。

龍哉は銃把から手を離した。恐怖と屈辱が押し寄せ、そして引いていった。いまここにいる楓は以前のまま、龍哉が好きになった坂本楓だった。公安の女密偵であることを確信しても、その感情が消えることがなかった。ふわふわとした慕情を胸に抱きしめながら、龍哉は眼を閉じた。

この気持ちは数時間後、見事に裏切られた。

目覚めたとき、龍哉はソファの上で毛布に包《くる》まっていた。重い体を起こすと、整然と並んだテーブルが見えた。人の気配はなく静まり返っていた。窓の外を見上げる。藍色の夜空にいぶし銀の光が差しはじめている。

福生《ふっさ》市内の廃業したレストラン。昨夜、楓の車でここに連れてこられ、一週間ぶりに横になった。深く眠ったつもりはなかったが、隣で毛布をかぶっていたはずの楓の姿は跡形もなくなっていた。

「楓さん……？」

龍哉の声はホールに虚しく響いた。午前五時半か。主なきレストランの壁時計だけは時を刻み続けている。

再び窓の外を見た。粗大ごみが打ち捨てられた駐車場に、濃緑のラングラージープはなかった。

そのとき微かに笑い声が聞こえた気がした。聴覚を研《と》ぎ澄ます。

甲高い男の声だ。無人の厨房の奥から漏れてくる。ズボンの腰に差したグロックに左手を添えながら、音のするほうに忍び足で向かった。

〈休憩室〉

小さなプレートが貼ってある扉があった。レストランの従業員用の休憩室だったのだろう。

扉をそっと押し開ける。十畳ほどの和室だ。声は奥の、間仕切りカーテンの向こう側から聞こえてくる。迷わず進んで、カーテンをさっと引いた。

小さな背中。窓から入り込んだ青白い光に、振り返った顔が浮かんだ。布団の上にちょこんと座った老婆。その脇にあるラジオから、男女の会話が聞こえていた。

倉本雅恵だった。なぜここにいるのだ。

わずかな間、夢と現実の判別に苦しんだ。見えるのは二つの事実だけだ。金剛山の管理人は、雅恵をここに隠した。そして楓が龍哉をここに連れて来た。繋がらない二つの点に、操られているような気がした。

老婆を殺せ――。

ふいに心の声が聞こえた。倉本龍哉の声なのか、それとも、工作員・李東植の声なのかは分からない。だが、龍哉は無意識のうちに行動を起こしていた。革ジャンの内ポケットからペン型毒針を取り出した。五回捻ると先端から三センチほどの針が出てきた。鼻で息を吸って、老婆の前に膝をついた。

そのとき雅恵が相好《そうごう》を崩した。

「龍哉君、泣いちゃだめよ」

またあの台詞だ。頬に喜びを湛《たた》えながら、龍哉をしっかりと見つめている。

龍哉は自分の両目に熱いものが込み上げているのに気づいた。

なぜだ。なぜ、俺は泣いているんだ――。

「龍哉君の涙……」

両手が伸びてきた。皮膚は乾いて皺くちゃだった。

「やめてくれ」

枯れ枝のような指が頬に触れる直前に、強く振り払った。左手の毒針を強く握り締め、老婆の髪の毛を右手で摑んだ。

「坂東も、そうやって殺したのか」

低く掠《かす》れた声に、龍哉は雷に打たれたように、全身を強張らせた。

声のしたほうを振り返ると、部屋の片隅に黒い影があった。男が壁にもたれて座っている。

「誰だ」

「俺の手で坂東を殺してやりたかったが、おまえに先を越された。残念だよ。……その婆さんをやるまえに、少し話をしないか」

殺気はない。それどころかその声は憂《うれ》いを帯びているように聞こえた。

そのとき橙の光が畳を照らし、男の荒廃した容貌が浮かんだ。感情も、体温も感じさせない、冷たい眼が朝日を映している。

「もしかして、あなたが……」いいかけて、唾を飲み込んだ。

「筒見慶太郎だ」

ばらばらの記憶が頭の中で一つになっていく。間違いない。函館にある神林貞夫の自宅に母の手紙を届けに行ったとき、遺品の整理をしていた男だった。そして公園で倉本雅恵を監視していたときもこちらを見ていた。

これが筒見慶太郎だったのか――。

目の前の男の髪は乱れ、無精髭に覆われている。壁にもたれて片足を投げ出したその姿は、七海の部屋で見た写真の男とはまるで別人のように、生命力を感じさせなかった。

条件反射的に腰からグロックを抜いていた。筒見の眉間に銃口を据えたその時、グロックが宙を舞っていた。両足が重力を失い、仰向けのまま畳に叩きつけられた。背中に受けた衝撃はすさまじく、正常な思考と呼吸を取り戻すのに、数秒を要した。

あのスキンヘッドが仁王立ちして、グロックの銃口をこちらに向けていた。二人とも、気配どころか、臭いすら消し去って、闇に潜んでいたのだ。

このまま逮捕されるのか。龍哉は無意識のうちに工作員の掟《おきて》に従った。呻きながらうつ伏せになると、革ジャンのポケットから煙草の箱を出した。

「服毒自殺か。覚悟を決めてやれよ」

筒見は座ったまま言った。

龍哉は箱の蓋を開け、フィルター部分に赤ペンで印をつけた煙草を取り出した。平壌で見送りに出てきた母の顔が頭に浮かんだ。

母上様、ごめんなさい――。

煙草を口に咥え、眼を瞑って強く噛んだ。この煙草の中には、青酸カリ入りのアンプルが仕込まれている。口に広がった苦味を飲み込み、苦痛に耐えるために歯を食いしばった。悶絶しながら三十秒以内で死に至るはずだ。しかし体にまるで異変は起きない。

「新宿署で中身を入れ替えた。ビタミンCだ。体にいいぞ」

筒見が片方の口角をぎこちなく持ち上げたが、すぐにもとの表情にもどった。

時計にGPSを仕込んだだけでなく、自殺用アンプルまですり替えていたのか。すべてを封じられた龍哉は、屈辱とともに沈黙した。

「倉本、君は自分が何者か、考えたことがあるのか？」

筒見の問いに、龍哉は抵抗の眼差しを返した。

「答えろ。自分が誰なのか、考えたことはあるのか？」筒見は繰り返した。

「考える必要もない。自分のことは、俺自身が一番よく分かっている」

「可哀想な男だ」筒見は短くため息をついた。「……自分のことも知らずに行動を起こそうとしているのか。己を俯瞰せず、衝動と感情で行動するのは、どの国の若者も同じだ。理性も哲学もない。愚かなものだな」

「なんだと？」龍哉は立ち上がった。

筒見は無感情な瞳で龍哉を見上げているだけだった。この男は挑発的な言葉で心を揺さぶっている。

「お袋さんは元気か？」質問は唐突に変化した。

「なぜ母のことを……」

「おまえはお袋さんのことをどれだけ知っているんだ。どこで生まれて、仕事は何をやっていて、どんな恋をして、どんな家族がいたのか。そして今、心から幸せを感じているのかどうか。じっくり話したことはあるのか？」

龍哉は首を振った。

「函館でお袋さんから神林貞夫宛の手紙を読んだだろう。差出人は誰の名前だった？」

筒見は機械のように問いかけた。執拗な問いが、何か重大な答えをもたらしそうな気がした。

「トシコ……」龍哉は呟きを返した。

そう、片仮名で「トシコ」とだけ書いてあった。母の名前は「李淑姫《イスクヒ》」だ。在日朝鮮人だった父と結婚して、日本から平壌にやってきたと聞いていたが、母の日本名は知らなかった。

「そうだ。お前のお袋さん、トシコさんは、ダッカで殺された神林貞夫とは人目を忍ぶ恋人同士だった。手紙を読んで気付いただろう」

筒見の言葉に、龍哉は黙って頷いた。

母が神林に宛てた手紙を読めば、母と神林が恋愛関係にあったことは分かった。二人は三重県志摩市に住む真珠養殖職人だったのだ。

「お袋さんはいま、どこにいる？」

この質問には答えるわけにはいかなかった。

「平壌だな？」筒見の視線が冷気を帯びた。

龍哉は無言を貫いた。この質問に答えれば、自分の正体を明かすも同然だ。正体を明かすことは、潜入工作員としての死を意味する。

「母の話はやめてくれ」龍哉は踵《きびす》を返し、部屋の出口に向かった。

「倉本俊子……」筒見の言葉に力がこもった。

龍哉は立ち止まった。

「お袋さんの日本名だ。その母親の名前は倉本雅恵だ」

「それがどうしたのですか。私は倉本龍哉。おっしゃる通り、母の名は俊子、祖母の名は雅恵です。それは戸籍にも記載されている事実です」

「倉本龍哉」は、偵察総局に入局した直後に与えられた偽の身分だ。日本人に背乗りする工作員は、与えられた身分の本籍地、家族の名前、生年月日、転居歴など基本情報を最初に頭に叩き込まねばならない。戸籍謄本によると、「倉本龍哉」は父親のいない非嫡出子で、一九八七年六月四日生まれ。母親は俊子、祖母は雅恵と記載されている。偵察総局の指導員の説明によると、三人とも三十年前から消息不明であるため、安全に背乗りできるとのことだった。だから雅恵に成りすました師範との間で、祖母と孫を演じていたのだ。

筒見の視線がふと柔らかくなった。それは同情の色にも見えた。

「おまえは自分自身に成りすましていただけだ。お前は三十年前、神林貞夫と倉本俊子の間に志摩市で生まれた日本人だ。これを見ろ」

筒見は何かを放り投げた。四角い紙片だった。

動けなかった。頭の中をぐるぐる駆け巡っていた問題の解答がここにある。それは龍哉のアイデンティティを根本から崩壊させるものだと察しがついた。

「拾えよ。覚悟を決めろ、倉本龍哉」

強い語気に背中を押された。

筒見に視線を貼り付けたまま、にじり寄り、身をかがめた。

近くで見る筒見は満身創痍《まんしんそうい》だ。右目の下に縫合痕があり、その周囲が赤黒く腫れ上がっている。頭を力なく壁にもたれさせたまま、眼の動きだけで龍哉を見ていた。投げ出された長い手足は、弛緩しているように見えた。

筒見が放り投げたのは、退色したカラー写真だった。若い男女が笑っている。二十代と思しき女は、肩までの髪に小麦色の肌、決意を込めたような大きな目でカメラを見つめている。左右に張った耳は龍哉と同じだ。

幼少期の記憶の残像にある母の姿だった。

その隣で、長身、短髪の男が赤ん坊を抱いている。眩しそうに目を細め、赤ん坊の顔を覗いている。若い頃の神林貞夫に違いなかった。

背景には、青い海とリアス式海岸が広がっている。

〈一九八七年七月一日〉右下に日付が刻印されていた。

「これが、俺なのか……」声が震えた。

「神林の家にあったものだ。神林はこの写真を大事にアルバムに入れて保管していた」

「嘘だ……あの神林が俺の……」

あの神林貞夫が実の父だというのか。全身の血液が地面に吸い込まれていくようだった。

摑みかかってきたときの怒りに満ちた表情、両手の肌触り、息のにおい、さらに顔を蹴りあげたときの固い感触までもが、鮮明に蘇ってきた。

筒見はふっと息を吐いて続けた。

「嘘じゃない。そして、おまえはいま、実の祖母を殺そうとしている。国家に利用されて、肉親を手に掛けようとしているというわけだ」

雅恵はこちらに背を向けて座っている。息を呑んで、龍哉の返事を待っているように見えた。

「この人が俺の祖母……。でも、母は、在日の父と結婚して……」

「北朝鮮によって作られた話だ。倉本俊子は一九八八年の初め、その写真が撮られた約半年後に鹿児島県吹上浜で失踪した。おまえを連れて忽然と姿を消した」

「俺と一緒に失踪？　なぜですか。……あの手紙には『麻子おばちゃん』という人の知り合いがいるから吹上に行くと書いていたじゃないですか」

「北朝鮮工作員による拉致だ」

「母と俺が……拉致された？」

「花田麻子。志摩で雅恵婆さんの茶道教室に通っていた女だ。お袋さんは、花田の手引きで吹上に身を隠した。花田麻子の正体は北の工作員だ。そして彼女は今、おまえを操っている」

「まさか……師範が……」

龍哉は膝の震えを堪えた。師範は二つの身分に成りすましていたのか。筒見の指摘は辻褄《つじつま》が合っている。だが、龍哉の頭は、突きつけられた事実に抗《あらが》っている。

〈やれば、おまえは後悔する〉〈俺はおまえの大事なものまで……すまなかった〉

アツシの最期の言葉がよぎり、頭を激しく振った。そして僅かに残っていた気力を振り絞って、笑顔を作った。

「筒見さん、それは面白いストーリーですね。そんな壮大な創作で、俺をスパイにするつもりですか？　そんな手には乗りませんよ」

これは龍哉の最後の抵抗だった。

筒見はすべてを見透かしたように、頷いた。

「君にプレゼントするよ」

右手に銀色のチェーンがぶら下がっていた。その先には小さな玉がぶら下がっていた。

龍哉は筒見の前に膝をついて、掌にそれを載せた。桜色の真珠だった。

「この真珠はそこにいる雅恵婆さんが警察に保護された時に持っていた。彼女はこれを身に着けて日本中で娘の俊子さんを探し回っていた。そして……」

筒見は胸ポケットから真珠を一つ取り出した。

「覚えているな？　これはおまえのお袋さんが神林に宛てた手紙に入っていたものだ。そしてもう一つ君の人生を証明するものがある……」

こう言いながら筒見は自分の右手首からブレスレットのようなものを外して、龍哉の掌に載せた。

「神林が持っていたものだ。もう一度、これを見ながら自分自身を見つめなおせ」

ソメイヨシノのように淡い桜色。紛れもなく同じ真珠だった。

なぜか涙があふれてきた。龍哉は真珠のブレスレットを胸に押し付けて、その場に蹲った。嗚咽《おえつ》を堪えることはできなかった。

「雅恵婆さんは俺の仲間が守る。おまえはほとぼりが冷めるまで、隣の姉ちゃんと姿を隠していればいい」

穏やかな顔が龍哉を見つめていた。

はじめてこの男が七海の父親であることを意識した。

龍哉は立ち上がった。

「お嬢さんは……七海さんは、私が救います。それが倉本龍哉として、ひとりの人間としての責任です」

龍哉が声を振り絞ると筒見は深く頷いた。

「ありがとう。でも、娘は、七海は、俺がこの手で助ける。そのために、おまえの上官の命令に従うことにする」

「師範が筒見さんに何か命令したのですか」

筒見は僅かに頷いた。くすんだガラス玉のようだった瞳に一瞬、冴え冴えとした光が宿ったように感じた。

晩秋の好天に恵まれた朝、北朝鮮は捨て身の挑発に打って出た。アメリカや中国の警告を無視して大陸間弾道ミサイルの発射実験を行ったのだ。新型ミサイルは北東方向に飛び、北海道上空を越えて、六千キロ離れたアメリカ・アラスカ沖に着弾した。朝鮮中央テレビは「超小型核弾頭の実物」と称する球体を映し出し、「米国本土攻撃の準備は完了した」と宣言した。

警視庁本部二階の取調室で、筒見は項垂《うなだ》れて座っていた。一切の感情が消え去ったように、机の一点を見つめている。その顔は敗北を喫したボクサーのように腫れあがり、長らく監獄に閉じ込められていたかのように生命力を失っていた。

「いままで、どこにいたんだ？」

刑事が穏やかな表情で尋ねた。五十代後半に見える。ダッカに身柄を引き取りに来た捜査一課のベテランだった。筒見は前触れもなく正面玄関で名乗り、この刑事を呼び出した。

「ずっと東京にいた……」

「なぜ出頭することにした？」

「事件直後は頭が朦朧としていた。記憶を辿るうちに真実が頭の中に湧いてきた。俺が神林貞夫を殺し、死体をばらばらにした。いまは記憶がはっきりしている」

「そうか……。誘拐と殺害、死体損壊の状況について、時系列に沿って説明してくれないか？」

「言うつもりはない。黙秘する」

「あなたの内面は言う必要がない。外形的な事実から教えてくれればいい」

「黙秘する」

「誰かの指示を受けてやったのか?」

「黙秘だ」

神林貞夫の誘拐と殺害を認めた筒見は、あらゆる質問に「黙秘」とだけ答えた。刑事は終始一貫丁寧に解きほぐそうとするが、筒見は牡蠣のように口を閉じ、周囲に大きな壁を作り上げて、その中に立て籠もった。


〈警視庁に出頭し、神林貞夫の殺害を認めよ。送検されたあと、都内にて娘を解放する。牡丹の花小隊〉


携帯電話にこのメールが届いたのは、二日前のことだ。差出人は坂東篤志を動かし、七海を連れ去ったニセ倉本雅恵に違いない。七海を取り戻すためにはこの指示に従うしか術はなかった。

右眼の下から耳にかけての傷は化膿して大きく腫れあがり、視界を塞ぎ始めている。頭に血腫でもあるのか、頭蓋が破裂せんばかりだった。出頭前にオキシコドンの錠剤を処分してしまった今、この痛みから逃れる方法もなかった。

「筒見さん、怪我は大丈夫か?」刑事が顔を覗き込んだ。

「ああ」

「痛みはないのか?　警察病院に連れて行こうか?」

「余計な心配は無用だ」

「じゃあ、きちんと話をしよう。あんたは神林貞夫との接点はない。生活に困っていた様子もない。身代金目的で誘拐し、殺す理由が、俺には見えないんだ」

刑事は腕を組んだ。

「すべて裁判で明らかにする。時間の無駄だ。早く逮捕してくれ」

筒見は机に視線を落としたまま語気を強めた。

「俺はプロとして、こんな形のまま逮捕したくない。あなたが何か重大なことを隠しているような気がする」

筒見は初めて顔を上げ、刑事の顔を見た。「瀬戸口大河を呼んでくれ。話がしたい」

刑事は腕を組んで溜息をついた。

「それは無理だ。警察庁警備局は北朝鮮のミサイル実験で大騒ぎだ。瀬戸口理事官は官邸への報告で大わらわのはずだ」

「いや、ヤツは必ず来るよ。一時間以内にね」

取調室に瀬戸口が入ってきたのは、五十分後だった。顔を紅潮させ、眉間に深い皺が刻まれている。

「二人で話をさせてくれ」瀬戸口は顎で録音録画のボタンを指した。

刑事が「取り調べ、中断」といって、録画停止のスイッチを押した。刑事たちが部屋を出て行ったあとも、瀬戸口は落ち着かぬ様子で、椅子に座ろうとしなかった。

「座れよ。ゆっくり話そうぜ」筒見は椅子を指した。

「俺を脅迫するつもりか?」瀬戸口は言った。

「脅迫?　なんの話だ?」

「じゃあ、このメールは何だ?」

瀬戸口は筒見の眼前に、携帯電話の画面を突きつけた。

〈栄キャッシング〉

〈瀬戸口綾子〉

名前の下に、日付と金額がびっしり並んでいる。

〈残債：32，871，210円〉

これは筒見が出頭直前に送りつけた、栄キャッシングの貸し付け記録だった。

「情報提供をしたまでだ」

筒見が右の口角を持ち上げると、瀬戸口は拳で机を叩いた。

「公安部の狂犬は、人の妻の借金まで探るのか！」

「栄キャッシングは大成会寺島連合傘下の闇金だ。栄の社員たちは、坂東篤志という男と組んで、派手に稼いでいた。闇金の情報は坂東に筒抜けだ」

「坂東？　誰だ、そいつは」

「北朝鮮の工作員だ」

「北……」瀬戸口は眼を見開いた。

「おまえは北の工作機関の標的になり、すでに搦《から》め捕《と》られている。自宅に帰ってパソコンを見ればいい。北朝鮮製の遠隔操作ソフトがインストールされている。ロック解除のための指紋も盗まれているし、おまえが綾子さんを虐待する画像も奪われている」

「虐待……？」瀬戸口は眉間に皺を寄せた。

「恍《とぼ》けるな」

「妻と不仲なのは認めるが、妻に手を挙げたことすらない」

「あんたの夫婦関係に深入りするつもりはない。ただ、借金は俺が処理してやる。このままじゃ、歌舞伎町の不良どもに家をとられて、身ぐるみ剝がされるぜ。三千三百万近い金を返せるのか？」

筒見は顎を動かして瀬戸口の携帯を指した。

「あんたの助けは必要ない。妻の借金は俺が返済する」

「この緊張下に、日本警察のカウンターインテリジェンス担当者の自宅に北朝鮮工作員が入り込んで、パソコンのデータを盗んでいた。これが発覚すれば、日本政府の信頼は失墜して世界の情報交換ネットワークから弾き出される」

「俺が警察を辞めて償うしかない」瀬戸口は覚悟を決めたように言った。

「辞める？」筒見は鼻で笑った。「辞めるだけで簡単に終わらせるつもりか。お前も兄貴と同じように逃げるのか？」

「兄は逃げたんじゃない。おまえに抗議して命を絶ったんだ」

瀬戸口は憤然とし、目を吊り上げた。

「スパイ疑惑をかけられて自殺した外交官の弟が、北の工作員に籠絡されていた。これが明らかになった時、世間がどう反応するか分かるか？　やっぱりそういうことか、だ。必然的に死んだ兄貴への疑念も膨らんで、抗議の自殺を遂げたエース外交官という虚像も崩れる。……まあ、十年前の事件がいまになって再評価されるのは、俺にとって有難いことだがね」

筒見はここぞとばかりに追い詰めていった。

「兄が……」瀬戸口の唇が血色を失っていた。

「お前がやるべきことは、二つだ。まず、俺を今日中に逮捕すること。今すぐ刑事局と警備局の見解をまとめて、警視庁に逮捕の指示を出すように仕向けろ。もう一つは、俺が送検されたあと、ダッカでの捜査でおまえが何をやったのか。その真実を告白することだ。そうすれば、おまえの大失態を闇に葬ってやる」

瀬戸口は何かを言い返そうとしたが、唾を飲んで押し黙った。

筒見は、瀬戸口の襟首を摑んだ。

「行け。早く俺を逮捕させろ。俺は神林の生首を隠し持っていたんだ。死体遺棄容疑で逮捕状が取れるはずだ」

〈バングラデシュ・ダッカで俳優・神林貞夫さんが誘拐され、遺体で見つかった事件の捜査が急展開です。今日午後、遺体の頭部を自宅に隠し持っていた在バングラデシュ日本大使館の館員が警視庁に出頭、死体遺棄の疑いで逮捕されました。
逮捕されたのは日本大使館の二等書記官だった筒見慶太郎容疑者です。筒見容疑者はダッカ市内の自宅アパートに神林貞夫さんの頭部と凶器と見られるアサルトライフルを隠し持っているところを、現地治安当局に発見され、拘束されていました。
筒見容疑者は日本に帰国した後行方をくらましていましたが、今日午後、警視庁に出頭、神林さんの殺害を認めたため、警視庁は、死体遺棄の疑いで逮捕しました。筒見容疑者は「自分が殺しました」と話す以外は、黙秘を続けているということです〉
龍哉はエンジンを切ると、車を降りて南の夜空を見上げた。龍哉には、筒見が七海を救うために下したこの決断が正しいとは、どうしても思えなかった。

俺が七海を救うしかない——。

大きく息を吸うと、生臭い潮の香りがした。そのホテルは三浦半島の、東京湾を望む崖の上にある。バブル期に建設され、一時は高級リゾートとして一世を風靡したのだが、十年前に経営破綻して以来、廃屋のまま放置されている。

深夜零時半。龍哉は門扉を乗り越えて、敷地内に侵入した。経営者一家はこのホテルの一室で練炭自殺したとかで、夏場の心霊スポットとして有名らしい。坂道を上った先に、白い本館が暗闇に浮かんでいた。白壁の黒ずみは死者の亡霊に見えなくもない。

建物の向こう側は断崖、浦賀水道だ。東京湾のうねりが作り出す轟音が聞こえる。閉ざされた玄関扉の脇で、青いダイオードが光っている。小さなパネルに顔を近づけると、瞳の虹彩認証で鍵が開いた。携帯電話の明かりを頼りに、本館の玄関ホールを抜け、アネックス棟に入った。黴臭《かびくさ》さが鼻を衝く。龍哉は廊下の一番奥にある部屋の扉をノックした。天井についた半球状の監視カメラのレンズがわずかに光ると、すぐに鍵が遠隔解除された。

この廃ホテルは、工作組の間では〈白頭山《ペクトウサン》〉と呼ばれている。歌舞伎町の〈金剛山〉と同じく、在日同胞の実業家が買い上げたものを、偵察総局が改装して隠れ家《シェルター》として使っている。

重い扉を押し開くと、薄明りのついた大きな部屋が広がっていた。真ん中のソファに師範が座り、テレビのニュース番組を見ていた。ここでも筒見の逮捕を大々的に伝えている。４Ｋ液晶テレビの青白い光に照らされた師範の顔は、冷酷な本性を浮き彫りにしていた。

龍哉が直立不動の姿勢をとると、師範はリモコンでテレビの電源を落とした。

「ご苦労だな。お茶でも点《た》てよう」

「恐縮です」龍哉は向かい合わせに座った。

ソファの脇には旧式の石油ストーブがあり、ヤカンから湯気が立ち上っている。師範は茶碗にヤカンの湯を注いで温め、湯を大理石の灰皿に捨てた。茶杓《ちゃしゃく》で抹茶を入れると、湯を注ぎ、素早く茶筅《ちゃせん》を振った。

「いただきます」

茶碗を捧げ持ち、時計回りに回して、口に運んだ。龍哉は茶を啜りながら、師範の脇にあるテーブルに眼をやった。山積みの百ドル紙幣の束だ。

ひと束で一万ドルくらいだろう。少なくとも百万ドルはありそうだ。

「アツシの家にあったものじゃ。ほら、そこにも」

杖で指した先には、大型のジュラルミンのケースが二つ、鈍い光を放っている。師範はアツシの部屋からこの現金を回収したのだ。師範はアツシを査問にすらかけず、処刑命令を下した。師範の最大の目的は、アツシが集めた金を独占することだったのではないか。心の中でそんな疑念が膨らんだ。

大きな咳払いが響いた。

「報告を聞こうかのう」師範が居住まいを正した。

「はい……」龍哉は正面から師範を見据えた。「アツシは任務を実行しておりました」

「婆さんの死体はどうした」

「隅田川に……。そのうち死体が上がるでしょうが、徘徊の末、川に転落したことによる心臓麻痺が死因となります」

「アツシは有能な男だった。残念でならん」

師範が悲しげな顔を作って見せた。

「ところで師範……」龍哉は頭を下げたまま続けた。「筒見七海はどちらにおりますか？」

「なぜあの娘のことが気になるんだ」師範の声が低くなった。

「七海の失踪については、私に嫌疑がかかっております。父親も警視庁に出頭して、神林貞夫殺害を自白し、逮捕されました。もはや、七海を拘束し続けても、我々工作組にとってリスクにしかなりません」

「ほう。己の安全のためか？」

「いえ。何よりも、我々革命戦士の行動には大義が必要です。筒見七海を捕らえておくことに大義がないように思います」

師範の眉間に力が籠り、細い眉がつりあがった。

「立派なことを言うようになったのう。劣等工作員のおまえが、この私にお説教かい？」

「いえ、そのようなつもりは毛頭ございません。ただ、ひとつ確認させてください。筒見七海の拉致は本当に本国の指示なのでしょうか？　偵察総局がこのようなリスクの高い任務を指示するとは……」

言いかけたとき、杖がびゅっと風を切った。左耳に激痛が走った。押さえた掌が鮮血で染まっていた。

「解放はまだだ」喉元に鋭利に尖った杖の先端が突き付けられた。

「次の工作任務を完遂するときに解放する」

「次の任務……」

龍哉が呟くと、師範は不敵な笑いを浮かべた。

「横須賀基地に潜っている同志からの通報によると、米帝が自衛権の行使と称して、我が国への攻撃の準備を始めている」

「ぴ、平壌が攻撃されるのですか」胸がざわめいた。

「そうじゃ。日本政府は米帝の荒唐無稽な主張を支持し、反共和国の侵略策動に同調している。共和国人民の平和と安全を脅《おびや》かす策謀に対して、我々工作組に鉄槌を下せとの指令が下った」

「鉄槌……」

「破壊工作じゃ。この任務は限られた工作員で極秘裏に実行する。企画立案は金剛山の管理人、おまえは私と管理人との連絡調整係だ」

「あの管理人が企画立案……？」

金剛山での光景を思い出した。あの管理人は何者だろう。龍哉の肩越しに、アッシの腹の正中線上を三発射抜いた銃の技術は相当なものだ。本国からの指令は、要人暗殺の任務なのだろうか。

「計画の詳細については管理人から説明させる。なかなか面白い計画じゃ。任務完遂後には、本国に帰還して、おまえも共和国英雄の称号を得ることができるぞ」

杖の先が喉元から離れた。


新宿のネオンに照らされた夜空は明るかった。鍵を開け、金剛山の扉を押し開いた。絨毯は取り換えられているのか、飛散したアッシの血は綺麗に消えていた。

管理人室につながる小窓をノックすると、いつも通り、がらりと引き戸が開いた。暖かい空気が流れ込み、懐かしい朝鮮の鍋料理が香った。テレビの音が聞こえる。今日も音楽番組だ。

小窓は胸ほどの高さのため、管理人の姿を拝むことはできない。

「工作任務のために来ました」

龍哉が告げると、テンキーが差し出された。

改めて見ると管理人の手は、戦闘工作員の分厚いものではなく、手首から指先の造作は細く、華奢だった。

いつもの通り、十二桁の暗証番号を押し、床下の鍵を開けた。絨毯をはがし、床板を持ち上げると、そこには黒い大型トランクが置いてあった。

「実行日時を伝える……」管理人が低い声で呟いた。「十二月一日午前九時。標的、八時五十分発のぞみ十一号東京発博多行き」

「新幹線ですか」龍哉は血の気が引くのを感じた。

「おまえは危機管理役だ。運搬役が指定席に座るのを、その目で確認すればいい。席は一号車10のDだ。問題が発生した場合に限り、おまえが師範に電話で知らせろ。起爆は発車から十分後、師範が実行する。携帯電話の微弱電流による遠隔起爆だ。師範は電話をかけるだけだ。万が一、失敗した場合、私が電話をかけて起爆させる」

「起爆？　待ってください。高速走行中の新幹線の先頭車両を爆破すれば、一般市民を大量虐殺することになります。我々は知略で敵を殲滅《せんめつ》する工作員であり、卑劣なテロリストではありません」

「忘れたのか？　工作員の使命は、革命のために祖国の爆弾になることだ」

「これは本当に本国の指令なのですか」

「任務を拒否するつもりか？」管理人の言葉に氷のような響きがあった。

「いえ、確認をしたままでです」

「師範にこの携帯電話を渡しなさい。起爆用のものだ。架電番号は電話帳に登録してある。いいな」

管理人はこういってプリペイド式携帯を小窓から差し出した。

「これが爆弾ですか」龍哉は床にある黒いトランクを指した。

「それは予備の爆薬、過酸化アセトンだ。速やかに白頭山の機材庫に運んで、厳重管理しなさい」

「……はい」

「龍哉よ。自分の声を聞きながら判断し、行動しろ。ただし、師範はおまえの行動を監視する工作員をつけている。そのことを忘れるな」

これだけ言って、管理人は窓をぴしゃりと閉じた。

筒見は検察庁に送致されると同時に、これまでの自白を翻《ひるがえ》した。

「ボスティでペットボトルの水を飲んだ後、意識を失った。意識が回復した時には自宅のバスルームに寝ていて、背中の下に神林の頭部があった」

当初の供述に立ち戻るのは、計画通りのことだった。だが、この直後、筒見は取調室で嘔吐して昏倒《こんとう》し、警察病院に救急搬送された。硬膜外血腫が広がって、脳を圧迫しているのが原因だったことが、ＭＲＩ画像で明らかになった。

入院五日目の朝、これまでとは違う刑事が、苦虫を嚙み潰したような顔で病室に入ってきた。

「捜査一課管理官の原《はら》です。こんなものが見つかりました」

管理官は紙袋から、弁当箱ほどの大きさの黒い箱を取り出した。

「どこにあったんだ」筒見はそれを奪うように取った。

「見覚えがありますか？」

「ダッカの自宅に仕掛けていた防犯カメラだ」

「どこで入手して、どこに仕掛けていたのですか？」

「これは前任地のニューヨークで買った狩猟用のカメラだ。本来、獣道に仕掛けるもので、赤外線で感知してカメラが作動する仕組みになっている。転居した直後、防犯用に玄関脇の壁に自分で埋め込んでおいた」

「このカメラの存在を誰かに伝えましたか？」

管理官は、筒見に喋らせることで誰かの供述とのすり合わせを行っているようだった。

「瀬戸口理事官に回収と分析を頼んでいたが、カメラが壊れていて、画像データの再生は不可能だと聞いていた。カメラは廃棄したと言われたのだがね」

管理官は頷きながら筒見の話を書き取ると、パソコンを開いた。

「そうでしたか……。ところが、カメラは存在していたし、画像の再生は出来たのです。これが中の映像です……」

パソコンの画面が筒見のほうに向けられた。

広角レンズが筒見の部屋の玄関前、廊下全体をとらえている。いまとなっては懐かしい映像だった。時刻は〈6．19．2017 7：45PM〉と表示されている。つまり、身柄拘束当日の画像だ。

帽子をかぶり引っ越し業者のような恰好をした男が三人画面に入ってきた。顔ははっきりと見えないが、ベンガル人らしき顎髭の男が台車を押している。一メートル四方程の大きさの木箱だ。

男たちは周囲に視線を走らせると、鍵で解錠し、扉を開けた。顎髭が台車ごと木箱を室内に押し込むと、残る二人の男が続いた。ひとりは筒状の袋を肩に担ぎ、もうひとりは丸く膨れた巾着袋《きんちゃくぶくろ》のようなものを持っていた。

男たちが部屋から出て行ったのは、十五分後の午後八時だった。木箱の載った台車を押しながら何食わぬ顔で出て行った。最後に部屋を出た男が一瞬カメラの方向に目を向けている。色白の肌、帽子の鍔《つば》の下で光る吊り上がった一重瞼《ひとえまぶた》。まぎれもなく坂東篤志だった。

管理官はビデオの再生を一時停止して、坂東をペンで指した。

「この男に見覚えは？　東洋人だ」

「知らないな」筒見は恍けた。

管理官はビデオを午後十時五分まで早送りした。

黒ずくめの特殊部隊の一団が画面に現れた。全部で七人。解錠して突入。間もなく銃を突き付けられた筒見が裸のまま引きずり出されてきた。

「この日の夜の画像は以上だ」管理官はパソコンを閉じた。

「で、どういう結論なんだ?」

筒見が先を促すと、管理官は困惑の色を顔一面に浮かべた。

「あなたはこの二日前の午前七時に部屋を出る姿がカメラに映っているが、それ以来、帰宅する様子は映っていない。つまり、あの木箱に入っていたとみるのが順当だ。当初の主張通り、あなたは意識を失ったときに、木箱に入れられ、神崎貞夫の頭部、凶器のライフルとともに自宅に運び込まれた。持ち込まれた物体の大きさを科学的に検証した結果、導き出された結論だ」

「このカメラはどこから出てきたんだ?」

「警察庁外事課の瀬戸口理事官が隠し持っていた。それを昨日になって出してきたんだ」

管理官は忌々《いまいま》しげに言った。

瀬戸口は自宅のパソコンに遠隔操作ソフトが組み込まれていることを確認して、筒見の指摘を信じるしかなかったのだろう。観念して、すべてを明らかにする覚悟を決めたのだ。

「この映像だけで嫌疑は晴れるのか?」

「もうひとつ重要な供述がある。カウランバザールのスラム街で、あなたにペットボトルの水を渡したという子供が現れた」

「サイードが?　五万人が住むあのスラムからどうやって探し出したんだ?」

筒見にとって思わぬ事実だった。

「おととい、現地で取材中の日本人の女性カメラマンに付き添われて、ダッカの日本大使館にやってきたそうだ。昨日、私の部下が現地入りして聴取してきた。サイード君はこの画像に映っている東洋人の男に頼まれて、筒見さんのことを監視していたと証言している。指示された通りペットボトルを渡したら、それを飲んだ筒見さんが倒れた、とね」

サイードを連れてきた「女性カメラマン」は坂本楓に違いない。筒見は彼女の部屋のカメラにあった写真を思い出した。あの女は何者なのだろう。筒見を救うことに何の意味があるのだ。彼女の目的は、筒見を使って神林貞夫暗殺事件の背後に広がる闇を暴露させることなのではないか。

坂本楓は敵なのか、それとも味方なのだろうか。

管理官は吐き捨てるように続けた。

「これで瀬戸口理事官は終わりだ。五ヵ月間、最大の証拠であるカメラを隠蔽し、あなたを犯人に仕立て上げた。いま警察庁の首席監察官の取り調べを受けているが、『隠蔽の理由は近日中に明らかにする』と説明を拒んでいるそうだ。でも俺には瀬戸口理事官の一存でやったとは思えない。誰かに隠蔽を指示されていたとしか思えないね」

「誰に、だい？」筒見は声を低くした。

「筒見さんに罪を被せたい、社会的に抹殺したいヤツがいるんだろうよ。筒見さんにも思い当たる節があるだろう？」

「俺に恨みを持つ奴はいくらでもいる。たくさんいすぎて分からないよ」

筒見は首を横に振った。

管理官は笑ったが、すぐに深刻な顔を作った。

「医師や検事とも相談するが、退院と同時に釈放だ。ただね、上層部はあなたがこの証拠隠蔽問題を告発するのではないかと恐れている。俺は筒見さんに、どうしろと指図するつもりはない。ただこの問題を大きくするつもりがあるのかどうか、意向を確認しておきたい」

おおかた刑事部長あたりに感触を探って来いと言われたのだろう。警察キャリアというのはどうも保身にだけは長《た》けている。彼らがキャリアパスから転がり落ちぬように支えているのは、この管理官のような忠実な部下たちだ。

筒見は用意していた台詞を伝えた。

「ひとつ交換条件がある。拘置期限の満期まで、俺の釈放をマスコミに発表しないでほしい。そうすれば、証拠品隠蔽を告発しないと約束しよう」

廃屋となったレストランの窓際の椅子に、老婆は座っていた。冬の陽光にあたりながら、うつらうつらしているように見えた。

「筒見さんと言ったね。釈放されたのかい」

倉本雅恵は目を瞑ったまま言った。

「ようやく嫌疑が晴れました」

「あなたが貞夫さんを殺すなんて、あり得ないと思ったよ」

その言葉には明瞭な意識が宿っている。

「すべて私の油断が招いたことですよ」

筒見はこう言いながら、雅恵の隣に腰を下ろした。

「私に何か聞きたいことがあるんじゃないのかね」

「いままで、芝居をしていたのでしょう?」

「つまらない質問だね。聞きたいのは、それだけかい。私は全部答える準備があるよ」

雅恵は顔いっぱいの笑顔を作った。

「実は、ダッカ行きの飛行機内で神林さんにお会いしました。昔の友人に会いに行くと言っていました」

「あたしは止めたよ。これは罠だってね。でも貞夫さんは聞かなかった。あの人は昔から頑固だからね。せっかくの貯金を切り崩したうえ、家も売って、借金までしてね」

「決意を秘めた少年のような顔でした。映画で見るよりも男っぽい、いい顔だった」

筒見は眼を細めて、空を見上げた。

「そうか。いい顔だったか。貞夫さんには大きくなった息子を抱きしめさせてやりたかったよ。俊子もそれを望んで、龍哉に手紙を託したはずなんだけどねえ」

雅恵は小さく溜息をついた。

「雅恵さんはまだ、戦いを続けるおつもりですか？」

「権力者を守るため、貞夫さんは口封じで殺された。その罪を筒見さんに被せようとした者がいる。そんな理不尽なことを、許せるのかい？　あんたは悔しくないのかい？」

急に、雅恵の言葉に怒りが宿った。

「この問題は私が決着をつけます。龍哉は平壌に家族を残しています。これ以上、この問題に関わらないように伝えてください」

「あの子は強い男になった。筒見さんのお嬢さんを助けようと懸命になっている。でも、闘っているのは私と龍哉だけじゃないよ。もう一人いる」

「もうひとり？」

筒見が繰り返すと、雅恵は困ったような笑いを浮かべた。

「まだあなたも分かっていないようだね。ひとつだけヒントだ。娘の俊子はね、高校時代演劇部にいて、劇団の女優になるのが夢だった。でも、真珠養殖の家業を継がせるために、その夢を諦めてもらったんだ。俊子の演技の才能は本物だった。あの子が演じていると、我が子とは思えないほどの迫力だった」

筒見は窓の外に眼をやった。寒々とした冬空に、山々の稜線がぼんやりと浮かんでいる。薄雲がゆっくりと晴れ、なだらかな起伏が明瞭になり始めたとき、胸のポケットで携帯電話が震えた。

携帯の画面には見知らぬ電話番号が通知されている。

〈筒見さん……〉龍哉の声だった。〈明日、午前八時三十分。ＪＲ東京駅八重洲中央口に来てください。重大なことをお伝えします〉

それだけ言って電話が切れた。


龍哉は携帯電話を切ると、ＳＩＭ《シム》カードを外して断崖から東京湾に投げ捨てた。岩の上に腰を下ろし、陽光に目を細めた。冷たい風が針のように胸を刺した。

管理人から指示を受けた日、予備の爆薬入りのトランクを白頭山に運んだ。重さは百キロくらいはあっただろう。中に入っている過酸化アセトンは、通称ＴＡＴＰ、欧米では「魔王《サタン》の母」と呼ばれる高性能爆薬だ。ちょっとした衝撃や熱を加えれば簡単に爆発してしまう。龍哉はゆっくりとトランクを引いて、白頭山の機材庫に入れて鍵をかけた。

そのまま機材庫の上にある師範の部屋に行き、起爆用携帯電話を渡した。師範は満足げに、起爆のための架電番号を確認した。龍哉はこの姿を見ながら、激情が体を突き上げるのを感じた。この老婆こそが母の人生を狂わせた諸悪の根源だ。龍哉は師範の周囲に毒針のケースがないことを確認すると、腰のグロックに手を伸ばしかけた。

すると師範が近づいてきて龍哉の肩に手を置いた。

「この任務を完遂して、元帥様から共和国英雄称号と国旗勲章一級を頂くことになれば、ご両親も喜ぶであろう。誇りをもって任務に当たりなさい」

本国指令の任務直前に工作組長を殺したことが発覚すれば、寝返りと見なされる。共和国では寝返った工作員には死の報復しかない。平壌に残した一族郎党は処刑されるか、強制収容所送りになるのは間違いない。平壌を発つとき、車窓の向こうで不安げにこちらを見つめる母の姿を思い浮かべ、ぎりぎりで踏みとどまった。


翌午前八時十五分、龍哉は地下鉄丸ノ内線東京駅に到着した。十分ほど時間を潰したあと、出勤の会社員たちの群れに紛れて、八重洲口への地下通路を抜けた。

八重洲中央口に筒見の姿はなかった。だが、背中に虫が這い回るような感触を覚えた。いる。どこかから見ている――。

工作員の本能が、筒見の存在を伝えている。

龍哉は券売機に行き、標的の「のぞみ十一号」ではなく、十五分後に発車する百五十七号新大阪行の切符を買った。のぞみ十一号の切符を買って、乗車していなかったことが爆発後に判明すれば、疑われることになる。だからといって入場券だけで、新幹線ホームに行くのも怪しまれる。これも管理人の指示だった。

龍哉が改札をくぐると周囲の空気が動いた。やはり、筒見はどこかから見ている。階段を昇るところで、袖口から折り畳んだレシートを落とした。

〈8：50発、のぞみ十一号一号車、TATP、9：00遠隔起爆〉とだけ書いておいた。

筒見は拾っただろうか。案内板を確認するふりをしながら、背後を振り返った。

レシートを落としたあたりで、清掃員が箒《ほうき》を動かしている。

また、あの男だ——。

筒見の仲間のあのスキンヘッド。険しい三白眼と視線が交錯した。あの悪辣《あくらつ》そうで憎らしい顔も、最後の希望に見えた。

新幹線改札口は多くの乗客でごったがえしていた。最高時速三百キロのスピードを誇る最新の公共交通機関には、乗客の手荷物検査も、身分証確認もない。利便性とコストの追求が、乗客の安全を犠牲にしているのが実態だ。このため、新幹線は偵察総局の対日破壊工作リストの最上位に位置し、工作員たちは模擬車両で破壊訓練を繰り返している。

龍哉は十八番ホームに上るエスカレーターに乗るとき、再び紙片を落とした。

〈10—D〉

筒見たちは間違いなく紙片を拾っている。背後の空気で分かった。

ホームは車両の到着を待つ人で、何重もの長い列ができていた。

運搬役はどこだ——。

ホームの隅々に視線を走らせる。この時間だ。ほとんどが出張の会社員のようだ。手には大きなバッグかトロリーケースを持っている。一般客と爆弾運搬役の見分けなど、つくわけもなかった。

龍哉はホームの弁当屋に入った。サンドイッチを手に取ると、隣に男が立った。

筒見だった。

「発車十分後、九時丁度に携帯電話で遠隔起爆します。周囲に監視要員がいるはずだ。下手な動きをすれば即起爆です」

周囲を確認しながら小声で言った。

「ああ」筒見は気の無い返事をすると、お茶のペットボトルを手に持って、レジに向かった。

八時四十五分、のぞみ十一号がホームに滑り込んできた。龍哉は一号車の列の最後尾に並び、車内清掃が終わると同時に乗り込んだ。

車両内には会社員風の男女の中に、幼い子供を連れた家族の姿も多かった。時速二百キロを超えるスピードで先頭車両が大爆発を起こせば、後続車両は脱線し、大惨事になる。

極度の緊張で、胃のあたりが握り潰されそうだった。

運搬役が来るはずの〈10―D〉にはまだ誰もいない。龍哉は通路を挟んだ座席で運搬役の到着を待った。買ったばかりの電波時計は左腕で正確な時を刻んでいる。

発車時刻の一分前のことだった。後ろからやってきた女が、龍哉の脇で立ち止まり、〈10―D〉に座った。車輪付きの中型のアルミケースを足元に置いている。

来た。運搬役だ――。

女の顔を確認した時、龍哉ははっと息を呑んだ。

「な……七海ちゃん……」

「倉本先生……」筒見七海が大きな目を見開いた。

怒りが全身を突き抜けた。

「そのケースを置いて、降りなさい」

龍哉は小声で言い、七海の右腕を摑んで立ち上がらせようとした。

「先生、これ」

七海が小声で言って左手を持ち上げた。手首に手錠が嵌められ、アルミケースの把手につながっていた。

「じっとしてろ。いま、はずしてやる」

龍哉は鞄からピッキングの道具を取り出し、手錠の鍵穴に突っ込んだ。得意なはずの、鍵開けがうまくいかない。怒りか、恐怖か、原因はわからないが指先が震えている。

「くそっ」

発車時刻を告げる音楽が鳴り始めたそのときだった。龍哉は猛烈な力で跳ね飛ばされ、尻もちをついた。ピッキングの道具が両手から消えていた。

筒見の鋭い眼光が頭上にあった。

「お父さん！」七海が父親にすがりついた。

筒見は軽く頷くと、熟練職人のように針先を確認し、手錠の鍵穴にそっと挿入した。その骨ばった指からは想像できないほどしなやかに動かすと、わずか数秒で手錠が外れた。

新幹線の発車音楽は鳴り止んでいた。

その時、龍哉は自分でも信じられない行動に出た。筒見を思い切り突き飛ばすと、アルミケースを担いでホームに飛び出した。

あのスキンヘッドが見知らぬ中年男を組み伏せているのが見えた。師範が送り込んだ監視要員を発見して抑えたのだ。

あと十分――。

重いケースを胸に抱きしめ、龍哉は脱兎《だっと》の勢いで駆けた。なぜこんな行動をとったのか、自分でもわからない。とにかく人のいないところに行くしかない、そう思った。

「爆弾です。みんな離れて」

渾身の力で叫び、そして全速力で走った。

東京駅構内はパニックになった。龍哉の叫び声を聞いた人々は、先を争って逃げまどい、駅員は呆然と立ち尽くした。

筒見は七海の手をとって、龍哉のあとを追った。

「あっちだ。あっちに行ったぞ」

駅員や鉄道警察隊も靴音を響かせながら同じ方向に駆けていく。

駅の時計は八時五十五分を指していた。筒見と七海は、八重洲口から駅の外に出た。血相を変えた人々が、駅の構内に駆けこんでくる。外は早くもパトカーのサイレンが響き渡っていた。筒見と七海は逃げ惑う群衆に逆らいながら、進んでいった。

「係長、こっちです」

外堀通りの手前で、丸岡が大きく手を振っていた。

龍哉は東京駅八重洲中央口前の交差点のど真ん中で亀のように蹲っていた。その異様な男の姿を、警官や駅員たちが遠巻きに取り囲んでいる。数台のパトカーが百メートル先で道を塞ぐ恰好で停止し、交通を完全に止めていた。

「倉本先生……」七海が呟いた。

時刻は八時五十八分。爆破予定時刻まで二分だ。

「七海、むこうで待ってなさい」

筒見が言うと、丸岡が七海の手を握って、駅の構内に連れて行った。

七海の姿が見えなくなると、筒見は交差点に向かって歩みだした。

「そこの人、下がって！」

殺気立った若い警官を、筒見は片腕で払いのけた。

「俺は警察官だ」こう言って警察手帳を警官の前に放り投げた。

何年ぶりにこの台詞を吐いただろう。少なくともこの十年は、警察手帳を開いたことすらなかった。

歩きながら再び腕時計を見た。八時五十九分だ。

筒見以外、誰も動かない。東京駅八重洲口の巨大交差点がまるで真空地帯のような静寂に包まれた。筒見のブーツの固い音だけが響いた。

「近づくな！」

うつ伏せに体を丸めたまま、龍哉が鋭く叫んだ。腹の下にはケースがしっかりと抱かれていた。

筒見は構わず龍哉の前に立って、腕時計を見た。

「あと二十秒だ」

「筒見さん、お願いだ。離れてくれ。あなたがいなくなったら、七海ちゃんが……。もう一度、家族になってあげて。だから……」

龍哉の声は嗄れ、悲鳴のように裏返っていた。

「十秒……五秒……」

筒見は片方の膝をついて、龍哉の背中に手をそっと置いた。

「時間だ」

「えっ」龍哉が顔を上げた。

「安心しろ。これは爆弾じゃない。息子をテロリストにする母親はない」

「母親……？」

「お前のお袋さんは、演劇の道へ進むのが夢だった。肉親ですら別人と見紛う芝居の才能だったそうだ」

筒見は右の口角を僅かに持ち上げると、龍哉の腹の下からアルミケースを引き抜いた。

蓋をとめていたロックが外れると、白いものがアスファルトに散らばった。地面に散らばった丸い粒は陽光を浴びて桜色に輝いていた。

「これ、真珠……」

「君のお袋さんと神林貞夫は、この桜色の真珠を『龍の涙』と呼んでいたそうだ。そして、君が生まれたとき、泣いている涙を見て、二人は君を『龍哉』と名付けた」

「龍の涙……」

そのとき、警官たちがこちらに駆けてくるのが見えた。

「行け、龍哉。地下街に入れ。八重洲地下一番通りを抜けて、二十三番の階段を昇れ」

筒見は地下街入り口を眼の動きで示した。


龍哉は地下街を走った。数人の警官が追ってきたが、雑踏の中を、疾風のように駆け抜けて、日本橋方面の二十三番階段を駆け昇った。

息子をテロリストにする母親はいない——。

走りながらも、筒見の思わせぶりな言葉が、頭の中を駆け巡っている。龍哉の思考は一つの結論に辿り着こうとしている。それは思いもかけない答えだった。

「龍哉君！」

楓が階段の途中に立っていた。トレンチコートを肩から掛けられ、黒縁眼鏡を渡された。

「ゆっくり歩いて、車に乗って」

楓の後ろについた。オフィスビルのロビーを通り抜け、従業員通用口から出ると、裏通りに停められていたラングラージープの後部座席に乗り込んだ。

運転席に座った楓が車載ラジオのスイッチを入れた。

「これが逆賊の結末よ」

〈速報が入ってきました。神奈川県横須賀市で大きな爆発があった模様です。現場は横須賀市浦賀の七階建てのホテルだった建物で、午前九時丁度、大きな爆発とともに建物が崩壊しました。このホテルは倒産して営業しておらず、けが人などはいないとみられますが……〉

「俺が運んだあのトランクが……」

龍哉は管理人の指示で、「予備の爆薬」を、白頭山の機材庫に隠した。遠隔起爆装置が仕掛けられていたＴＡＴＰ爆弾は、あのトランクのほうだったのだ。機材庫は師範の部屋の直下にある。師範は自ら掛けた電話によって自爆したのだ。

龍哉は座席にもたれた。東京駅の八重洲口前はまだ混乱していた。ジープは警察官の誘導に従って、ゆっくりと走った。

スモークガラスの向こうに見える雑踏に、強い視線があった。筒見がこちらを見つめている。その隣で、七海が小さく手を振りながら微笑んだ。日本の高校生にしては無邪気で子供っぽい笑顔だった。筒見の手をしっかり握っている。

ジープが通り過ぎるとき、石ころのように無表情だった筒見の口元が綻《ほころ》び、無精髭の中に白い歯が見えた。

この男も笑うことがあったのか——。

龍哉はリアガラスの向こうに小さくなってゆく親子の姿を見えなくなるまで眼で追った。

歌舞伎町の和光ビルの八階に、安全を知らせる香の匂いはなかった。楓に導かれて、金剛山に入った。いつものように管理人室の小窓が開くことはない。テレビの音も聞こえず、人の気配はなかった。

管理人室のテレビから流れていた音楽は七海が好きなダンスユニットのものだったことを思い出した。七海は壁の向こう側に監禁されていたのだ。

「母上様……」小さな声で呼んでみた。

小窓の向こうから返答はない。

「管理人は帰ったよ」楓が代わりに答えた。

「楓さんがなぜここを知っているの?」

工作組以外、誰も知るはずのないこの金剛山に、楓は龍哉を連れて来た。しかも管理人のことも知っている。

「ずっとあなたたち工作組を監視していたからよ。祖国を裏切った証拠をつかむためにね」

「祖国? 君は何者なんだ」

「国家保衛省防諜特別調査隊。本名は秘密よ」

冷水を浴びせられたように、全身に戦慄が走った。

国家保衛省というのは共和国の秘密警察だ。反動分子を拘束し、拷問にかけ、処刑する。いわば金一族の恐怖政治を実行する組織だ。その中でも、「防特隊」は敵国に寝返った者を世界の果てまで追いかけて殺害する暗殺部隊である。つまり楓は日本の公安ではなく、共和国が派遣した秘密警察の要員だったのだ。

「楓さんは俺を暗殺するために……」

「違う。龍哉君を守るためよ。あなたのお母さんと一緒にね」

「母上と……」

「李淑姫《イスクヒ》中佐は私の上官、対日担当の中隊長よ」

「は、母上が……保衛省の中佐……なに言ってるんだ？」

わが耳を疑った。恐るべき暗殺部隊と、優しい母の姿は龍哉の中で重ならない。まさに人生の根幹が崩壊する思いだった。

「私たちの任務は、偵察総局内の反乱分子を粛清することだったの。師範は日本政府に取り込まれ、金のために祖国を裏切った。アツシ君もそれに引《ひ》き摺《ず》り込まれたのよ。もともと李淑姫中佐は工作員に日本人化教育を担当する教官だったのだけど、この二年間、工作組を監視するために金剛山の管理人に偽装していたの。李中佐は愛する我が子を守るためにこの任務を志願したのよ」

楓の説明は、記憶と符合する部分があった。龍哉が子供のころ、母は日本語教師の仕事をしていた。地方での授業に行くと言って、大同江《テドンガン》の堤防を歩いて行く母のうしろ姿が蘇った。母は工作員教育の仕事に行っていたのか。

「……じゃあ、新幹線爆破計画は？」

「李中佐が持ち掛けた架空の計画よ。師範は本国に疑われていることを察知していた。だからこの破壊工作を実行して、疑惑を晴らそうとした。自分が爆殺の標的になっていることも知らずにね。こんなに大きな騒ぎになるのは、私たちとしても計算外だったけど」

龍哉は壁に背中を預けたまま、力なく座り込んだ。そうか。共和国に一時帰国した時、思想検討で吊し上げを食らったのは、龍哉だけが反乱分子に寝返っていないことを確かめるためだったのだ。

龍也は管理人室の小窓を再び見た。

母は、あの窓からアツシを撃った。それは、息子を守るため、恋人を殺された怒り……。複雑な感情に突き動かされた結果だったのか。

「母上を神林貞夫に会わせてやりたかった」

「李中佐は、せめて成長した息子を神林さんに見せたかった。抱きしめさせたかった。でも、あなたたちは互いに反発し合って、それは叶わなかった」

「俺は愚かな息子だった……」

龍哉は自分の左足を見つめた。父親を蹴り飛ばしたこの足を切り落としてしまいたい気分だった。

「神林さんは三十年間、恋人が共和国にいるのではないかと疑い続けてきた。龍哉君が函館の自宅を訪ねたことでそれを確信した。あの時芽生えた助け出したいという強い気持ちに、つけ込む者がいた。神林さんは『二十億円払えば倉本俊子を引き渡す』と騙されて、ダッカに誘い出されたの」

「師範がやったのか」

「そう。背後で師範を操っていたのが、ある日本政府の高官よ。神林さんは二十億円での取引を持ち掛けられた時、賭けに出てしまったの」

「なぜ政府高官がそんなことを……誰だ、そいつは。教えてくれ」

楓の腕を摑んだ。激しい怒りで、全身がわなないた。

しかし、楓は諭すように首を横に振った。

「報復は筒見さんの自発的行動に任せる。それが李淑姫中佐の苦渋の判断よ。息子には私的な報復をさせてはいけないと、きつく言われたわ。私は命令に違反するわけにはいかない」

「頼む。筒見さんにやらせるわけにはいかないんだ」

「筒見さんはあなたより遥かに狡猾よ。最も危険な敵だけど、利害は一致するの。……でも、不安要素がないわけじゃない。実は、もうひとり、長期潜入工作員が寝返っていることを突き止めたの。彼女が筒見さんの口を封じようとする可能性が高いのよ」

「もうひとり？　女なのかそいつは？」

楓は悪戯《いたずら》っぽい含み笑いを浮かべた。

「龍哉君が浮気していた相手よ。……私はこれからその女工作員を探し出して、処分しなければならないの。この任務が終わったら、平壌で飲みに行こう。浮気の罰として、たっぷり奢《おご》ってもらうからね」

楓は片目を瞑ると、金剛山を出て行った。


日比谷公園は曇天《どんてん》に包まれていた。冷たい風がさらさらと枯葉の音色を奏でている。

ベージュのコートの襟を立てた男が噴水広場に入ってくると、ベンチにいる筒見の隣に腰掛け、両掌に息を吹きかけた。

「ずいぶん冷え込みましたね。これから雪になるそうです」

瀬戸口大河は言った。

「処分は出たのか?」

「いえ、四国管区警察局の総務課長を内示されました。筒見さんと同じように、地方の閑職を転々とさせ、ほとぼりを冷ましてから辞職させようという腹でしょう。いきなり切り捨ててしまえば、コントロールできませんからね」

「国内ならいいじゃないか。四国なら飯もうまいし、温泉もある」

「警察は私の思っているような組織ではありませんでした」

「ひとつ確認させてくれ。すべては河野昇官房副長官の指示だな?」

筒見は一枚の写真を手渡した。坂本楓のカメラに入っていた画像は、事故で入院した時、ブーツの中から盗まれた。この写真は新たに楓が持って来たものだった。

黒いミニバンから降りてくるニセ倉本雅恵、周囲を警戒する坂東の姿が写っている。車のナンバーは首相官邸の公用車、河野副長官が使っているものだった。

筒見が瀬戸口の兄・顕一を中国のスパイ容疑で追い詰めたとき、河野は警視庁の公安部長だった。筒見を警察から放逐し、海外を転々とさせた張本人、いまや長嶋首相すら操ってしまう最高実力者だ。

瀬戸口は写真に眼を落としたまま呟いた。

「兄が自殺した後、財務省にいた私に声をかけてくれたのが、当時、警備局長だった河野さんでした。警察の捜査が許せないのなら、中から組織を変えてみろ。こういって、当時の財務次官に警察庁への移籍を掛け合ってくれました。でも、結局、私は筒見さんに対する怨念を利用されていただけでした。ダッカでの事件が起きたとき、『神林貞夫を殺害したのは筒見であるという構図で捜査を指揮しろ、否定材料は排除して事件をまとめろ』と。これが河野副長官の指示でした。だから私は防犯カメラを隠してしまったのです」

瀬戸口は観念したように、真相を暴露した。

だが、この真相の輪郭を筒見はすでに摑んでいた。

「神林貞夫は長嶋総理に対して、北朝鮮に拉致された倉本俊子の救出を執拗に迫っていた。俊子が長嶋総理の隠し子であることを、神林は知っていた。弱みを握られた長嶋総理は、副長官の河野に泣きついた。これがすべての発端だ」

「隠し子と北朝鮮拉致ですか。確かにそれを神林貞夫が暴露すれば、内閣は吹っ飛びますね。つまり、ダッカでのあの事件は口封じが狙いだったのですか」

瀬戸口は溜息交じりに言った。

「そうだ。長嶋総理に解決を依頼された河野副長官は、警視庁公安部長時代に、協力者として自ら運用していた北朝鮮工作員に、神林の動きを漏洩した。もちろん、行動を起こさせるためだ」

「その工作員が写真の女性だと……」

「そう。ニセの倉本雅恵だ。神林の動きを知ったこの婆さんは、神林に接近し、取引を持ち掛けた。二十億円の身代金で倉本俊子を引き渡す、とね。神林はそこに希望を見出した。目黒の豪邸を売り払ったうえ、友人から借金して二十億円を用意して、取引場所として指定されたダッカに向かった。そして、あの事件が起きた」

「騙されていたのですね」

「そうだ。二十億は奪われた」筒見は頷いた。

「実は首相官邸にも、誘拐グループからメールで、身代金の要求があったそうです。金額は五億円。長嶋総理の指示で官房機密費から支払われたそうです。この事実は警察庁にも知らされていませんでした」

それがカウランバザール・ボスティを走行中の列車からトランクを投げ落とす、という受け渡しの手法だったのだ。誘拐の実行と身代金の受け取りは、坂東が地元のマフィアを使って実行し、合計二十五億円が北朝鮮工作員グループに渡ることになったのだ。

「首相官邸への五億円の要求は、河野が構図を描いた自作自演で、実態は工作員への協力謝礼だ。西島官房長官は、河野が主張する身代金の支払いに反対し、外務省の飯島次官に真相解明を命じた。総理と官房長官の対立に俺たちは巻き込まれたというわけだ」

筒見はこう言って重苦しい薄墨色の空を見上げた。

「その工作員たちはどこに?」

「婆さんは今頃、どこかで瓦礫の中に埋もれているはずだ。もうひとりの若い工作員はバラバラの身元不明遺体だ。北朝鮮は自分たちの手で裏切り者を処分した。次は日本がやらねばならない」

瀬戸口はふっと息を吐くと、立ち上がった。

「警察庁は私がやったことも含めて、すべてを隠蔽しようとしています。私はこれから検察に自首することにしました。真犯人の姿を映していたカメラを隠すという行為は、証拠隠滅罪が成立するはずです」

「検察の取り調べですべてを暴露するつもりか。お前ひとりが犠牲になっても何の意味もない。それは自己満足だな」

「生贄《いけにえ》になるつもりはありません。おそらく捜査段階の自白調書は握りつぶされるでしょう。ですから、すべては起訴された後、公判廷で明らかにします」

「覚悟は決まっているのか?」筒見も立ち上がって、瀬戸口の眼を見つめた。

「俺は兄と違って逃げませんよ。徹底的に戦ってやる。……じゃあ、お元気で」

差し出された瀬戸口の手を握った。

「大河、おまえの兄貴は逃げていない。外交官としての誇りに殉《じゅん》じたんだ」

「ありがとう」

瀬戸口は頭を下げると、踵を返して検察庁に向かって歩き始めた。

冷たい風に、木々がざわめいた。

筒見が振り返ったそのとき、腹に何かが強くぶつかり、鋭い痛みが走った。女の長い髪が胸元にあった。肩を摑んで引き離した。

「綾子……さん」

瀬戸口綾子は、死人のように目を見開き、凍った仮面でも被っているように見えた。その右手には血の付いたナイフが握られている。

右の脇腹を両手で押さえると、生温かい液体がぬめった。両手が鮮血に染まっている。体が勝手に折れ曲がり、冷たいアスファルトに膝をついた。

「さようなら」

綾子は冷たい笑みを浮かべると、筒見から離れて行った。綾子がヒールを鳴らしながら、瀬戸口の背中を追っていく。右手のナイフが一瞬きらめいた。

やめろ――。

喉から呻き声が漏れるだけだった。揺らぐ視界の中で、二人の姿が重なった。

筒見は腹を押さえたまま、仰向けに転がった。覆いかぶさるような鋼色《はがねいろ》の空から、羽毛のような雪がふわふわと舞い降りてきた。

竹内 明（たけうち・めい）
1969年生まれ。神奈川県茅ヶ崎市出身。慶應義塾大学法学部卒業後、1991年にＴＢＳ入社。社会部、ニューヨーク特派員、政治部などを経て、報道記者として国際諜報戦や外交問題に関する取材を続けている。2017年３月までニュース番組「Ｎスタ」のキャスターも務めた。公安警察や検察を取材したノンフィクション作品として、2009年『ドキュメント秘匿捜査 警視庁公安部スパイハンターの344日』、2010年『時効捜査 警察庁長官狙撃事件の深層』（ともに講談社）がある。2014年には『背乗り 警視庁公安部外事二課《ソトニ》』（講談社、文庫版『ソトニ 警視庁公安部外事二課』は講談社＋α文庫）で初の課報ミステリー小説に挑戦。2015年『マルトク 特別協力者 警視庁公安部外事二課《ソトニ》』（講談社）を発表。

スリーパー　浸透工作員《しんとうこうさくいん》　警視庁公安部外事二課《けいしちょうこうあんぶがいじにか》　ソトニ

2017年９月26日　第１刷発行
2017年12月１日　第３刷発行

著　者　竹内《たけうち》 明《めい》

発行者　鈴木 哲
発行所　株式会社講談社
東京都文京区音羽2-12-21
郵便番号　112-8001
電話　編集　03-5395-3522
販売　03-5395-4415
業務　03-5395-3615

印刷所　凸版印刷株式会社
製本所　黒柳製本株式会社

N.D.C. 943 319p 20cm
ISBN978-4-06-220818-5